# 悪役令嬢は帝国の犬と強制的につがいにさせられる

茜 たま

*Illustrator*
鈴宮ユニコ

この作品はフィクションです。
実際の人物・団体・事件などに一切関係ありません。

# 悪役令嬢は帝国の犬と強制的につがいにさせられる

# 第一話「初恋と帝国の犬」

「へえ、来たんだ」

扉を開けて浴びせられた、第一声がそれだった。

「てっきり逃げるかと思った。偉いね」

彼は気だるげにこちらを見て、青みがかった黒い髪を無造作にかき上げた。揶揄うように上がった眉の下、わずかに目じりの下がった青碧の瞳がすがめられている。左目の下に小さなほくろがあるのだと気が付いた。どこか異国の雰囲気を感じさせる、甘い顔立ちだ。

「私は義務を果たしに来ただけ。これはただの儀式でしょう。今日ここで起きることに、何の感情も抱いてないわ」

彼は唇の端を持ち上げて薄く嗤う。耳元で銀のピアスが光った。

「そんなに怖い顔するなよ。俺が女の子には優しい紳士だってこと、あんたも知ってるだろう？」

顎を上げて、目の前の男をまっすぐ見る。こういう時こそ胸を張って。そうやって私は生きてきた。

「あなたこそ無駄口を叩いてばかりだけれど、怖気づいているのではなくて？　忠誠心を示して点数を稼ぐための大舞台ですものね」

くくっと彼は、今度は声に出して笑った。

夜闇に差し込む月の光みたいな、妖しい笑顔だ。

この笑顔にたくさんの女子生徒たち……いいえ、男子生徒たちまでもが心を奪われてしまった。

だけど私は知っている。その瞳の奥が、決して笑ってはいないということを。

「ウィム・ベルガーのつがいになれるって、ずっと信じ込んでたんだろ。安心しなよ侯爵令嬢。代わりに俺が、優しく抱いてやるからさ？」

「お黙りなさい、帝国の犬っ……！」

たった一言。それだけで、必死でまとってきたはずの心の鎧が溶け落ちた。

何も考えられなくなって、とっさに右手を振り上げてしまう。

目の前の、この憎い男の頬を打つために。

リヒト・シュレイカー。胡散くさくて大嫌いで、だけど今日――体の関係を結ばなくてはいけない相手の頬を。


これは、亡国の侯爵令嬢である私が帝国の犬であるこの男に必死で抵抗しようとした、その戦いの一部始終――となるべきはずの、物語なのである。


十七年前、私たちがほんの一歳だった頃。祖国・アリータ公国は、巨大帝国スキニアの支配下にくだった。

帝都からは軍の役人が送り込まれてきて、アリータ大公を始めとする公国の貴族たちは既得権益をはく奪された。そしてアリータ公国の名前は消え、この地は帝国の統治体制に組み込まれたのだ。

帝国の人材育成制度は合理的だ。文官も武官も、そして武官の最高峰である騎士だって、能力がある者を公正に評価する。支配された国の人間にも等しく開かれたそれは、悪い制度ではないと思う。

ただ一つ――その最終段階、「成人の儀」を除けば。

十八歳の春、帝国の支配下にある全ての貴族と高官の子息令嬢は、帝国上層部が定めた相手と強制的に「つがい」にさせられ、子を成す行為をしなくてはいけない。

それが、「成人の儀」。帝国が重視する優秀な人材育成管理の、最終段階だ。

旧アリータ公国でも屈指の名門・サマン侯爵家の長女であり、この学院の高等部普通科三年生所属。生徒会副会長でもある私、エレノア・サマンの「つがい」が告げられたのは、今から三日前のこと。

私のつがいは、同じく普通科所属のリヒト・シュレイカー。

帝都から派遣されてきた帝国高官の息子で、もう一人の生徒会副会長。

一年前に編入してきて以来、その恵まれた容姿と胡散くさい処世術で瞬く間に帝国派の代表に上り詰めてしまった、この――「帝国の犬」なのだ。


振り上げた私の手首は、リヒトに容易く掴まれてしまう。

「駄目だろ、侯爵令嬢が軽率に平手なんかしたら。品性が疑われるぜ？」

振りほどいて唇を噛む私を見て、彼はわざとらしく肩を竦めた。

そのままゆっくりと窓に向かうと、カーテンを片手で掴む。

ここは、かつてのアリータ大公城。今は帝国役人の行政のために使われている建物の一画だ。

中庭を囲むようにずらりと並ぶ同じ形の窓の中で、まさに今この時、それぞれの「成人の儀」が執り行われようとしているのだ。

「なんなのあなた、さっきから」

「ん？　カーテン閉めようと思って。だって他（ほか）の部屋が見えるとさ、あんた気になっちゃうだろ。ウィム会長とアメリアのこと」

「ねえ、もういい加減に始めない？　お互い、無駄な時間を過ごしたくはないでしょう？」

自分の声がまるで悲鳴みたいに聞こえて、肩で大きく息をした。

これ以上無駄な話をしていると……必死で押さえつけている心臓が、また泣きそうに打ち始めてしまう。

振り返って小さく笑うと、リヒトはカーテンを勢いよく閉めた。薄暗くなった部屋の中、壁際の大きなベッドにドカリと腰かける。目が慣れるまでのほんの一瞬、ブルーブラックの髪が漆黒の闇に溶けた。

「偉いなエレノア。俺さ、あんたは逃げるんじゃないかと思ってたんだぜ？」

「それは期待外れでお生憎（あいにく）様。でもまだ、あなたを刺して自分も死ぬっていう選択肢が残っていると思わなくて？」

驚いたように両眉を上げて、それからリヒトはおかしそうに笑う。

「そうだな、隠した武器で刺されたらたまったもんじゃない。じゃあさ、エレノア」

髪を無造作にかき上げて、リヒトはなんてことない口調で言い放った。

「そこで服脱いで、全裸になれよ。そうしたら抱いてあげるからさ」

冴えざえとした眼差しが物語っている。

おまえにはそんな覚悟はないだろうと。

泣いて懇願してみせろと。

それこそが、帝国に屈服させられた上に純潔までをも奪われる亡国の貴族令嬢に相応しい姿だと、思い知らせようとしているのか。

「──あなたのことが大嫌いだわ、リヒト・シュレイカー」

「それは残念。俺はあんたのことを可愛いと思ってるぜ、エレノア・サマン」

腰のリボンをしゅるりとほどいた。

指先をひっかけて引き下ろすと、喉元から始まるボタンはぽつぽつと一気に外れていく。

前開きのワンピースドレスが床に落ちると、そのままペチコートを、続けて胸当てとドロワーズを脱ぎ去った。

ただの一度も手を止めず、ほんの一瞬たりとも躊躇を見せることのないように、ショーツまでもを足から抜く。身にまとうものを全てなくした私は、それでも表情を変えずに直立のまま、背筋を伸ばして顎を上げる。

カーテン越しの光は弱いけれど、私の身体はあますところなく目の前の男の視線にさらされているのだろう。だけど、どうせ逃げられないのなら往生際悪く隠したりはしない。

こんなものでいいのなら、いくらでも見るがいいわ。

その分、私の心を覗き込もうとしたことを恥じるといい。

「儀式を始めてくださる？　リヒト・シュレイカー」

一瞬、確かに目を丸くしていたリヒトが小さく息を吐き出して。

唇を舐めると、軽薄な笑みをそこから消した。

「了解、エレノア。あんたの覚悟を尊重する」

それから彼は立ち上がり、私の前に立つ。

ああ、まるで処刑台のようだ。非現実的な感覚の中でそう思う。

私は滅ぼされた国の人間で、この男は処刑の執行人。

口元に浮かびかけた自己憐憫の笑みは、思ったより強い力で腕を掴まれ、腰に手を回されて凍り付く。

私は今から、この「帝国の犬」に抱かれるのだ。

ずっとずっと大好きだった人の面影を、胸の奥に押しとどめて。


「処刑を受ける姫君みたいだな。そんな悲壮な顔するなよ」

ベッドの上に仰向けに押し倒した私を見下ろして、呆れたようにリヒトは笑った。

「まさにそういう気持ちだわ」

「ただの儀式だろ？　気楽に受けろよ。そしたらちゃんと気持ちよくしてやるからさ」

胸元のタイに人差し指をひっかけて、するりと抜き取りながら面倒くさそうに言う。

その声に何の気負いも感じられないのが、眩暈がするほど憎たらしい。私の声は、カチンコチンに強張っているというのに。

この男は、いつもこうだ。

リヒトが帝都の学院から編入してきたのは、ちょうど一年前のこと。まずはその見た目で注目を浴び、続く試験で学院一位の成績を修めた。そしてあっという間に帝国派生徒の支持を集めて生徒会副会長に就任すると、学院を変えていってしまった。

私たちが必死で守ってきたものを、いとも容易く奪っていってしまったのだ。

目を閉じてキュッと唇を噛みしめていると、リヒトがさも感心したかのような声を出した。

「エレノア・サマン、あんたすごいな」

「……なにがよ」

「肌は透き通るみたいに白いし、腰は細くくびれてて、なのに胸は想像以上にでかい。脱いだ時に、俺ちょっと感動したよ」

「っ……」

「さすが大陸一の美貌を誇るアリータ公国、その中でも屈指の名門・サマン侯爵家のご令嬢だ」

「ねえやめて？　余計なこと言わないで。怒るわよ」

肉体というものは、しょせん心を隠すための最後の衣に過ぎない。

昨夜一晩中かけて、そういう暗示を必死で自分にかけてきたのだ。余計な概念を与えないでほしいのに。

瞳を閉じた闇の中、ふっと笑うような吐息が聞こえたと思ったら、胸の先がちょんと突かれた。

自分でも驚くほどにぴりっとしたものが背中に走る。次の瞬間その場所が濡(ぬ)れたものにちゅくりと包まれたかと思ったら、先端が軽く弾(はじ)かれた。

思わず開いた目線の先、リヒト・シュレイカーが私の左の胸を持ち上げるようにしながら、その先に唇を寄せているのが見えた。

私と視線がかち合うと、青碧の瞳が面白そうに細められる。

「気持ちいいか？　声出してもいいんだぜ？」

「け……嫌悪感しか……ないわっ……」

「そうか？　乳首、健気(けなげ)に勃(た)ってきてるけど」

首をかしげて言うと、そのまま、そこに軽く歯を立てた。

ぞくりと恐怖心が芽生える。

「やっ……噛み切らないで」

ぷつりと唇をそこから離し、リヒトは私を見下ろした。

「そんな馬鹿(ばか)なことするわけねーだろ。帝国の人間は野蛮(やばん)人だとでも思ってるのか」

それにこんなに綺麗(きれい)なものを傷つけたりしないさと言いながら、リヒトはまた胸元に顔を埋める。

嫌味なくらい丁寧に、乳首を下から舐め上げた。

「だって、そんなところっ……意味ないわ。儀式と関係ないじゃない……」

「へえ。前戯いっさいなしでいいってこと？　それは楽でいいけどさ」

いきなり、私の太ももの間にリヒトが指先をスッと押し込んできた。

「きゃあっ!?」

「ほら、やっぱりまだ全然濡れてない。俺は、準備もできていない女の子に無理やり突っ込むような趣味はねーんだよ。どうせなら、あんたにも気持ちよくなってほしいし？」

いけしゃあしゃあと言うと、今度は反対の胸先をちゅるりと口に含んだ。

「いい子だから、体の感覚を素直に受け止めてみろって」

ちゅるり、くちゅり。口の中で丹念に舐めたり舌先で転がしたり不意に甘噛みしたりを繰り返しながら、押し入れたままの指先で太ももの内側をなぞっていく。全神経が、そこに集中していくようだ。

胸元から私の顔を見上げたリヒトが、ぷっと吹き出した。

「顔真っ赤にして震えちゃって。学院中が一目置く美人副会長も、やっぱり可愛いとこあるんだな」

「なっ……！」

「それにあんた、中身はどうあれやっぱりたまらない身体してるわ。男だったらみんなむしゃぶりつきたくなるんじゃねーの？」

「ねえ、どうしてそんな余計なことばかり言うの？」

屈辱で息が止まりそうになって、私はリヒトを睨(にら)んだ。

全裸になっている私に対して、彼はタイ一本を外しただけのシャツとズボン姿のまま、ほとんど服を乱していないことに気付いてしまい、屈辱が加速する。

「だって、あまりに悲壮な顔しているからさ。緊張ほぐしてやろうと思って」

「そんな必要、ありません……！」

「そうか？　女の子って、褒めてもらえると嬉しいんじゃないの？」

「馬鹿にしないで。あなたなんかに褒められても、虫唾が走るだけだわ」

「うわ、辛辣。そんな可愛くないこと言うなら、遠慮なく進めちゃうぜ？」

上半身を起こしたと思ったら両脚が大きく開かれて、その間にリヒトが身体を割り入れてきた。

「えっ……」

とっさに足を閉じようとしたけれど、リヒトの身体が邪魔して閉じられない、と思ったら、下から腰が持ち上げられた。

最も秘すべき場所が、上を向かされてしまう。

息が止まりそうに動揺する視界の端で、リヒトが指先を軽く舐めたと思ったら、くちゅりとその場所を開いて覗き込んできた。

「ここも、人形みたいに綺麗だな」

まるで実験動物を値踏みするように、淡々とした口調。

「ねえ、嫌よ……そんなところ、見ないで」

震える自分の声が、遠くから聞こえてくるようだ。

両の掌を顔に当てて目をつぶったら、その場所に何かがぐちゅりと入ってきた。

「っ……いたっ……へ、下手くそね!!」

「盛り上がってるとこ悪いけど、まだ指だからな？」

「っ……!?」

指？　これで指？　嘘でしょう、男性のあれって、指より細いものなの!?　人体ってそういう仕組みなのかしら!?　だってそうじゃないと……これ以上太いものなんて、ぜったい、無理……。

「あーでも中は熱くてぬるっとしてる。人形なんて言ってごめん。ちゃんといやらしいぜ、エレノア」

右の胸の先が摘まれた。

刺激が分散されて、私は小刻みに息をついて必死で呼吸を整えようとする。

「そんなガチガチになるなって。力を抜いて、体の感覚に素直になってみろよ」

「なに、言って……」

「素直に気持ちよくなれってこと。今あんた、気持ちよくなったら負けだとでも思ってるだろ」

胸の先を舌先で、ちゅくりと回すように弾かれた。

リヒトの指がゆっくりと、私の中を探るように擦る。

「俺に気持ちよくされるのが屈辱なのは分かるけどさ。こんなのに勝ちも負けもないし、あんたが思うほど大したことじゃない」

指の隙間からそっと見上げると、リヒトの顔からはいつもの軽薄な笑みが消えていた。

低い声で続ける。

「どうせ逃げることなんかできないんだ。身体を強張らせて痛い思いするより、割り切った方が賢いだろ」

「分かってるわ、そんなこと……」

どうせ避けられないのなら、泣いたり騒いだりはしない。ただの儀式だ、誇りを失わずに粛々と済ませてみせる。そう決意して、ここに来た。

リヒトの前で服を脱ぐまでは、それでいられたはずなのに。

首を振って唇を噛む私を見て、リヒトはまたも酷薄な笑みを浮かべる。

「それじゃ、今だけなら俺のこと好きになってくれてもいいぜ？」

「馬鹿なこと……不可能だわ、そんなこと……」

答えが予想通りだったのか、リヒトはくっと声に出して笑う。

「それじゃ、そろそろ……適当なところで挿れるからな」

「だから、さっさと終わらせてって言ってるでしょう！」

「はいはい」

ごそごそと衣擦れの音がする。身を起こしたリヒトが、ズボンの前をくつろげながら私を見下ろす。

「あ、そういやキスしてないな。するか？」

「遠慮しておくわ。絶対に嫌」

「エレノア、キスもしたことないのか」

思わず口元を隠した私を見て、何がおかしいのかリヒトはまた笑った。

そして不意に、私の両手首を掴むと左右に開く。

「ずっと健気に片想いをしてきた男を、いきなり出てきた帝国の女に奪われて？　さらに大事にしてきた純潔さえも、大っ嫌いな帝国の犬に食われちまうんだ？　——可哀(かわい)そうなお姫様」

そのまま両手をベッドに押さえつけるようにして、唇を塞(ふさ)いでくる。

ぬるりと、まるで生き物みたいに舌が中に入ってきて、ぞわりとした。泣きそうだ。やめて、どうして。

その時、ぐぐっとなにかが両脚の奥に押し当てられた。

上半身をしっかりベッドに押さえつけられて動けないまま、口を塞がれて声を出すことすらできないまま。

深いところに、杭(くい)が打ち込まれていく。

視界がにじんで、必死で目をつぶった。

光る瞼(まぶた)の裏側に、浮かんでは消えていく。

初恋の人の、大好きな笑顔。

リヒトが唇を離して、はぁ、と微(かす)かに息を吐き出した。

「狭……っ……」

押し殺したような息を漏らす。

目を伏せたまま、唇をぺろりと舐めて、

「もう少し奥、挿れるぞ……力抜け」

有無を言わせないような言葉と裏腹に、思ったよりもゆっくりと、でも確実に奥にまで、ぐりっと

深く入ってくる。

　視界が反転するような衝撃が走った。声を出さないように、必死で唇を噛む。

　両手の拘束からやっと解放される頃には、私たちは体の奥深くで繋がってしまっていた。

　痛い。痛い。息をするのも苦しいくらい——助けて。

　このまま動き出されたら死んでしまうと本能的な恐怖を覚えたけれど、リヒトは奥まで入れたまま、しばらくじっとしている。

　私はその間に、必死で体の奥の痛みを飼いならそうとした。

　もう、これは戦争だ。命がけの切り結びだ。

　ベッドの上で、私は今、たった一人で帝国と戦っている。

「そんなに強く噛みしめるな。切れるぞ」

　唇をわずかに動かすと、じんわりと鉄の味がした。

「あー……すげ。……おい、大丈夫か。痛くないか」

　髪を撫でられ、唇の端にまた口づけられるその間も、私はひたすらに目を閉じている。

　耳元で、はぁっ……と吐き出された熱い吐息交じりの声に、怪訝そうな色が混じった。

「……なに大事そうに握ってるんだよ」

　首から下げた細いチェーンの先を自分が強く握りしめていることに、その時初めて気が付いた。

「な、なんでも、ないわ……」

「見せろ」

握りしめた手を開かされる。焦って抵抗しようとしたけれど、彼が少し動くだけで内側が別の角度から抉られるようで、こちらは身じろぐことすらままならない。

制服の一番下、誰にも見られないように素肌にいつもつけていたチェーンの先の小さなリングを、見られてしまった。

「侯爵令嬢にしては、ずいぶん質素なトップだな。それに古い……子供が作ったみたいな」

かぁっと頬が熱くなる。

やめて。お願い。これ以上見ないで、さらさないでいて。

耳朶まで熱くなって、目を開いたら涙で霞む。その先に、驚いたような顔で私を見下ろす青碧の瞳が見えた。

「――昔、ウィム・ベルガーにもらったとかそこらへんってわけか。あんた、そんな可愛い顔できるんだな。健気なことで」

「そんな……」

ぐぐっ、と内側から持ち上げられるような感触。あまりの痛みに意識が飛びそうになった。

「あっ……!!」

「いいか、エレノア。そんな想いを抱いたって無駄なんだ。どんなに必死に想いを募らせても、思い通りになんかならない。結局こんな風に、帝国に全てを奪われる」

「やっ……だ、やめ……そんなこと、いわないでっ……」

「そんなこと分かり切っていたはずなのに、恋とか愛とかくだらないことに必死になって。だから俺は……あんたを見ていると、すごく苛々するんだ」

ぐぐ、ぐっ……ずちゅ、ぐちゅりっ。

肌と肌が打ち合う中に、だんだんと、湿ったような音が交ざってくる。

目元を微かに赤くしたリヒトが、ふっと瞳を細めた。

「ほら、大嫌いな俺に抱かれて濡れてきてる」

「違う、違うわリヒト。あなたが、ウィムの名前を出すから……！」

「――へえ。やっぱりあんた、俺を煽るのがうまいな」

不意に入り口付近まで抜かれたと思ったら、力の入らない身体がくるりと転がされた。何が起こったか分からないうちに、うつ伏せにされた背中側からぬぷりと再び貫かれる。

「あっ……!!」

「顔が見えないから、ウィム会長のこと思い切り考えられるだろ。ほら、もう少し腰上げて」

揺れて弾ける視界の中、無我夢中で目の前の枕にしがみついた。

「っ………んっ……」

「あんた、尻も綺麗だな」

お尻をペチンと軽く叩かれた。屈辱で息が止まりそうだ。

「やだ、バカ、やめ……」

「ウィムの名前呼べば？　ほら、助けてって叫んでみろよ。それでもあいつはもう来ない。それをちゃんと思い知れ」

「や、そ、んなの……」

ひどい。どうして。

どうしてそんなに意地の悪いことを言われなくてはいけないの。

ぱちゅんぱちゅんと肌を打ち付け合う音が、部屋の中に響いている。

どれくらい時が過ぎたのだろう。身体が熱い、熱を帯びて宙に浮いているみたいだ。

枕をきつく握りしめた私の手に、背後から大きな手が重なった。

耳朶に熱い息がかかる。

「エレノア、大丈夫。もうすぐ、すぐ終わるから。いいか、こんなことは大したことじゃない……」

囁く声が遠く聞こえる。

白くなっていく意識の中、ただただ、心の中から全ての感情を追い出そうとした。

そう、大したことじゃない。

こんな儀式を経たとしても、私は何も変わらない。変わってなんて、やるものか。

だけど、だけど。

――私はアリータ公国の侯爵令嬢、エレノア・サマン。

帝国学院の生徒会副会長を、中等部の頃から五期連続で務めてきた。

みんなは私のことを、立派だと褒めてくれる。憧れだなんて言ってくれる。

だけど、ただただ全ては初恋の人のそばにいたかっただけで、彼に認められたかっただけで。

彼に恥じることなく日々を精進していれば、いつか想いが叶う日が来るのではないかなんて。
何の根拠もなく信じていた、愚かで世間知らずで往生際の悪い……普通の女の子だったはずなのに。

その日、私は大切なものを失った。
弱い心を隠すようにまとう、その肉体の純潔と。
そして、十年間大事にだいじに育ててきた、ウィム・ベルガーへの淡い初恋と。
ふたつ、同時に失った。

第二話「悪役令嬢」

翌日受けた身体検査で、私は無事に成人の儀を終えたことを認定された。

「エレノア・サマン。立派だわ。帝国はあなたを誇りに思うでしょう」

問診担当の女医の先生は、唇を引き結んで頷いた。

帝国の高官を親に持つ帝国派と、アリータ公国の貴族家子息令嬢である公国派。

ほんの数年前までは、つがいの組み合わせは両派でぱっつり分かれていて、派閥を超えて組み合わされることは滅多になかったという。

だけど五年前、不正を犯した行政官が更迭されてこの地に縁のある行政長官が改革を行ってから、状況は変わった。年に一組の割合で、帝国派と公国派のつがいが生まれるようになったのだ。

先生は私のことを、帝国派の男子に身体を捧げた悲劇の公国派女子とでも思っているのだろう。

医務室を出た先の回廊で、片隅の長椅子に腰をかけた。

ひどく疲れたし、やっぱり体の奥がじんじんと痛い。

子を宿した兆候はないと告げられた安堵で、気が抜けてしまったのかもしれない。

女子寮に戻る前に、少しだけここで休んでいこう……。

「エレノア様！」

中庭を挟んだ向かいの校舎の窓から、嬉しそうに手を振ってくれている女子生徒たちが見えた。一年生だわ。微笑んで手を振り返して、背筋を伸ばす。

情けない顔をしていてはだめ。どこで誰に見られているか分からないのだもの。

私は、サマン家の令嬢。旧アリータ公国でアリータ公爵家に次ぐ歴史を持つ名門、サマン侯爵家の長女なのだから。

鞄から手鏡を出して覗き込む。

――疲れていたり悲しかったりする時ほど、凛とした表情をしていなさい。そうでないと、心から先に負けてしまうわ。

五年前に亡くなったお母様が、ベッドサイドで泣きじゃくる私に遺した言葉だ。

公国屈指の美女と謳われたお母様の若い頃に、私は生き写しだと言われている。

バターブロンドの長い髪はたっぷりと大きなウェーブを描き、アクアマリン色の瞳はやけに大きい。やたら量の多いまつ毛は何もしなくてもくるりと上を向いているし、唇は紅をさす必要がないほどに赤い。胸だって、十八歳になった今でもまだ成長し続けていて、重たいくらいだ。

ため息がこぼれて、手鏡を下ろした。

お母様には申し訳ないけれど、ここ最近どうしても、自分の見た目が好きになれないのだ。

目じりが上がりすぎていると思う。もっと優しげに垂れているくらいの方が、絶対に可愛いのに。

身長ももう少し低くていいし、頬だって尖りすぎだ。もっと柔らかく、ふんわりと丸くなってほしい。彼が、つついてみたいと思えるくらいに。そう、あの子みたいに……。

「ウィム!!」

廊下の向こう、視界の端に彼の姿を捉（とら）えた瞬間、私は反射的にその名前を呼び、ぴょこんと立ち上がってしまっていた。

金に縁どられたまばゆい白。裏地とベストは鮮やかな青。

学院のエリートコース・騎士コースの制服が帝国で一番似合うのは、間違いなくこの人だと思う。

「エレノア」

軽く手を上げて回廊の向こうから近付いてくるウィムを見ながら、慌てて髪を耳にかけた。

ああ、彼に会うならもう少しちゃんと鏡を見ておくんだったのに。

ウィムは私の前に立つと、くしゃりと無防備な笑顔を浮かべる。ダークブロンドの髪がさらりと揺れて、ヘーゼルの瞳（め）が惜しげもなく細められた。

旧アリータ公国の子爵家次男にしてこの学院の生徒会長、ウィム・ベルガー。

涼やかに整った王子様みたいな風貌（ふうぼう）に、すらりとした長身と長い手足。剣を握っても馬に乗っても騎士コースのトップで、複数の名門騎士団からの内定が出ている。非の打ちどころがないエリートだ。

「どうかしたの？　何か探していたみたいだったけど。問題があったなら共有して？」

問いかけるとウィムは髪をかき上げて、一瞬だけ、ほんのひと息置いた。

そしてさらりと発した言葉に、弾んでいた私の心はしんと冷えてしまう。

「うん。アメリアを見なかった？　ずっと探しているのに見つからなくてさ」

周囲を見回すウィムに気付かれないように、私はそっと唇を噛（か）む。

「ごめんなさい、見ていないわ。女子寮に戻っているのではないかしら」

今年、私たちの学院で「成人の儀」を受けたのはちょうど三十組。

その中で、帝国と公国の境界を越えてつがいになったのは、例年と違い二組だった。

一組は私とリヒト・シュレイカー。そしてもう一組が、公国派の王子様であるウィム・ベルガーと、父親が帝国の行政官であるアメリア・ランゲだったのだ。

この二組が発表された時、学院は誇張ではなく揺れた。

衝撃と動揺。混乱と興奮。様々な感情が噴出して、当人のみならず同級生そして後輩たちまでをも巻き込んで、あわや学院始まって以来の大事件とされたものだ。

「そうか……儀式翌日のスケジュール、ちょっと余裕なさすぎだよな。エレノアも疲れてるところに、ありがとう」

「気にしないで、ウィム。アメリアに用があるのなら伝言を預かるけれど」

ウィムは、少し考えるように眉(まゆ)を寄せる。身長が高い彼の表情が色とりどりに変わるところを、こうやってすぐ近くで見上げているのが、私は大好きだったはずなのに。

「うーん、でも大丈夫。手紙を書いて寮母さんに預けることにするよ。あ！　そうだエレノア、明日の午前中、生徒会室に集まってくれるかい？　夜会の打ち合わせがしたいんだ」

「分かったわ。お疲れ様、ウィム」

笑顔で手を振って足早に去っていく後ろ姿に、胸元でそっと手を振り続ける。

ウィムの歩く先には青くて高い空が広がっているようで、眩(まぶ)しくて目を細めてしまう。

「すげーな、まだ諦(あきら)めらきれねーんだ」

不意に背後から声がして、その場で飛び上がってしまった。

「好き好きって駄々漏れの顔して見上げてさ。見てるこっちの方が恥ずかしいぜ」

チャコールグレーの普通科の制服を着崩した、ウィムと同じくらい長身の男子生徒が、回廊の柱に寄りかかっている。夜を思わせるブルーブラックの髪に、スッと上がった眉の下で冷たい光を放つ青碧の瞳。そして耳には銀のピアス。口元に軽く笑みを浮かべた、リヒト・シュレイカーだ。

「私はそんな、諦めないとかそんなこと、もともと、そんなことは別に……」

平静を装って返そうとしたのに、不意打ちで言い当てられて頬が熱くなるのを止められない。胸にぎゅっと荷物を抱えて俯く私を、リヒトは鼻で笑う。

両手をポケットに突っ込んだまま近付いてくると、身をかがめるようにして顔を覗き込んできた。短い棒が付いた、小さな飴を咥えている。物を食べながら歩くなんて、さらにそのまま人と会話をするなんて、なんて行儀が悪いのかしら。

「ウィム会長、さすがだな。徹底して気が付かないふりを貫いて、あれは俺でもすげーと思う。あそこまでやり切れるのは、ある意味あんたへの優しさなんだろうな。喜んでもいいんじゃねーの？」

「何言って……」

思わず顔を上げてしまう。目が合うと、鼻がぎゅむっと摘ままれた。

「な、何するによ！」

「今夜、離れの部屋取ったから」

「はい？」

意味の分からないことを言われて、鼻を押さえたまま首をかしげてしまった。

寮の離れは、成人の儀を終えたつがい同士の生徒たちが卒業までの逢瀬(おうせ)を――夜の時間を過ごすために使われる、特別な場所だとは聞いているけれど。

「なぜ？」

「なぜって。子供できてなかったんだろ？　まあそう簡単にはいかねーよな。だからとりあえず、できるまでは毎晩抱くから」

あら？

この人、何の言語を話しているのかしら？

私は一歩後ずさった。

「行かないわよ。行くわけがないわびっくりしたわ。そもそも何あなた、図々しく私に話しかけているの？　もう儀式は終わったの。私とあなたは一生口をきくこともないはずよ」

「何言ってんだよ。帝国で評価されようと思ったら、成人の儀の初夜を済ませるなんて大前提だろ。ちゃんと子供を成してこそ、成功って呼べるんだよ」

「ねえもう黙って」

帝国で評価されるためにとか。そんなこと、今はほんの少しも聞きたくない。

「私はもう絶対に、二度と永遠に、あなたとあんなことはしないわ」

「残念だけどエレノア。あんたに拒否権はない」

たん、とリヒトが右足を持ち上げて、私の背後の柱に靴の裏を突く。

「知ってるだろ？　つがいの片方が関係を望んだら、相手はそれを断れないって」

「それならもう、私を投獄でも密告でも死刑でもなんでもすればいいわ」

一生懸命睨んだのに、リヒトは目が合うとバカにしたように口の片端を上げる。

「エレノア、現実を受け入れろよ。あんたとウィム会長がつがいになるんじゃないかとこの学院の生徒は勝手に思っていたみたいだけどさ、現実は違ったんだ。帝国が選んだあんたのつがいはウィム・ベルガーじゃない。俺なんだよ」

口の中の飴の棒を、片手でくるりと回した。

「意地張るなって。何度もしてりゃ、そのうち嫌悪感もなくなる。それに我慢してたつもりだろうけど、最後にはあんたも可愛い声、ちゃんと出てたぜ？」

「っ……わ、私は絶対に、もう二度と、あなたとあんなことするのは嫌なのっ!!　もうこれ以上話しかけないでちょうだい!!」

足を突かれた反対側から身を滑らせるように脱出すると、そのまま回廊を駆け抜けた。

追いかけてくるかと思ったけれど、彼の気配が近付いてくることはなくて。

揶揄われたのだと思うと悔しくて、やっぱり泣きそうになった。

泣きたくなくて、何も考えたくなくて。

私は足を止めずに、女子寮までの道を一気に駆け抜けていった。

＊

夏の終わりの夕方だった。

廊下の片隅で、小さく折りたたまれた紙を拾ったのだ。

それ自体は学院の年間行事が印刷された、珍しくもないもので。私が戸惑ったのは、用紙の余白にびっしりと、赤いインクで書き込みがされていたからだ。

行事の内容、成り立ち。誰がどんな形で仕切ってきたか、関係する生徒たちの名前。その時点で既に終了した行事の名前は、赤いインクで塗りつぶされていた。

ただのメモではないということは、直感的に分かった。

書き込みがされているのは、公国派の生徒が伝統的に継承してきた行事ばかりだったから。さらにそれらについて何らかの意図を巡らせた計画的な思考の形跡を、苛立ったような赤字の書き付けが物語っているように感じたからだ。

廊下の先から瞬時に戻ってきた男子生徒が、私の手からそれを奪った。

人を食ったような笑顔で学院中の生徒を篭絡していく不思議な編入生が、珍しく焦ったような表情を浮かべている。

そう。私はきっとあの頃から、彼に不信感を抱いてきたのだ。

リヒト・シュレイカー。――帝国の犬。


「エレノア様！」

はっと顔を上げると、いつの間にか経済学の講義は終わってしまっていたらしい。講堂には、生徒たちの笑いさざめく声が満ちていた。

回廊でリヒトと会話をした、その翌日のことだ。

正午を知らせる鐘が鳴り響くのを聞きながら、目の前に立つ可愛らしい三人の笑顔を見た。

一学年下、高等部二年生の公国派の女の子たちだ。

「あの、私たちこれを見ていただきたくて」

目くばせし合った彼女たちが広げたのは、薄いクリーム色のショールだ。柔らかなウール地一面に、赤と緑の糸で刺繍が施されている。

「あら、完成したの？　おめでとう」

「ここの薔薇のモチーフ、エレノア様の刺し方に一番近い図案に初めて挑戦したんです。やっぱり私たちにはすごく難しかったのですけれど、どうでしょうか……？」

不安そうに見上げてくる彼女たちに微笑んだ。

「とてもよくできているわ。こんなに大きなサイズを頑張ったわね。緑のレースも綺麗に編めている。三人とも、本当に上達したのね」

ほっとしたように頷き合うと、彼女たちは、ショールを私の方に差し出してくる。

「あの、これ……よかったら、エレノア様に受け取っていただきたくて！」

「えっ……でも、ひと月以上かけて編んだものではないの？」

「いいんです、最初からそのつもりだったから」

それから、うるんだ瞳で私を見上げた。

「春になったら、もうこの学院にエレノア様がいらっしゃらないなんて、私たちやっぱり寂しくて」

「だからこの町を離れても、せめて私たちを思い出していただきたかったんです」

はらはらと涙をこぼす彼女たちの姿に、たまらない気持ちが込み上げる。

「ありがとう。とっても嬉しいわ。ねえ、よかったらこの後、ランチをご一緒しない？」

こんな私を慕ってくれる、なんて可愛い子たちなのだろう。

笑顔を見せてくれた彼女たちに気付かれぬよう私は小さく首を振って、頭の中を占めていた雑念を振り払った。

だってもう成人の儀は終わったのだ。あの男が何を考えていようと関係ないし、何を言われようと、無視をしていればいいんだわ。

卒業まであと二週間。心穏やかに、最後の学院生活を大切な仲間たちと過ごすのだ。


後輩三人に加えて、私の幼馴染(おさななじみ)である三年生、マノンとカミールも一緒にランチをとることになった。天気がいいので、カフェテリアの中でも特に日当たりのいいテラス席に集まって腰をかける。私たちのお気に入りの定位置だ。

「ねえエレノア、夜会のドレスはもう決めたの？」

マノン・バイエが、瞳をくるりと回して言った。

伯爵家の令嬢である彼女は、昔から私と一番気が合う友人だ。

「ええ。セトウィンから、知り合いが送ってくださる予定になっているのだけれど」

「素敵。セトウィン製のドレスを新調するだなんて、さすがサマン家だわ！　私なんてお姉さまのを仕立て直しよ。裾を上げなくちゃいけないわ。エレノア、手伝ってくれる？」

「そうだわエレノア、前にあなたがつけていた、紫色の髪飾りを貸してもらいたいんだけれど」

皆が口々におしゃべりに花を咲かせる。幼い頃から一緒に過ごしてきた彼女たちとゆったりとした時間を過ごすことは、やっぱりとても心を癒してくれる。和やかな雰囲気の中、食事は進んでいった。

「あら、そう言えばオレリーは？」

「今日はブノワと約束があるんですって」

何気なく問いかけて返ってきた答えに、ちょっとドキッとしてしまう。

お昼休みや放課後、ちょっとした休憩時間。共に過ごすつがい同士の生徒の姿を、学院の中で時々目にするようになっていた。一見何も変わらない日々に思える中でも、成人の儀は確実に私たちの日常を変えてきている。

その時、不意に空気が揺れた。

カフェテリアの生徒たちの視線が、一か所に引き寄せられていく。

テラスの正面を早足で横切る二人の男子生徒……ウィム・ベルガーとリヒト・シュレイカーだ。

任務から帰還したところなのだろうか、騎士コースの白いマントを翻すウィムが眩しい。チャコールグレーの普通科の制服を着崩して、さらに胸元のタイを緩めながら隣を歩くリヒトと、言葉を交わしながら歩いている。

リヒトが何を話したのか、微笑を浮かべて聞いていたウィムが驚いた顔をして、それから笑った。

「あのお二人、素敵ですよね……」

ぽつりと、後輩のニーナがつぶやいた。

「私、今まで帝国派の生徒はいつも何かに怒っていて、隙を見せたらいけない怖い相手だって思っていました。だけどリヒト様が編入してきてから、少し考えが変わったんです」

「私もです。リヒト様は、私たち後輩にも気さくに声をかけてくださるし」

「リヒト様って、帝都の名門大学への進学を決めたんですよね。すごいことだわ」

「ウィム会長がリヒト様といる時に見せる気を許したような笑顔も、新鮮だと思わない？」

頬を染めておしゃべりに興じていた後輩たちが、私を見てハッとした表情になった。

「申し訳ありません！　リヒト様はエレノア様のつがいなのに、こんな図々しいことを言ったりして」

それを聞いて、今度はテーブルに着く私と同級生の女子たちがハッとした表情になる。

「ちょっと、その話は……」

「そうよ、食事の時にするものではないわ！」

カミールとマノンが食い気味に後輩たちをいさめるのを見て、私は戸惑いを通り越して、なんだか笑いたいような気持ちになってしまった。

「ねえ、いいのよ、そんなに気を使わなくても」

私が言うと、マノンたちは戸惑うように顔を見合わせる。

「もう大丈夫。私の儀式も、つつがなく終わったわけだから」

つつがないとは便利な言葉だわ、と思う。だけど殺したり殺されたりしたわけではないのだから、十分つつがなかったと言って差し支えないだろう。

顔を見合わせたマノンたちが、肩の力を抜くように息を吐き出した。

「よかったわ……」

「私たちもね、まさかエレノアが帝国派の生徒とつがいになるだなんて思っていなくて」

「そうなの、すごくびっくりしたわ。本当言うとね、最初はなんて声をかけていいか分からなかった」

そうね。みんなが気を使ってくれていること、私はもちろん気付いていたわ。

「それも、リヒト・シュレイカーですものね……。帝国派の中心人物だわ。私たち、やっぱりとても心配だったのよ」

「あら、でもカミールは、リヒト・シュレイカーは自然体でスマートで素敵って言っていたじゃない」

「やだ、それは内緒って言ったでしょう。私はただ、彼は話も面白いし、成績もトップだし、見た目も良いし……帝国派の中では、悪くないかもって言っただけで」

みんなの会話を聞きながら、私は口元の笑みを保つので必死だった。

リヒト・シュレイカーの評価が彼女たちの間で想像以上に高いことが分かり、愕然としていたのだ。

なんという胡散くさい人たらし。眩暈がするわ。

「ねえ、見てよあの子」

その時、マノンが声を殺して囁(ささや)いた。指し示す方向に、中庭の片隅を背中を丸めて横切っていく、赤いおさげ髪の女子生徒が見えた。

すると、白い制服が手前から足早に彼女に向かって近付いていく。ウィムだ。

ウィムに気付いた彼女は、分かりやすくぴょんと跳ね上がり、早歩きで反対側に去っていく。

それを、ウィムが追いかけていく。

その一部始終(いちぶしじゅう)を、私たちはテラス席から、一言も発しないで見守っていた。

「――昨日もウィムが探していたのに、寮の自室に閉じこもっていたのよ、アメリア・ランゲ。やぁね、ウィムをないがしろにするだなんて信じられないわ」

沈黙を破ってマノンが言った。カミールも大きく頷く。

「ウィムは責任感が強いから、決められたつがいには優しくしないといけないと思っているのよ。可哀(かわい)そうだわ」

「ウィムとあの人じゃ、全然釣り合わない。やっぱりウィムの隣に立って絵になるのはエレノアしか」

その時、フォークを持った私の左手が、後ろからひょいと持ち上げられた。

「それはちょっと困るなあ」

制服を着崩したリヒト・シュレイカーが、そこに立っていた。

フォークの先のムニエルを一口で食べてしまうと、驚いたように振り返った女子生徒たちに対して、リヒトはわずかに首を傾けて微笑みかける。

今の会話を聞かれていたことに気付いたみんなは、赤くなって俯いた。ニーナなんて、今にも泣き出しそうな顔をしている。

招かれざる闖入者をこの場から追い出さねばと立ち上がりかけた時、リヒトはとんでもないことを言い放ったのだ。

「エレノアとウィム会長がお似合いなのは分かるけどさ。俺、今すっげー頑張ってエレノアを口説いてるところなんだよね。だからみんなも応援してくれねー？　な？」

まるで悪戯っ子がお目こぼしを請うような顔をして、みんなに向かって肩を竦める。

そのうえ、私の肩に手を回して自分の方にぐっと抱き寄せたのだ。

テーブルを支配していた気まずい空気は瞬く間に消え、みんなは口元に両手を当てて声にならない悲鳴を上げる。

「そうなの？　リヒト、ごめんなさい」

「ごめんなさいって……やだ、カミールってば何言ってるの」

「大変、ニーナが真っ赤になってる。ニーナお水飲んで、早く早く!!」

さっきまでの緊張感はすっかりほぐれ、テーブルが一気に笑顔に包まれていく。

その中心でしれっとした微笑を浮かべて、あろうことか私の座っている椅子に一緒に座ろうとしてくる（！）リヒトの身体を渾身の力を込めて押し返しながら、私は天を仰ぎたい気持ちだった。

この場を包んでいた負の空気を、リヒトはたった一言で一掃してしまったのだ。

誰も傷つけることなく――いや、私のプライドを傷つけるだけで。

「エレノア、俺、今夜も離れを予約してるんだぜ？」

テーブルに頬杖を突いて、駄目押しとでもいうようにリヒトが私に流し目をする。

それを聞いたみんながまた盛り上がる。ニーナなんて、前髪の生え際まで真っ赤になって、そのまま椅子ごと後ろに倒れてしまいそうな勢いだ。

私は奥歯で歯ぎしりをしながらも、かろうじて優雅な笑みを保ちながらリヒトを見た。

テーブルの下で足を踏んでやろうとしたけれど、完全に予想しているように避けられる。目が合うと、ニヤリと不敵に笑われた。

……ああ、やっぱりここでもそうだ。彼はいつも人の気持ちを、思うままに操ってしまう。

一年間、同じ副会長として生徒会活動をしてきたから分かる。

リヒト・シュレイカーは確かに仕事ができる。アイディアも豊富で処理能力も高い。

しかしそれ以上に、人の心を掴んでしまう胡散くさい処世術のようなものに長けているのだ。

「俺はただ面白いと思うことをしているだけ」といった調子で彼は新しい提案をし、伝統的な行事を刷新していく。特に公国派が代々受け継いできた式典や行事を、帝国派にも開けたものに変えてしまうことが多かった。最初は戸惑っていた生徒たちもいつの間にか巻き込まれ、結局は夢中になってしまうのだ。

だけど、私だけが気付いていることがある。

あの夏の夕方、廊下でリヒトが落としたメモ。学院の年間行事の詳細と、びっしりとした書き込み。

ふとした瞬間に見せる、ひどく怜悧な視線。

彼は、単に「面白いから」学院を変えていっているわけではない。公国派の生徒たちが必死で守ってきたものを、何らかの意図をもって塗り替えようとしている。奪い取ってしまおうとしている。

――帝国の犬。私は絶対、騙されないわ。

「離れは静かだから、一人で勉強でもしたらどうかしら？」

思い切り優雅に微笑んで、立ち上がった。

その場を足早に去りながら、それでもほんの少しだけ、さっきのリヒトの言動に感謝をしてしまう。

みんながアメリアを非難することを、私は止めることができなかったから。

いいえ、違うわ。止めようともしなかったのだから。


悩んだけれど、午後の授業を一つ欠席することにした。

昼休みのウィムとアメリアの姿、みんなの言葉、その時の自分の行動。

思い出すとどんどん胸が重くなってきたので、寮に戻って少しだけでも横になりたかったのだ。

回廊を抜けて、図書館の角を曲がろうとした時だった。

「おまえすごいな。さっきもベルガー会長から逃げ回って、いったい何様だよ」

男子生徒の挑発的な声がして、私は足を止めた。

図書館の裏、数人の男子生徒に壁際へと追い込まれている小柄な女子生徒は……アメリア・ランゲ。

ウィム・ベルガーのつがいのアメリアが、胸に教科書を抱きしめたまま青ざめて俯いている。

「みんな言ってるぞ。特に公国派の女子生徒に睨まれてるの、気付いてるだろ」

「おまえみたいな奴(やつ)があんな王子様に追いかけられるって、どんな気分だよ」

弱い相手をいたぶって楽しんでいる、声の色。

アメリアが何も言わないことに調子付いたのか、更に声が大きくなっていく。

「なんとか言えよ。お高く留まって、公国の仲間にでも入れてもらったつもりか？」

囲んでいる男子生徒たちの制服の色は様々だ。普通科だけでなく騎士コースの制服を着た生徒まで。全員が、帝国派の生徒だ。

「そ、そんなこと、ありません。私は……」

くるくるとした赤毛を二つの三つ編みに編んで背中に垂らしたアメリアが、震える声でどうにか言い返そうとした。弱々しいその声は、威圧的な男子生徒の声に簡単に覆い隠される。

「どうだか。――なあ、ベルガー会長が儀式の時どんな様子だったか教えろよ」

「おまえ相手じゃ、さすがの王子様も途方に暮れていたんじゃないか？　ちゃんと機能したか？」

下卑た笑い声に虫唾(むしず)が走る。

何を言っているの。大勢で一人を取り囲んで。その上、ウィムを侮辱するなんて許せない。恥を知りなさい。

喉(のど)の裏に、いくらでも言葉があふれてくる。本来の私ならばとっくに飛び出して、彼らの頬を順番に平手で打ち据えてやるところだ。

だけど、今は。地面に根が張ったように、足が動かない。

彼らから死角になった建物の陰に立つ私の耳に、ひと際大きな声が届いた。

「大体どうしておまえみたいなのが、あのウィム・ベルガーのつがいになれるんだよ。行政官の父親の力を借りて、不正でもしたんじゃないのか⁉」

その言葉が、抉るように私の胸に突き刺さった、その時だった。

「行政官、意外と全然力ないぜ？」

背後から、飄々とした声がした。

「こと『成人の儀』に関しては、数年前から行政長官の完全なる預かり事案なんだってさ。アメリアの父親クラスが口出しできる余地はない」

固まったままの私の横をまるで気付いていないかのようにすり抜けていく、普通科の制服を着た背の高い男子生徒。

「リヒト……」

男子生徒たちが、気まずそうに顔を見合わせた。

「だって、おかしいだろう。去年までは一年に一組あるかないかだった公国派と帝国派の組み合わせが、今年は二組もだ。特にこいつらなんか全然釣り合ってないじゃないか。不正が行われたに違いないって、公国派の女子たちも」

「実は、俺も頼んでたんだよね」

「え」

なおも言い募る彼らを、リヒトはとんでもない爆弾を落とすことで黙らせた。

「アメリアのオヤジさんに。学院で一番可愛い子とつがいにしてくれってさ」

男子生徒たちの動きが止まる。

「おまえ……それで、エレノア・サマン侯爵令嬢のつがいの座を……!?」

「そうなのか!? なんだよそれずるいだろ!! やっぱり不正があったんじゃないか!!」

色めき立った彼らに、リヒトはいつもの棒付飴をコロコロ舐めながら肩を竦めてみせる。

「残念。俺は別に、エレノア・サマンを希望したわけじゃねーよ。ああいう美人系よりどっちかと言ったら可愛い系の方が好きなんだよなー、俺。とにかく、アメリアのオヤジさんにはそんな権限ないってこと」

「本気かよ……学院一の美女を捕まえて、おまえとんでもないこと言うな……」

「そうか？ むしろアメリアの方がいい女だと思うけど。おまえら、女見る目ねーな」

ゲラゲラと男子生徒たちが笑い出す。

「エレノア・サマンよりアメリアの方がいいって、おまえ目が悪いんじゃないのか？」

「そんなことねーよ。だって俺、おまえのつがいのカヤも結構好みだし。うまくやってんのか？ 聞かせろよ」

リヒトが笑うと、中心に立っていた男子生徒が、まんざらでもない顔になる。

周りの男子もニヤニヤと彼を揶揄うようなそぶりを見せて、その場の空気が一気に緩んでいく。

「あなたたち、授業が始まっているわよ」

足元の小枝をわざと踏みつけながら、建物の陰から歩み出た。

その場にいた、リヒト以外の全員の視線が私に集まるのを感じる。

「こんなところでこそこそと集まっていると、私闘ではないかと誤解を招くわ。卒業前の大切な時期でしょう。早く校舎に戻りなさい」

男子生徒たちは、私を見て下卑た笑いを含んだ表情になった。さっきのリヒトの言葉を思い出したのだろう。だけど平然と見返すと、気まずそうに眼をそらしたのはあちらの方だった。

「さっすが。目線一つで男を動かす美人副会長」

立ち去っていく男子生徒たちを見送りながら、リヒトがしり上がりの口笛を吹く。

「エレノア様、リヒトさん、ありがとうございましたっ……!!」

真っ赤な顔をしたアメリアが、勢いよく頭を下げた。三つ編みがぶんっと遠心力で揺れる。

「ご迷惑をおかけして申し訳ありません!!　私一人で対処しなくてはいけない問題なのにっ!!」

「気にすることはないわ」

「でも……!!」

アメリアが顔を上げる。大きな丸い眼鏡の奥には、優しげに垂れた緑色の瞳。薄桃色の頬はふんわりと柔らかそう。小さくてふわふわとしていて、きっと守ってあげたくなる。リヒトの言った通りだわ。あの男子たちの目は節穴ね。

優しい言葉をかけてあげなくてはいけないと思った。怖い思いをしたのだもの、当たり前のことだ。なのに私の唇からこぼれたのは、ひどく冷たい声だった。

「気にすることはないと言っているでしょう。学内のトラブルを防ぐのは生徒会の仕事だから止めただけよ。あなたを特別に助けようとしたわけではないから、お礼なんていらないわ」

アメリアがきゅっと肩を竦める。止めようと思うのに、私の唇は勝手に言葉を紡いでいく。

「それに、言われるままでいたあなたにも問題があるわ。身に覚えがないのなら堂々と反論しなさい」

どうしよう。アメリアが泣いてしまったらどうしよう。もっと別の言い方ができるはずなのに。

その時、私の言葉に黙って俯いていたアメリアが、勢いよく顔を上げた。

「ありがとう、ございますっ！　エレノア様にアドバイスをしていただけて光栄です！　次はちゃんと、自分で意見が言えるように頑張ります……！」

唇を引き結んでこぶしを握りながら決意表明をする姿に、私はぽかんとしてしまう。

「そうそう。その分厚い本振り回してぶん殴っちまえばいいんだよ、あんな奴ら」

リヒトがこらえきれない様子でくくっと笑ったことで、私は我に返った。

「リヒトさんもありがとうございます。でも、エレノア様に対する言動が失礼すぎますよ」

「はいはい。それを俺に言えるなら、あんな奴らに言い返すくらい楽勝だろってこと」

リヒトのこんな笑い方は初めて見た。私に向ける嫌味な冷笑とは明らかに違う、くつろいだような笑顔だった。二人を見つめる私の視線に気付いたリヒトは、口の中で飴を転がした。

「あー、前に言わなかったっけ。俺とアメリアは帝都で初等科の頃同じ学院だったんだ。親も同じとこで働いてるからさ」

「そう。とにかく大事にならなくてよかったわ」

別に二人の関係について説明してもらう必要はない。背を向けた私に、リヒトは言った。

「あんたなら、もっと早くに止められたんじゃないのか、エレノア？」

どうしていつも、この男は私が一番触れてほしくないところに触るんだろう。

ううん。触るだけじゃない。剥き出しにして、抉ってくるみたいに。

「少し驚いてしまっただけよ。あなたが不意に出てくるからだわ」

教科書を抱く腕に、ぐっと力を込める。

「アメリア。夕食の後、食堂に残ってくれる？　女子寮の自治会の引き継ぎをしたいと、寮長が」

「は、はい!!　任せてください了解いたしました!!」

すっとんきょうな声を上げるアメリアの隣で、リヒトがわざとらしく心外そうな顔になる。

「食後は俺との先約があるだろ、エレノア。離れの部屋を予約してるんだけど？」

アメリアが驚いたようにリヒトを見上げて、顔を赤くした。

「一人で勉強に使いなさい」

「またそれか……あー、なるほどね。俺がそういうことばっか言うから拗ねてるわけ。じゃ、明日は週末だし、まずは昼間のデートでもする？」

無視して立ち去ろうとする私にたった一歩で追いついて、とん、と進行方向の壁に片足を突くと、リヒトは飴をバリンと噛み砕く。

「アメリア、俺たち少し話があるから先に校舎戻っといて」

リヒトが私を見下ろしたまま、平坦な声で告げた。

「え、あ、気が付かなくてごめんなさい……エレノア様、夕食の後よろしくお願いいたします……!!」


何を誤解したのか、真っ赤な顔をしたアメリアが駆け去っていく足音が、やがて聞こえなくなる。

私はその場に微動だにしないまま、行き先を塞ぐように壁に突いたリヒトの右足を見下ろしていた。

「何のつもり？　足をどけてくださらない？」

「あのさ。俺、昨日も夜中まで待ってたんだよね」

「だから何度も言っているでしょう？　私があなたと……ああいうことをすることはもう二度とないの。永遠によ。だからこれ以上関わらないで」

まっすぐに上がった眉の下、青碧の瞳の奥がじっと私を見下ろしてくる。

「そもそも、あなただって私は好みのタイプじゃないと、さっきも宣言していたじゃない」

「あー、あれか。悪い」

「昼間に言っていたことと正反対で、どちらも口から出まかせばかり。あなたの言うことなんて何も信じられないの、当たり前でしょう？」

一瞬、リヒトの動きが止まった気がした。でもすぐに、いつものように口の端に笑みを浮かべる。

「あの場を収めるにはあんな風に言っておくのが最適解だろ。俺、ちゃんとあんたのこと可愛いって思ってるぜ？　それは本心だから安心しろよ」

「馬鹿にしないで」

「あ、それにあんたの身体はかなり好み。思い出すだけで、すぐまた抱きたくなる」

「っ……!!」

振り上げた手を片手で掴まれる。

足を下ろしたと思ったら、今度は両手を、動きを封じるように私の左右の壁に突いた。

「やめなさい、リヒト・シュレイカー。学院の中でこんな狼藉に及ぶことは許さないわ」

「いいね、その目。正義を曲げない侯爵令嬢。だけどさっきはどうして、アメリアを助けるのに躊躇していたんだろうな」

ひゅっと息を吸い込んで凍り付いた私を見て、彼は笑った。

「あんたの高潔で正義感あふれる姿勢に対しては、俺、ずっといいなと思ってたんだ」

冷めた目で私を見下ろして、だけど、と続ける。

「昼間のカフェでもそうだったけど、さっきアメリアを助けることを躊躇したあんたにはがっかりしたぜ、エレノア。子供じみたくだらない恋心なんてものに、容易く美徳を奪われちまうんだなってね」

リヒトが私の身体から離れる。

立ち去りたい。駆けていこうと思うのに、震える足に根が生えたようで、その場から動くことができない。

「あんた、ウィム会長に相応しいのは自分だったはずなのに、とか思ってんだろ」

「そんな、こと……」

「あんただけじゃない。公国派の生徒は、みんなそう思っていたよな。五年前、コルネリア・アリータとユリウス・ハーンがつがいになった奇跡と重ねて、今年はあんたとウィムがつがいになることを、みんなが期待していたんだろ?」

リヒトが、馬鹿にしたように笑う。

コルネリア・アリータ様は、本来私たちが仕えるべき公女だったお方だ。常に清廉で公正な彼女は公国派の象徴で、私たちにとって憧れの存在だった。彼女が幼馴染の騎士、ユリウス・ハーン様とつがいになったという奇跡が、私たち後輩の中で伝説となっているのは事実なのだけれど。

もう充分だ。この男の話を聞いてはいけないと、頭の中で警鐘が鳴っている。

だけど私は息を吸い込んで、逃げずにまっすぐ目を見返した。

「私はずっと、ウィムの右腕だったの。あなたが編入してくるずっと前から……初等科の頃からずっとよ。彼を支えてこの学院を守っていくのは、私の役目だった。そのことには、ずっと誇りを持っているの」

「夏の終わりの剣術対外試合の応援衣装、見事だったな」

リヒトが思い出したように言ったので、私は更に胸を張った。

帝国派と公国派、合同で大応援団を結成しようと言い出したのはリヒトだったけれど、結果的な成功には私の力が不可欠だったと自負している。

「そうよ。あなたの提案した衣装はあまりにもお粗末だったわ。だから私はこの学院の騎士コースを応援するのに恥ずかしくない衣装を用意したつもり」

試合では、五人勝ち抜きを決めたウィムが大活躍をした。そして学院の紋章を刺繍した揃いの衣装に身を包んだ応援団も高く評価されて、アリータ地方帝国学院は総合優勝を果たしたのだ。

試合後、ウィムは眩しい笑顔で「エレノア、ありがとう」と言ってくれた。

「そうだな。デザインも素晴らしかったし、あのレベルの衣装を五十枚だっけ？　揃えたのは壮観だった。騎士コースの士気は確実に上がっただろうな――でもエレノア、あの衣装を作るための追加予算がどこから捻出されたか、分かってるか？」

「え……」

「限られた一年分の生徒会予算を洗い直して切り詰めて、帳尻を合わせたのはアメリアだ。あんたが称賛を浴びるその陰で、それらを実現に移すために必死で頭をひねっていたのは、アメリア・ランゲだよ」

息を飲む私に、リヒトは肩を竦めて笑った。

「ウィムは、そんなアメリアをよく気にしていたぜ。打ち上げにウィムがいないとあんたが騒いでいた時、あいつは生徒会室で、アメリアと帳簿をまとめていた」

「そんなこと」

足の爪先が冷たくなっていくのを感じた。心臓がドクンドクンと耳元で鳴り始める。

「本来のあんたなら、その程度のことすぐに気付けたはずだ。だけどウィムへの恋心にうつつを抜かして正常な状態になかったってことだろ。だから恋とか愛とかに振り回されるのは無駄だって」

「知っていたわ」

教科書をぐっと胸に押し付ける私を見て、リヒトが眉を寄せた。

「あの日、ウィムを探していて、最後に生徒会室に行ったの。アメリアとウィムが帳簿をまとめているのを見たわ。入ろうかと思ったけれど、ウィムがとても楽しそうで、なんだか邪魔をすることができなかった。翌日一人で帳簿を確認して、アメリアがしてくれていたことを理解したの」

喉が渇いてきた。何度も唇を舐める。

「でも、ウィムはとっくに分かっていたんだわ。だって、ウィムは……ちゃんと、みんなを見ているの。気付いてくれるの。誰かの頑張りはもちろん、理不尽な仕打ちを受けて苦しんでいるような人のことだって、ちゃんと気付いてフォローしてくれるの」

そう、ウィムは私のことだって見ていてくれた。

みんなから過大に評価されてしまいがちな私が、実は弱くて情けない人間だってことも全て分かって、それでも副会長として頼りにしてくれた。

それだけが、私の支えだった。ウィムが見てくれていることだけが、誇りだった。だけどそんなウィムだからこそ、同じようにアメリアのいいところもちゃんと見つけ出したのだ。

それはきっと、リヒトから見ればひどく単純な構図だったことだろう。

派手好きで無責任な私にこき使われた、可哀そうなアメリア。だけど彼女の頑張りを王子様のウィムが見つけ出して、助けてそして——惹かれていった。そう、それはまるで。

「まるでお伽噺だわ。私は二人の仲を邪魔して盛り上げる、物語の悪役ってわけね」

そのままくるりと背を向ける。

遠くから聞こえ始めた鐘の音に背中を押されるように、私は足早にそこを離れた。

第三話「リヒト・シュレイカー」

辻馬車を降りると、小さくため息をつきながら屋敷を見上げた。

私が生まれ育った屋敷――サマン侯爵邸は、旧アリータ地区の中心地から少し離れた、街の外れに建っている。

瀟洒な白壁と赤い屋根に這う蔓薔薇は、サマン家の紋章にも採用されたこの屋敷の象徴だ。

重い門を押して中に入ると、春の花がつぼみを膨らませる華やかな前庭を抜けて、玄関へと歩いた。

敷地面積はアリータ公の屋敷に次いで広く、この庭はお父様の自慢でもある。

「姉さま！」

「姉さまお帰りなさい!!」

扉を開くと、奥から妹と弟が転がるように飛び出してきた。

八歳の弟のセディを抱きしめて、六歳になる妹のベルを抱き上げる。

「バスチアンは？」

家令の姿が見えないので何気なく聞くと、二人は顔を見合わせてしょんぼりとした表情になった。

「バスチアンは、自分のおうちに帰ったの」

「時々会いに来てくれるけれど、もうここには住まないんだって」

言葉に詰まる。ついに、三十年仕えてくれていた彼にまで暇を出すことになったのか。

見回すと、ホールに飾っていた絵や美術品がさらに減っていることにも気が付いた。

「そうなの。もうお爺ちゃんだものね。マーサは？」

「マーサはいるよ。今お買い物にいっているの」

二人の乳母をしてくれていたマーサは残ってくれていることに、心底ほっとする。

彼女がいなくなってしまったら、この家はあっという間に立ち行かなくなるだろう。後でゆっくり話を聞かなくては。

「最近はなかなか戻ってこられなくて、ごめんなさいね」

「いいの、姉さまは忙しいでしょう？　僕たちなら大丈夫だから」

セディは気丈にそう言ってくれたけれど、ベルは私のスカートにギュッと顔を埋めてくる。

お母様はベルを産んで間もなく亡くなった。二人は年よりもずっと聞き分けがよくて賢い子供だと思うけれど、まだ幼いこの子たちに我慢を強いている現状が苦しくて、二人をぎゅっと抱き寄せた。

「お父様は？　書斎にいらっしゃるの？」

「うん。お客様がいらしているの」

「おや、エレノアではないですか」

よく通る声がして顔を上げると、ブロンドの髪の身なりのいい青年が階段を下りてくるのが見えた。

「ロルフ様」

「学院はお休みですか。お久しぶりです、相変わらず美しい。日に日にお母様に似てきますね」

知性を感じさせる青い瞳を細めて、彼は私を見て微笑んだ。

「ありがとうございます。今日はセトウィンからわざわざ？」

「ちょうどこの近郊での会合が重なったので、挨拶がてら顔を出したのですよ。しかしあなたに会えるとは運がいい」

　手にした鞄から、分厚い書類の束を出す。

「こちら、前にあなたから頼まれた、春からの新商品のリストですよ」

「ありがとうございます、助かります。ちゃんと特徴も頭に入れておきますわ」

「ああ、エレノア。帰っていたのか」

　ロルフ様の後ろから、赤い顔をしたお父様が顔を覗かせた。足取りがおぼつかない。また昼間からお酒を飲んでいたのだ。

　急いで駆け寄ろうとした私をロルフ様がそっと手で制すと、お父様の隣まで戻り、さりげなく補助しながら階段を下りてきてくれる。

「喜びなさい。ロルフ殿が、うちの輝石をまたも採用してくださった。それも破格な値付けでだぞ」

　ホールに降り立ったお父様は、お酒の匂いを漂わせながらも上機嫌で、私に向かって両手を広げる。

「マーサにご馳走を用意するように言ってあるんだ。エレノアも今日は泊まれるんだろう、ゆっくりしていきなさい。ああ、ロルフ殿のおかげでやっと我が家にも運が戻ってきたというものだ……ロルフ殿、今日はぜひともゆっくり酒を酌み交わしましょうぞ！」

　ちょうど買い出しから戻ってきたマーサとお父様、セディとベルたちが楽しそうに言葉を交わすのを見ながら、ロルフ様の隣に立つと声を落とした。

「うちの山には、いい石はもうほとんど残っていないと思うのですが……大丈夫なのでしょうか」

「あなたが心配することはないですよ。アリータ産ということだけで十分価値を見出す者は、まだまだおります」

　複雑な気持ちが込み上げたけれど、嬉しそうに今日の献立を教えてくれるセディとベルを抱き留めながら、私は黙って頷いた。

　アリータ公国屈指の名門・サマン侯爵家。ずっとそう扱われてきたし、学院のみんなも我が家が変わらず裕福であることを信じて疑わないでいてくれる。

　だけど今や、サマン侯爵家の財政は火の車なのだ。

　サマン家は、旧アリータ公国の東端に代々広大な領地を有していた。領地の山からは質のいい輝石が採掘されて、私が生まれた頃までは名実ともに、アリータ公爵家に次ぐ名門だったのだ。

　帝国の侵攻を受けて既得権益を奪われてしまった後も元々の領地を管理する仕事は与えられたので、そのまま堅実に領地経営を続ければ、家族が暮らしていくことは十分にできたはずだった。

　その点で、我が家は本当に運が悪かったと言える。

　まず十年ほど前から、輝石の採掘量が目に見えて減っていった。

　お父様は焦って新しい設備を導入したり人を増やしたりしたけれど、もうめぼしい輝石は採りつくされてしまったということが分かっただけだった。

　五年前にお母様が亡くなってから、さらに状況は悪化した。お父様は心の穴を埋めるように次々と新しい事業に手を出すようになり、代々の蓄えはみるみるうちに目減りしていったのだ。

そんな時支援を申し出てくださったのが、ロルフ・マイヤー様。アリータ地方の北側に隣接する街・セトウィンで行政官をしている方だった。

セトウィンは国境に面して多くの民族が混在し、にぎやかだけれど雑多な印象の街だった。だけど帝都から派遣されてきたロルフ様が濫立していた職人ギルドを取りまとめて、他民族の知見を取り入れた珍しい商品を次々と開発。さらにその専売権を申請して帝国内に独占販売する商会を設立したのだ。最近では、異国情緒あふれた豊かな街として、セトウィンは注目を浴びてきている。

ロルフ様は、三十代にしてやり手の政治家と実業家、二つの顔を併せ持っている方なのだ。彼が私たちの鉱山から採れる輝石を採用してくださったおかげで、私たちは今もどうにかこの屋敷で暮らすことができている。

「エレノア、本当にロルフ殿に感謝をしないといけないよ。おまえがセトウィンで働くことができるのも、ロルフ殿のおかげなのだから」

夕食の席で、お父様は葡萄酒のグラスを傾けながら終始ご満悦だった。

なにより、折に触れ顔を出してくれるロルフ様のおかげでお父様の気持ちがこうして安定してくれていることを思うと、ロルフ様にはいくら感謝をしてもしきれない。

セディとベルも、ロルフ様が持ってきてくれた珍しいお菓子やおもちゃに目を輝かせている。

卒業後、私がセトウィンの商会で働けば、二人には望む進路を与えることができるかもしれないのだ。自分のことだけでいっぱいいっぱいになっている場合ではない。

その夜は、セディとベルに挟まれた一つベッドの上で二人の温かさを感じながら、久しぶりにぐっすりと眠りにつくことができた。


「ロルフ様、遠回りになってしまうのに申し訳ありません」

翌日の昼過ぎ、私は恐縮しながら馬車に揺られていた。

セトウィンに戻るついでに私を学院まで送り届けてくださると、ロルフ様が申し出てくださったのだ。

二頭立ての、とても立派な馬車だった。我が家はとうの昔に手放してしまった種類のものだ。

「お気になさらず。アリータの景色を楽しみたいと思っていたところですよ」

ロルフ様は穏やかに微笑んだ。

「春から、よろしくお願いいたします。私、少しでも商会のお役に立てるように、勉強を頑張っているところなんです」

「そんなことはしなくていいんですよ」

くくっと笑うロルフ様に少し戸惑いながらも、私は続けた。

「セトウィンの商会に宝石を求めにいらっしゃるお客様は、帝国内での地位も高い、裕福な方ばかりと伺っています。そのような方々は教養もあるでしょう？　石には物語があります。鉱石の由来や成分、そういったものと繋がりのある商品を作ればきっと」

「この地に元から住む方々には実感がないかもしれませんが、外の地域ではアリータの物、そして人というだけで、まだ驚くほどの価値を持つのです」

　ロルフ様は、ビロード張りの椅子の背に体を預けながら笑みを浮かべる。

「その中でもあなたは特別ですよ、エレノア・サマン。あなたが身にまとうだけで、商品の価値は上がるでしょう。働くといってもサロンのような場所です。あなたはただ座って微笑んでいるだけでいい。セトウィンの社交界の華となるでしょう」

　私はあいまいに微笑んで、窓の外に視線を向けた。

「私もかつて帝国に祖国を奪われた一人ですから、あなた方の苦労を放ってはおけないのは確かです。しかしそれ以上に、侵略された数多の国の中でもアリータは別格だと、あなたを見ていると実感できるのですよ、エレノア。かつてこの地に舞い降りた妖精が建国したという伝説を信じたくもなるその美しさは、帝国の支配下にあっても決して失われることがない。あなたはその美貌をもっと誇るべきだし、利用する権利がある」

　枯れた鉱山にかろうじて残った輝石のかけらと、生まれ持った美醜だけを頼りに生きていこうとする自分。どちらも、取るに足らないという意味では同じなのかもしれない。

　結局、学院の正門までロルフ様は馬車を寄せてくださった。先に降りて、私の手の甲に唇を寄せる。

「それではごきげんよう、エレノア。あなたが私たちの元に来てくださる日を、心待ちにしていますよ」

　去っていく馬車を見送って、ふう、と長い息を吐き出してから、振り向こうとした時だ。

「今の誰（だれ）？」

　耳元に聞こえたブスっとした声と、肩に感じた重さに飛び上がる。

　背後から肩に顎（あご）を乗せてきているのは、リヒト・シュレイカーだった。

「何よ！　いきなり近付いてこないで。驚くでしょう？」

　飛びのくと、リヒトは両手をズボンのポケットに入れたままつまらなそうな顔をした。

「俺（おれ）には指一本触られるのも嫌がるくせに、あんなオヤジにはキスされても平気なんだな、あんた」

「変な言い方しないで。……それにキスって……手の甲にされただけだわ」

「それじゃあ、俺は唇にキスしてやろうか？」

「足の裏にだって遠慮しておきます」

「結構マニアックな性癖してるな」

　一昨日の放課後あんな風に衝突したばかりなのに、まるでそんなことを忘れたかのような雰囲気だ。相変わらず飴（あめ）を口の中で転がして笑いながらも、ロルフ様の馬車が去った方向をじっと見ている。

「セトウィンの行政官よ。お父様がお世話になっているの」

「……セトウィンね」

　なぜかそのまま動かないリヒトの服装に、私はそっと視線を向ける。

　両脇（わき）にポケットのついた、黒いストレートのボトム。白いシャツの上に羽織った濃いグリーンのジャケットは細身なシルエットで、肩と腰にベルトがついている。こんなデザインを見るのは初めてだ。シンプルなループタイも合っている。リヒトが着るものは洗練されていると、マノンたちが以前話していたのを思い出した。

「どうした？　人の服をじっと見て」

「いえ、見たことがない形だと思っただけよ。帝都の流行なのかしら」

「あー、そうかもな。元は狩猟用らしいんだけど、動きやすいし気に入ってる。古着だから最新の流行ってわけじゃないと思うけど。エレノア、そういうのに興味あるんだ」

ハッとして慌てて目をそらした私を、リヒトは面白そうに見下ろしてくる。

「今からちょうど服見に行くとこなんだけど、一緒に来るか？」

「……別に、興味なんてないわ。それにもう寮に戻るから。それじゃ、私はこれで」

軽く会釈をして門に向かおうとすると、背中にリヒトの大きな声がぶつかってきた。

「こないだは、ごめん」

驚いて振り返ると、リヒトは唇を引き結んで、私をじっと見つめていた。

「あんたのこと勝手に分析して、分かった気になって傷付けた。あれは俺が悪かった。反省してる」

下唇を軽く噛んで、それでもはっきりとそんな風に言うリヒトを、思わず二回瞬きして見る。

耳朶が、微かに赤くなっていた。

「……服の店、結構面白いとこだと思うんだけど。デートとか言わないし、やらしいこともしないようにするから、どう？」

だから、引き寄せてくるような強い瞳に捉えられるままに、思わず頷いてしまっていたのだ。

その店は、学院から一番近い街の裏通りに、ひっそりと佇んでいた。

「元は古い酒場だったらしいんだけど。代替わりで安く貸しに出されたんだってさ」

重そうな扉を押し開いたリヒトに続き、薄暗い店内へと足を踏み入れた。

「やあリヒト、いらっしゃい」

左右の壁にびっしりと服がかかった細長い店。突き当りにしつらえたカウンターテーブルの奥に、若い男性が立っていた。長い髪を一つに結んだ、柔和な雰囲気の方だ。

「カール、前言っていた布地、無事届いたか？」

「ああ、帝都から一旦ハイルバンを経由したら、手頃な価格で取り寄せることができたよ。セトウィン経由だと本当に高くつくんだな。おまえの口利きのおかげだ、ありがとう」

「じゃ、報酬はこのタイとベルトな」

「さすがいいもの選ぶな」

帳簿から目を上げて苦笑した彼が、リヒトの後ろに所在なく立つ私を見て目を丸くする。

「リヒト、今日はまたものすごい美人を連れてきたな。あれ、もしかして……」

「はじめまして、エレノア・サマンと申します。リヒト様の……同級生です」

「俺のつがい。最近成人の儀を済ませたばかり」

せっかく誤魔化した端から暴露してきたリヒトを睨むけれど、彼は全く意に介した様子もない。

カールさんと呼ばれた男の人は、目を丸くしたまま私たちを見比べる。

「へえ……!!　さすが引きが強いなリヒト!!　おまえ分かってるのか、すごいことだぞサマン家って!!　……ああ失礼、エレノア様。俺も四年前まであそこの帝国学院に在籍していたので、あなたのことは存じ上げてますよ。中等部の生徒会にものすごい美人がいると噂になっていた」

驚いて瞬きをすると、カールさんは照れくさそうに笑う。

「もちろん俺のことなんか、あなたは知らないと思いますがね」

「知るわけねーだろ。おい、俺のつがいをあんまりやらしい目で見るなよな」

「いや、ものすごい言いがかりだなリヒト！」

カールさんに定規で叩かれながら、リヒトは私を見た。

「カールは親が帝国の役人なんだけど、卒業後リュートックの洋品店でしばらく修行して、去年ここに店を出したんだ」

「そうそう、親同士が同僚だからリヒトも店に来てくれて、今じゃすっかりお得意さんに」

「よく言う。俺のアドバイスに頼りすぎだと思うぜ、カールは最近」

カウンターに載った大きな瓶から棒付き飴を掴み出して、リヒトは笑う。ここでのリヒトは、どこか肩の力が抜けたような笑顔を見せる。アメリアといる時と同じかもしれない。

「わざわざこの町に、ですか？　帝国派……帝国の方は、卒業後たいていアリータ地方を出ていくのに」

「うーん、俺、初等科からずっとここに住んできたからね。親もまだここの役人だし、俺にとってもアリータ地方は、もう故郷みたいなものだからさ」

不意を突かれたような気がした。

この土地が帝国の支配下に降ってから、十七年。

同じだけの時間を、帝国出身のたくさんの人々がここで過ごしてきたのだ。

彼らにとって、この場所が故郷となっても何も不思議ではない。私たちがこの場所に抱いているものと同じ想いを彼らが抱いていても、それは当然のことではないか。

カウンターにコインを置くと、リヒトは飴を咥えながらスツールに身軽に座った。

「エレノア、店の物好きに見ていいぜ」

「え、でも……」

「ここは公国流の店と違って、客は気になった商品をどんどん手に取っていーの。基本は男向けの古着だけど、そっちには布地もあってオーダーもできる。あと女向けの小物とかはあっちな。どれもオーナーセレクトの、他ではあまり見ないようなものばかりだぜ?」

リヒトが指さす順にお店を見渡して、胸がドキドキとしてきた。

見たこともないデザインの服や帽子、知らない素材のアクセサリーやスカーフなどがあふれている。

これを好きなように、好きなだけ見ていいだなんて。

「宝探し、みたいだわ」

思わずつぶやいた私に、リヒトがふっと……優しい目で、笑った気がした。

結局、お店には夕方近くまで滞在してしまった。

カールさんが一つひとつ買い付けてくるという商品は面白いアイディアや斬新なデザインのものば

かりで、手に取るものどれもが珍しくて、リヒトと来たこともすっかり忘れてしまったほどだ。

お客様がいらっしゃらない合間を見て、私は何度もカールさんに質問をした。

カールさんの後を付いて回る私を見かねたのか、途中からはリヒトが間に入ってきて代わりに答えてくれた。

「カールさん、たくさん見せていただいてありがとうございます。すごく楽しかったわ。本当は、手に取ったものは全て買い取るべきだとは思うのですが……」

セディに似合いそうな小さなリボンタイ一つだけをカウンターに載せながら、肩身が狭い思いで俯く。サマン侯爵家の令嬢はずいぶん吝嗇だと思われているかもしれない、と恥ずかしく思ったのだけれど。

「とんでもない。見て回るだけでも楽しいと思っていただけるなんて光栄ですよ。ぜひまたいらしてください」

カールさんの笑顔に、そんな風に思ったこと自体を恥ずかしいと感じた。

先にリヒトが路地に出る。扉を押さえてくれながら、カールさんが振り返った。

「リヒトは、学院でうまくやってます？」

「ええ、それはもう。とってもうまくやっていると思います」

若干の憎らしさを込めて答えると、カールさんはほっとした顔になった。

「よかった。あいつ帝都で色々あったから心配していたんですけど、ちゃんと成人の儀も済ませられたんなら何よりだ」

「何こそこそ話してんだよ」

向かいの屋台を覗いていたリヒトが振り返ったのでカールさんは口をつぐんでしまったけれど、ほんの少しだけ、彼の話の先が気になった。

珍しい店が建ち並ぶ細い通りを抜けて大通りへ戻ると、学院へと続く道を、私たちは無言で歩いた。ポケットに手を突っ込んで歩くリヒトの後ろを、間隔を少し空けて付いていく。傾いた陽が、リヒトの影を私の足元まで伸ばしてくる。温かな風に、もう春なのだということを実感した。

不意にリヒトが立ち止まったので、私も慌てて足を止めた。

細い小川を見下ろす土手の草むらに、リヒトは何の躊躇もなく腰を下ろしてしまう。

どうしたらいいか分からなくて立ち尽くしている私を見上げて、リヒトは自分のジャケットを脱ぐと、それを草の上に敷いてくれようとする。私は慌ててそれを拾い上げると彼に返し、そのまま隣にぽすんとしゃがみ込んだ。

地面の上に座るのなんて、いったい何年ぶりだろう。

春の草花が群生していて想像よりずっと柔らかで温かく、上質のクッションのように心地よかった。

「ほら」

リヒトが、ぶら下げていた袋から取り出した何かを差し出してきた。白くて丸い……何かしら。油紙で包んである、掌に載るくらいの柔らかい……パン？

反対の手に持った同じものを、リヒトが大きく口を開けて頬張っている。

さっき、屋台で買っていたものだ。

両手で受け取ったそれの端を、私も真似して恐るおそるかじってみた。

柔らかな生地の中に、ほんのり甘いクリーム。木の実だわ。そしてとっても温かい。

「蒸しパン、食べたことねーの？　こっちでは発酵パンばかりだもんな。帝都では普通に売ってるぜ。あそこらへん、帝都出身者が多いからな」

そんな場所がこのアリータ地区にあったなんて、今まで全然知らなかった。

「ありがとう。とても美味しいわ」

美味しい。柔らかくて甘くて、温かくて。

地面に座ってものを食べるなんてひどく行儀が悪いはずなのに、鼻先をくすぐる春の風の中、穏やかな日差しの下でこんなに美味しいものを食べるのなら悪くないないなんて思ってしまう。

「あなた、カールさんと仲がいいのね」

「仲がいいってわけじゃないけどさ。俺、ちょっと出資してるんだよな、あの店に。潰れられたら困るから、時々様子を見に来てんだよ」

「出資？」

「そこまで大した金額じゃねーけど。うちの母親、財務専門の役人でさ、そういうの昔から奨励してくるわけ。公国貴族から見たら下品な話かもしれねーけどな。子供の頃から金の話とか」

ううん。重要だと思う。お金のこと、とてもとても、大切だ。

聞きたいことがたくさんありすぎて黙ってしまった私を見て、リヒトは残りのパンを口に放り込むと、ああ、と頷いた。

「まず、このアリータ地区に帝都から派遣されてきたのは、俺の母親な。父親じゃなくて」

「お父様は？　帝都に残っているの？」

「いや、確か今、ベルクスに……いや、ハーデシュだったかな。とにかく北の方の騎士団に所属しているると思う」


食べ終わった油紙をくしゃくしゃと丸めながら、リヒトは続ける。

「うちは、母親が文官の役人で父親が武官なんだよ。生徒会に入った頃ウィムに聞かれて説明した時、あんたも近くにいた気がするけど。ま、あんた俺に興味ないしな。覚えてねーんだろ」

覚えていない。多分、聞いていなかったのだ。なんだかすごく恥ずかしくなった。

そっと見上げるリヒトは、立てた膝の上に頬杖を突いて、夕方の光が跳ねる水面を見つめている。

スッとした鼻筋に薄い唇。綺麗に整った横顔だった。

「お父様とずっと離れて暮らしているの？　寂しくない？」

「全然？　帝都じゃそれが当たり前だし」

リヒトは私を見て、ああそうか、とつぶやいた。

「帝都の方じゃ『つがい制度』が導入されてもう三十年近く経っている。うちの両親も『成人の儀』でつがいにされた二人ってこと」

「そうなの」

そうか。言われてみればその通りだ。スキニア帝国繁栄の歴史に関しては初等科の頃から散々学ばされてきたはずなのに、実感したのは初めてかもしれない。

　私を見て、リヒトはおかしそうに笑った。

「そんな申し訳なさそうな顔するなよ。別にうちの親は仲が悪いわけじゃない。ただ、お互い好きな仕事をしているから一緒に暮らす必要もないだけだ。父親はちゃんと送金して義務を果たしているし、子供を育てるには戦地より内地の方が便利だから、俺も母親といるだけだし」

　リヒトは両手両足を伸ばして、草むらの上にごろんと仰向けに倒れた。

「もちろん両親とも互いを愛してるとか考えたこともないと思うけど、全然それでうまく回ってるし。むしろそんな感情がないぶん平和なんじゃねーの？　だから俺、『つがい制度』ってすげー理にかなった制度だと昔から思ってたんだよな」

　寝転がったまま話し続けるリヒトの隣で、私は立てた両膝をスカートの上から抱えた。

「好きとか愛とか、人生の中で一瞬燃え上がるだけの刹那的な感情に過ぎないだろ。いちいち泣いたり騒いだりする時間がもったいないし、そんなことで何かを失うなんて論外。あまりにも愚かだ」

　こちらを見た視線はひどく冷たく冴えていたけれど、私と目が合うとそれを隠すようにニヤリと笑う。

「だからさ、エレノアも意地張ってないで俺と子供作ろうぜ？　俺、卒業後は帝都に戻るけど、充分な金は送るし、なるべくこっちの仕事作って会いに来るよ。この閉鎖的なアリータ地区で子供を成して凱旋したら、帝国での俺の出世がさらに約束されたものになるからさ」

　ああもう！　真剣に話を聞いた時間を返してほしいわ！

「嫌よ。結局その話？　私はもう義務は果たしたじゃない」

「初回は痛みの方が強かっただろ？　そこで終わらせたらもったいねーって。エレノアの身体（からだ）の中の気持ちいいところ、ちゃんと探して可愛（かわい）がって、とろっとろにしてやるからさ。気持ちいいこととして帝国の評価も上がる。こんないいことねーだろ」

「やめてちょうだい。今日はそういう話をしないって約束でしょう？」

睨んだけれどリヒトは動じた様子もなく、私がそういう反応をするのを分かっていたかのように笑った。

「あなたの価値観は分かったわ。でも、私の価値観とは違うの。尊重はするけれど、干渉するのはやめましょう」

「あんた、改めて頑固だな」

「それはそちらでしょう!?」

「本当に、帝国には逆らわない方がいいんだけど」

笑いながら目を閉じて、リヒトはさらりと続けた。

「俺は弟と幼馴染（おさななじみ）を犠牲（ぎせい）にした。だからもう、絶対に間違えられないんだ」

温かい風が吹いている。小川の向こう側を、お母さんと小さな子供がゆっくりと散歩しているのが見えた。

「犠牲って……」

穏やかな春の夕方の日差しの下、リヒトは淡々と言葉を紡いでいく。

「俺さ、双子の弟がいるんだよな。カインって名前で、俺とそっくり。だけど俺と違ってピュアで、すっげー優しい奴(やつ)」

リヒトは、思いついたかのように笑った。

「ウィム・ベルガーにちょっと似てるよ。もちろんウィム会長の方がずっと策士だけど。エレノア、俺じゃなくてカインがつがいだったらよかったかもな」

淡い笑みを口元に浮かべたまま、続けた。

「で、俺とカインは帝都で生まれ育ったんだけど、隣の家に一つ年上の幼馴染のお姉さんがいましたとさ」

なんだか自分とは全く関係のない人たちの話みたいな口ぶりで、聞いている私もこれが本当の話なのか、リヒトの作った物語なのか一瞬戸惑ってしまうほどだった。

「幼馴染のお姉さん、アイリーンって言うんだけどさ。年上のくせに泣き虫で甘えん坊で、俺たちがよく面倒見てやってたわけ。で、ちょうど去年の今頃、アイリーンの『成人の儀』のつがいが発表になったんだけどさ。あいつ、ここぞって時に運が悪いんだよな。あいつのつがいは、ひでー男だった」

アイリーンのつがいになった帝国高官の息子は、つがいが発表になった瞬間から彼女を所有物のように束縛して、他の男と口をきいただけで暴力を振るうような最低な男だったそうだ。

追い詰められた彼女は、幼馴染の双子の兄弟に相談を持ちかける。

「俺だって必死に考えたんだぜ。それで、大至急証拠(しょうこ)を集めた。つがい解消の訴訟を起こそうと思ったんだ。だけど悪いのはアイリーンじゃなくてその男だってことをちゃんと証明できないと、アイリーンの非にされちまうかもしれないだろ。まずは俺がその男と話をして、いろんな言質を取ろうと思った。理にかなってるだろ？　――だけど、カインはすっげー優しいからさ。俺がそんなこと言ってるうちに、アイリーンの手を取って二人で逃げちまった。成人の儀、当日の朝だ」

リヒトは笑った。乾いた笑い声だった。

そのまま私は話の続きを待っていたけれど、リヒトは目を閉じてしまう。

左目の下に小さなほくろ。風で、ブルーブラックの髪が揺れた。

ほんの少しそうやって過ごした後、不意に目を開いたリヒトは、勢いをつけて立ち上がる。

「そろそろ戻るか。門限になっちまう」

「ねえ、待ってちょうだい」

もどかしい気持ちで、私も立ち上がってリヒトを見上げた。

「その二人はどうなったの？　帝国から無事に逃げられた？」

「そんなわけないじゃん」

リヒトは鼻で笑う。

「すぐ捕まったよ。それでアイリーンは修道院に、カインはどこかの前線に送り込まれた。それっきり。生きてるかどうか知るすべもない」

吐き捨てるような、やっぱりどこか、他人事のような口調。

「あんたに初めて会った時に、うわあって思ったよ。逃げ出す前夜のカインたちみたいなうっとりした目で、ウィム会長のこと見つめてさ。『成人の儀』から逃げたり抵抗したりするんじゃないかと思った。予想外にすんなり受けてくれて安心したよ。意外と賢いんだなって」

「私は」

「『成人の儀』は踏み絵に過ぎない。この年頃の男女にこういう試練を課すことで、忠誠心を試しているんだ。帝国は怖いぜ？　つがい相手と子をもうける程度のことは、こなしておいて損はないってこと。賢いあんたなら分かるだろ、エレノア」

振り向かず土手を上がり始めた背中に、私は声を張った。

「私が成人の儀を受けたのは、別に賢いからではないし、もちろん帝国からの評価を期待したからでもないわ」

リヒトが足を止める。私は一気に感情を言葉にしていった。

自分がそう思っていたことに、話しながら自分で気付いていくような。そんな不思議な感覚だった。

「これはただの儀式であって、何の意味もないものだって思うことにしたからよ。嫌だとか、悲しいとか、そんな感情を持ち込むべきではないって思ったの。だって、私が儀式に感情を持ち込んだら、ウィムだって持ち込んだことになってしまう。ウィムとアメリアが結ばれるのも、儀式のせいだと思いたかった。二人が想い合っているからではないんだって。そう考えないと、私は駄目になってしまうって思ったから」

黙ったまま、リヒトは肩越しに私を見た。

青碧の瞳が夕方の長い光の中できらりと瞬いてにじんだ気がして、私はぐいっと目元をぬぐった。

「あなたが軽蔑する愛とか恋とかいうものを守るために、私は儀式を受けたの。そういう考え方もあるの」

背中から風が吹いてきて、私は髪を押さえながら目をつぶる。

次に目を開いた時、すぐ目の前にリヒトが立っている、と思ったら。

彼は両手をズボンのポケットに突っ込んだまま、ちょっとかがんで、いきなり私の唇にキスをした。

すぐに離れる軽いキスだったけれど。

「なっ……」

「じゃあ、これだって感情とは関係のない、ただの儀式のためのキスだ」

ぺろりと唇を舐めながら、私を見下ろしてニヤリとする。

突き飛ばそうと振り上げた手は、またもするりと避けられた。

「ま、待ちなさいっ……あなた、いやらしいことはしないって……！」

「かーわい。こんなの全然やらしいことなんかじゃねーんだけど」

「も、もう、馬鹿にしないでちょうだい!!」

笑いながら、リヒトはジャケットを肩にかけた。

唇を手の甲で強くぬぐいながら、私はその背中を追いかける。

背中に文句をぶつけ続ける私を振り返ることなく、リヒトは笑いながら進んでいく。

学院まで続く静かな道がだんだん夕暮れに沈みゆく中、私たちはそんな風に、ゆっくりと歩いていった。

翌日の放課後。

「なんて素敵なドレス!!」

大きな箱を開けた瞬間、マノンたちが歓声を上げた。

まばゆいような薔薇色のドレスだ。スカートの背面にはたっぷりとフリルが施され、バッスルで大きく膨らませられる。腰は低めの位置で引き絞られて、上半身はぴったりと体の線に沿い、胸も背中も大きく開いていた。

「華やかだけれど、露出度が高すぎないかしら。生徒会主催の夜会なのに」

「そんなことないわよ。ちょっとセクシーだけど、息が詰まるほど綺麗！」

「そうよ、エレノアは大人っぽいから、本当に似合ってる」

試着した私を囲んで、みんなが興奮したように口々に言ってくれる。

今年で五年目を迎える生徒会主催の夜会は、卒業前の一大イベントだ。昨年までは帝国派と公国派で別々の会場で開催されていたのだけれど、今年は合同開催となった。

もちろん、生徒会副会長のリヒト・シュレイカーの提案である。

最初は戸惑いを見せた生徒も多かったのだけれど、リヒトとウィムが行政官とかけ合って旧アリータ城を会場とする約束を取りつけてきてしまったことが、合同開催の決め手となった。

アリータ城で開催される夜会だなんて、歴史の教科書の中でしか見たことがない、要は、一世一代の夢のような夜になるはずなのだ。

「かつてコルネリア様も、卒業の夜会で薔薇色のドレスをお召しになったというじゃない？　こんなに素敵なドレスを用意できるだなんて、やっぱりサマン侯爵家はアリータ家に並ぶ名門ね」

うっとりした顔でオレリーが言うのを、つい聞こえなかったふりをしてしまった。

今のサマン家に、こんなに豪華なドレスを用意する余力はもちろんない。学院で夜会があることを知ったロルフ様が、お祝いだと言って贈ってくださったのだ。

もちろん遠慮したのだけれど、「あなたがセトウィンのドレスをまとうこと自体が宣伝になる」と強引に押し切られてしまった。

素敵なドレスを着て夜会に出るということに、子供の頃からずっと憧れていた。あと二週間でそれが叶うというのに、喉の奥に小さな骨が刺さったままのような気持ちになってしまっている。

ウィムのこと、アメリアのこと、自分のこの先のこと。それだけではない、この間リヒトから聞いた話だって。簡単には飲み込めないことばかりだ。

「夜会、か……」

「ドレス新調したんだって？」

ぼんやりとつぶやいた独り言に頭上から返されて、驚いて顔を上げた。

見下ろしてくるのはリヒト・シュレイカー。

口元に笑みを浮かべたまま、隣の机に浅く腰を引っかけて私を見下ろしている。

「机の上にお尻を乗せないで」

忠告が聞こえないかのように、両手をズボンのポケットに突っ込んだままニヤリとした。

昼休みの生徒会室だ。何となく誰とも会いたくなくてパンを一人で食べた後、静かな時間を過ごしていたのに。

「ドレスのことなんて、なぜ知っているの？」

「マノンたちに聞いた。エレノア、すごくセクシーなドレスを着るんだろ」

「もう……」

「何時くらいに迎えに行けばいい？　寮から行く？　サマン邸から？」

驚いてリヒトを見上げる。当然というような表情をしているのが信じられない。

「ちょっと待ってちょうだい。夜会にあなたと行くつもりはないわ」

「なんでだよ。普通つがい同士で行くものだろ」

「基本はね。でも別に、基本に忠実でないといけないわけではないでしょう」

リヒトは少し肩を竦めて、ポケットから出した飴の包みを破ると口に咥える。

「ウィム会長はアメリアと行くから、待ってても無駄だと思うぜ？」

「そんなの、期待していないわよ」

「別に俺、夜会の雰囲気で浮かれたあんたをどさくさまぎれに抱けるんじゃないかとかは少ししか思ってねーし。だからそんなに警戒しなくてもいいのに」

「少しでも！　思っている限り!!　絶対に嫌なのよ！！！」

リヒトは笑って、私の手元を覗き込んだ。

「それなに？」

リヒトの話題はコロコロ変わる。あの日河原で聞いた話を、また口にすることはない。

何かの話題を深めようとするとパッと次の話題に移る。いい加減で無責任だとずっと思っていたけれど、深入りされるのを避けているのかもしれない。ふとそんな風に感じた。

「これは……」

机の上に広げたものを、慌てて胸元に引き寄せた。

なのにリヒトはその中央にあるものを、すっと摘まみ上げてしまう。

「リボンタイ？　こないだカールの店で買ったやつだよな。こんな石ついてたっけ？」

濃紺のビロード生地は上質なもので、少しほつれを整えただけで新品のようになった。

「……弟にと思って買ったんだけれど、せっかくだから、少しだけ……手を加えてみようかと思って」

セディの瞳と同じ琥珀(こはく)色の小粒の石を、リボンタイの端に縫い付けているところだったのだ。

「石の中心に穴をあけて、糸が通るようにしているのか。カールの店にこんなのあった？」

「いいえ、それは、サマン家の鉱山で採れるもので……」

商品にもならない屑(くず)石だけど、うちの今の鉱山からしたら貴重な輝石だ。

せめて何かに再利用できないかと、昔なじみの職人さんと相談をして小さな穴をあけてもらったのだ。だけど恐るおそる提案した時、ロルフ様はまるで子供の工作を見る父親のような表情を浮かべるだけで、とても恥ずかしく感じたのを覚えている。

「本来なら捨てるような屑石なのよ？　でも、身内が使うものだし、ほんの少しだけなら……」

　早口で言い訳をしながら取り返そうと手を伸ばしたけれど、リヒトはタイを見つめたまま、すっと持ち上げて窓の光にかざした。

「本来捨てるはずの石なら余計すごいじゃん。小さくてもカッティングがいいから日光を受けて光る。ガラスのビーズとはわけが違うね。紺のビロードに縫い付けると、夜の星空みたいだ。俺、これ好きだぜ」

「……よくそんな、気障（きざ）な台詞（セリフ）言えるわね」

　返した言葉と裏腹に、喉の奥が熱くなるような気持ちが込み上げて、頬に力を込めた。

「それに、まだ完成ではないの。周りに刺繍（ししゅう）も少し施すつもりで」

「刺繍か。エレノア得意だよな」

「よく知っているわね、そんなことまで」

「学院の紋章を簡略化した刺繍の図案集、あれすげーなと思ったからさ」

「剣技大会の応援服を作った時のこと？　あれはね、さすがに五十人分を全部一人で縫い取るのは大変だから、みんなで手分けができるようにって考えたのよ」

「へえ。あれだったら俺にもできる？　針に糸通したこともねーんだけど」

　大真面目（まじめ）な顔で、リヒトが手元を覗き込んできた。

「そうね、あなたでもできるように、さらにすっごく簡略化した図案を考えてもいいわ」

「じゃあ教えてよ、エレノア」

「エレノア、リヒト」

馴染みのある声に反射的に顔を向けると、戸口に立っているのは、やはりウィムだった。

自分がずいぶんとリヒトの方に身を乗り出していたことに気が付いた。慌てて身体を離すと、リヒトはなぜか、微かに片眉を持ち上げる。

「どうかしたの？　ウィム」

「何かあったのか？」

慌てて立ち上がる私の前に、ポケットに手を突っ込んだままリヒトが割り込んだ。

制服の背中が邪魔になって、ウィムの姿が見えなくなる。

もう。なんでいきなり、子供みたいな嫌がらせをするの……!?

「今日の放課後、時間あるかな。よければ二人をうちの屋敷に招待したいんだけれど」

姿が見えないままのウィムが言う。

「ベルガー家に私たちを？　なにかあったの？」

「今、兄さんが帝都から帰ってきているんだ。近くの町で任務があるらしくて」

ウィムの五歳年上のお兄様であるアデル・ベルガー様は、この学院出身の有名人だ。

ハイルバンとリュートックの騎士団を経て、今は帝都の騎士団に所属している。

公国出身のエリート中のエリート騎士。もちろん私たち後輩にとって、雲の上の憧れの人だ。

「アデルさんか、会いてーな」

「なによリヒト、なんだか馴れなれしいわね」

リヒトを押しのけながら前に出る。

「俺、帝都の学院にいた時にちょっと世話になってんだよ、アデルさんには。創立記念祭でその話していた時、あんたもいたと思うけど」

ほんとあんた、俺に興味ないよなとリヒトは笑った。

確かにあの時は、特別招待されたアデル様と現役生徒代表のウィムが披露した演武のあまりの素晴らしさに目も心も奪われてしまい、他のことなんて何も覚えていない。

「兄さんに会いに、ユリウス様もいらっしゃるんだ。ユリウス様は卒業の夜会を始めた時の生徒会長だし、一度話を伺っておいた方がいいかなと思ってさ。せっかくだから、一緒にどうかな」

コルネリア・アリータ様のつがいでもあるユリウス・ハーン様も、この春からアデル様と同じ帝都の騎士団に所属するという話を聞いたことがある。

アデル様とユリウス様。お二人が揃う場所に招待されるだなんて、さすがに緊張してしまう。だけどそれよりも、ウィムのおうち……ベルガー邸を訪問するのは何年ぶりだろう。中等部の時以来かもしれない、とドキドキした。

「いいの？　素敵。とても嬉しいわ」

「よかった。じゃあ放課後、正門で待ち合わせでもいい？　アメリアもそこに来るからあ。

浮き立っていた心がぷしゅんとしぼんだ。

そうか。ウィムはアメリアを、この機会にお兄様やご家族に紹介しようと思っているのだ。

なんて、ちゃんとしているのだろう。

自分のつがいを、成人の儀の後早々にきちんと家族に紹介する。そんな幸せな関係を築けるつがいが、本当に存在するのだ。

私なんて、お父様からつがいは誰だったのか聞かれてすらいないというのに。

「――ウィム会長、それはちょっとあんたらしくないいんじゃねーの」

その時、黙って聞いていたリヒトが、両手をポケットに気だるげに入れたまま低い声で言った。

「アメリアがエレノアに憧れてるのは知ってるし、喜ばせたいのも分かる。でも、そのやり方はアウトだ。冷静になれば分かるだろ」

ウィムが小さく息を飲む気配を感じたので、私はリヒトの腕を両手で引く。

「やめて、リヒト。ごめんなさい……ウィム。今夜は……女子寮で、あの、ドレスの、そう、ドレスの準備をする予定が入ってしまっていることを、忘れていたわ。残念だけれど」

「……そうか、分かった。ごめんエレノア、ありがとう」

「それじゃ俺も」

「リヒト、あなたは副会長としてちゃんとお受けしてちょうだい。ユリウス様とアデル様に失礼がないようにご挨拶して、夜会の注意事項を伺って、全て私に共有するのよ。分かった？」

カラン、と口の中で飴を転がして、リヒトは大きく肩を竦めた。

「はいはい。ったく人使い荒いな。おいウィム、まさかユリウスさん、あの双子を連れてきたりしないよな。創立記念祭の時、子守りを引き受けてひどい目に遭ったぜ」

「どうだろ。連れてきていたら、僕か君のどちらかがずっと遊び相手をすることになるから覚悟して
て」

「無理。あの二人を相手するなら俺手加減しねーけど、それでいいなら」

何事もなかったようにいつもの会話を始めた二人から、私はそっと離れる。

机の上の荷物を片付けながら、リヒトがここにいてよかったとぼんやり思った。

私はいつまで、こういう機会に逃げ場所を探し続けるのだろう。リヒトに助けられて、陰に隠れて。

目をそらして、言い訳をして。

ちゃんと向き合って、この想いに出口を見つけてあげないといけないのに。

でも、そんなことが私にできるのだろうか。

——不安な気持ちを胸に抱いたまま、しかしその時は、すぐ近くまで迫ってきていた。


「ねえ、ちゃんと説明してみなさいよ！」

翌日の放課後、セディとベルを初等科の校舎から辻馬車の乗り場まで見送って、女子寮に戻った時
だった。

どこからか声が聞こえた気がして寮の裏庭をそっと覗くと、鋭い声が飛んできたのだ。

薄暗い庭の奥で大木を背に立ち尽くすのは、アメリア・ランゲだ。既視感に満ちた光景に、眩暈を

覚える。でも一点、先日と大きく違うところ。ある意味先日よりもさらにずっと厄介なこと。

――彼女を取り巻いているのは、全てが女子生徒だった。

「あなた、昨日アデル様にお会いしたんですって？　ベルガー家に入っていくのを見た人がいるのよ、なにをしていたの？」

両手を腰に当てて矢継ぎ早に質問をするのは、マノンだ。

カミールもいる。オレリーもだ。同じ学年の、主立った公国派の女子生徒たちが揃っていた。

「アデル様なんて、私たちでもそうそうお会いできないのに。すごくお忙しい方なのよ。あなた、ちょっと浮かれすぎているのではないの？」

抑えた、微かに震える声。初等科の頃、帝国派の生徒と衝突するたびに私と一緒に先陣を切っていたマノンのこの声を、久しぶりに聞いた気がする。

「ごめんなさい、あの、私……アデル様がいらっしゃっているなんて、知らなくて。ただ、家に遊びに来てほしいと言われたから……」

「ウィムと、リヒトまで一緒だったんですって？　あの二人を侍(はべ)らせて、お姫様にでもなったつもり？」

アメリアが返す言葉を端から奪い取っていくように、マノンが畳みかける。

「ねえ、アメリア。あなた、エレノアが何も言わないからって調子に乗っていない？　リヒトはエレノアのつがいなのよ。それにウィムだって、本来あなたなんかとつがいになるような人じゃないわ。そうよ……私、ずっと聞きたかったの」

マノンは一度言葉を切った。ゆっくりと一語ずつ、区切るように発していく。

「——あなた、父親に頼んで、ウィムとつがいにしてもらったんじゃなくて？」

ああ、また同じだ。この間と同じことを、またアメリアは聞かれている。だけど今日は前回とは違う。震える声ながらも、アメリアはマノンを見て返事をした。

「そ、そんなこと、私は、しししていません！」

「だって、あまりにも不自然じゃない。不正をしたとしか思えないわ。それに儀式の後だって目に余るわ。あなたがウィムやリヒトに色目を使うことを、エレノアだって不快に思っているんだから」

胸に両手を押し当てて俯いていたアメリアが、大きなメガネの顔を上げた。

「そ……それは、エレノア様がおっしゃったんですか？」

「え？」

「エレノア様が、本当にそうおっしゃったん、なら、私は謝罪、いたします。でも、ただの憶測なら……そ、んなの……エレノア様にも、失礼、です……とか……思ったり……」

語尾がだんだん情けなくしぼんでいくのは、多分こちらの角度からは見えないマノンの顔が、どんどん険しい怒りに染まっていくのを見ているからだろう。

「あなた……私が嘘をついているとでも言いたいの⁉」

「だ、だって、エレノア様がそんなことをおっしゃると、私思えない、から……ご、ごめんなさいっ‼」

空を見上げる。

ああ、青い空。久しぶりにこんな風に見上げた気がするわ。

ずっとずっと背中を丸めて嘆いてばかりで、頭上にこんなにも広い空が広がっていることすら、忘れてしまっていたのかもしれない。

大きく息を吸い込んで、一歩前に踏み出した。

「何をしているの？」

私の声に、みんながいっせいに振り返った。

「エレノア……」

マノンが、私を見て唇を噛む。

「話は聞こえていたわ。みんな、よく聞いて。アメリアは不正なんてしていない。たとえ行政官でも、成人の儀のつがいの組み合わせに手を加えることはできないの」

マノンは私を見て、唇を引き結ぶと頭を振った。

「でもエレノア、あなただって本当は我慢できないでしょう？　ウィムはずっと、私たちの心の支えだったじゃない。彼がいるから私たちは、帝国への屈辱に耐えてこられたんだわ。どうしてここにきて、ここに至って……こんな、帝国の犬の娘に、ウィムを奪われないといけないの？」

「そうよ。私たち、つがいが発表されてからずっと耐えてきたわ。やっぱり、ウィムのつがいはエレノアがよかった。それなら納得できたのに！」

口々に、堰を切ったように思いを吐露する彼女たちを見る。

ああ、同じだ。

私もそうだった。つがいが発表された時、ウィムのつがいが自分ではないことに衝撃を受け、どうしても受け入れることができなくて、必死で理由を探そうとしたのだ。

アメリアの父親が行政官だから。そう思うことで、どうにか心をねじ伏せた。

彼女が不正を働いたと思うことで、どうにかギリギリで心を保った気になったのだ。

だけど、その歪みはどんどん心を軋ませて、さらに正常な考えをできなくさせていく。

――紺のビロードに縫い付けると、夜の星空みたいだ。

唐突に、昨日のリヒトの言葉を思い出した。何の脈略もないのになんだか笑いそうになって、心がスッと軽くなる。

「そうね。私も……自分のつがいがウィムじゃないと分かって、とてもショックだったわ」

言葉にしてしまうと、それは本当に単純なことで。

どうして自分は、このことをとっておきの秘密のように考えて、必死で身体を丸めて隠していたのかと不思議に思うほどだった。

だけど私の告白はみんなの虚を衝いたのか、マノンもアメリアも、目を丸くして私を見る。

「でもね、私たちがそう思っているのと同じように、ウィムも、アメリアとつがいになりたいと願っていたのよ」

みんなが、今度はいっせいにアメリアを見た。

「そんなわけないわ。どうしてこんな、何の取り柄もないような子を」

「夏の剣術対外試合も、創立記念祭も。先月の演劇発表会もそうだわ。女子寮のナイトパーティーだって。私たちが楽しい思い出を作ってこられたのは、いつもアメリアがその裏で、企画を支えてくれていたからよ。だけど一度だって、そのことを鼻にかけたりしなかった。アメリアが帝国派だとか公国派だとか関係ないの。ウィムは、アメリアのいいところをちゃんと分かっていたわ」

無数の視線を浴びて、アメリアは顔を真っ赤にする。

「あの、そんな、私はただお小遣いも少ないので、計算したり節約したりするのが好きなだけで」

「でも」

マノンが、涙の浮かんだ目で私を振り返った。

「私、やっぱりどうしても受け入れられない。この十二年間、ウィムは私たちアリータ公国派の、心の支えだったのに。こんな風に帝国に奪われるなんて。帝国から、これ以上奪われるなんて……」

「マノン、あなたは卒業後、家を継ぐのよね」

マノンがきょとんとした顔をする。彼女の家は伯爵家で、山沿いの大きな農地を管理しているのだ。

「あなたの農地で採れるお茶はとても質がよくて、他の町でも人気が出てきていると聞いたわ。カミールの家の羊毛織物もそう。オレリーは勉強を続けて教師を目指すのでしょう？　みんな同じだわ。商売をするのも資格を取るのも、これからは帝国の中でやっていかなくてはいけない。帝国派とか公国派とか、そんなことを言っていられるのは学院の中までなのよ」

ゆっくりと足を進めてアメリアの隣に立つと、マノンを見た。

そっと手を添えたアメリアの背中は、小さく震えていた。

「だけどエレノア、私たちはしょせん支配された側じゃない。搾取されるだけだわ」

「コルネリア・アリータ様が以前講演してくださったでしょう。帝国が、能力がある者を公正に評価するというのは本当だって。そうやって結果を出した先輩がたくさんいるって。私たち、まずは力をつけなくてはいけないわ。そしてそのうえで、帝国と対等な関係を結んでいくの。搾取されるんじゃない。アリータ公国の貴族として誇りを持って、帝国を利用してやるのよ」

マノンの目から、涙がこぼれた。

「……だって……私……エレノア……」

ああ、この顔も覚えている。初等科の頃、帝国派とやりあった後二人で抱き合ってこっそり泣いたことが何度もあったわね。

「ごめんなさい、マノン。偉そうなことを言っているけれど、私もあなたと同じ。ううん。私の方がずっとみっともなかったわ。どす黒い感情に負けそうになっていたの」

振り返り、アメリアに向かい合う。

帝都からやってきて、友達もいないこの学院で五年間。どんな気持ちで過ごしてきたのだろう。いきなり公国派の中心人物であるウィムのつがいになって、どんなに戸惑ったことだろう。そんなことを、どうして私は知ろうとしなかったのだろう。想像しようと思わなかったのだろう。

「アメリア、今までごめんなさい。あなたがしてくれていたことにお礼も言わないでいたことも、つがいの発表の後、辛く当たってしまったことも、とっても恥ずかしい。もっと早く、あなたとたくさん話をすればよかった。本当に、ごめんなさい」

ぶんぶんと勢いよくアメリアが頭を振る。反動で、太い三つ編みが丸い頬にパンパンとぶつかった。

「そんなこと……それに私は、エレノア様や皆さんみたいに……学院の生徒に声をかけて盛り上げて、楽しいことを実行することなんてできるはずがないから、だからせめて、自分ができることをお手伝いしたいと思っただけで。私はただ、皆さんに憧れてやっていただけで……」

うわぁ、とマノンが声を上げて泣き出したのにつられるように、すすり泣く声と嗚咽が、裏庭に広がっていく。

「うわ、なにしてんの。お芝居の練習?」

響いた緊張感のない声に、みんなはハッとして顔を上げた。

さも今入ってきたような表情で裏庭の入り口に立っているのは、リヒト・シュレイカーだ。

「こんなにたくさんの女の子が泣いてたら、胸を貸してあげるのも大変だな。そろそろ夕食の時間だぜ? 可愛い泣き顔に付け込む男に見られちゃう前に、瞼を冷やしてきた方がいいんじゃねーの?」

いつもと変わらない調子のいい言葉に、みんな顔を見合わせて苦笑いをして、恥ずかしそうに瞳をぬぐった。それを合図にゆっくりと、裏口から寮の中へと戻っていく。

やがて裏庭には、私とアメリア、そしてリヒトだけが残った。

「あなた、どこから見ていたの?」

「最初の方から。うわ、女の子のこんなところ見たくねーなって思ってたら、ものすごい貫録でエレノアが登場してさ。本当にお芝居かと思った。結構面白かったぜ?」

「どうせまた、意地悪な悪役だって言いたいんでしょう」

そうだとしても、なんだか心がとても晴れやかだ。

苦しくなるのはいつだって、現実から目を背けている時。

今までの私は、まごうことなき物語の悪役だった。それすらも、受け入れればずっと楽になる。

残るのはほろ苦い後悔だ。これにはずっと向き合っていかなくてはいけないけれど。

「ねえ、アメリア」

「はい!!」

振り返ると、アメリアがすっとんきょうな声を上げた。思わず笑ってしまう。

「明日から、一緒に食事をしない？　寮の朝食も、よかったらランチも」

「い、いいんですか……そんな」

「当たり前だわ。もっと早くそうすべきだった。あなたが一人で食べているのは知っていたのに。ごめんなさい」

「そんな、とんでもありません、私は……」

「それに今日は、ちゃんと意見が言えたのね。立派だわ。でもアメリア、正しいことを言う時はそんなに目を泳がせては駄目。おへその下に力を入れて、はっきり大きな声で発言するのよ」

ここよ、とお腹（なか）に手を当ててみせると、アメリアも大真面目な顔で自分のお腹を押さえた。

「それ、アリータの令嬢としての心得？」

「違うわ、私の心得よ」

「こえー。エレノアの腹筋ってもしかしてバキバキに割れてるんじゃねーの？」

「ねえ、あなたはちょっと黙っていてくれないかしら」

リヒトを軽く睨んだ時だ。

「アメリア!!」

息を弾ませながら裏庭に駆け込んできたのは、ウィム・ベルガーだった。

「ごめんアメリア、任務が長引いて。寮に戻ったら、君が呼び出されたって女子寮の子が」

寮の壁に手を突いて、ウィムは息を整えている。

「あ、いえ、会長大丈夫ですよ。私は全く平気なので……」

さっきまでの二倍速の早さで舌を回してアメリアが返す。俯いた顔は、耳まで真っ赤だ。

それを見て、すとんと私の中に納得する気持ちがあった。

なんだ。そうなのね。

アメリアももう、とっくにウィムのことが好きなのね。

なんだ、なあんだ。

ウィムはアメリアのところに駆け寄って、愛おしそうにその髪を撫でた。

「公国派の女子が集まっていたって聞いたけど、何か言われた? 君が不正なんてしていないことを、やっぱり僕からちゃんと説明をした方が……」

「いえ。それは余計なお世話だと何度も言っているはずです。それに、誤解だったんです。もう大丈夫です。エレノア様が助けてくださいましたしね!!」

まるで自分のことを自慢するかのようにアメリアが胸を張ると、ウィムは顔を上げて、私にも笑顔を見せてくれる。

「ありがとう、エレノア。エレノアがいてくれたなら安心だな」

ヘーゼルの瞳を、惜しげもなく細めた笑顔。

ああ。私、この笑顔をいつか私だけに向けてほしくて。隣に立つのに相応しい女の子になりたいって、ずっとずっと思っていた。

それは叶わなかったのに。なのに今あなたがそんな風に言ってくれることを、私はこんなにも誇りに思える。

「副会長として、当たり前のことをしただけよ。でも、大切な人なのでしょう。いつも近くで守ってあげなくちゃ駄目」

私の言葉に、ウィムは一瞬ふっと驚いたように瞳を丸くして、そしてその目を優しく細めた。

それから、私が大好きだった、あの爽やかな笑顔で。

八歳の時も、十三歳の時も、ずっと大好きだった、あの笑顔で。

「ありがとう、エレノア」

これが、きっと最後だ。だから私も、一番いい笑顔で。

「どういたしまして」

そう返した時、後ろに組んで指を絡ませていた手が、不意にぱしりと掴まれた。

「行くぞ」

リヒトが聞いたことがないような低い声でつぶやくと、私を連れて歩き出す。

強い力に引かれるままに、もつれる足を必死で左右に動かして、リヒトの速さに合わせるようにその場から、二人の前から離れていく。

寮の脇をすり抜けて、正面から通路を渡って。

私たちは一直線に、寮の離れの空室に入った。

リヒトが扉をバタンと閉めた瞬間、私は大きく息を吐き出す。

「……ありがとう、リヒト。あの場から離れたいって私が思っていること、あなた、よく分かったわね。さすがだわ。もう、寮に、戻っていい、わよ」

おへその下に力を込めて、両手を下腹部に押し当てた。

辛い時こそ胸を張って。俯いたら、心から先に負けてしまうから。

それはきっと、今みたいな時のことを言うんだわ。

今みたいな時のために、お母様が遺（のこ）しておいてくれていた心得だったんだわ。

不意に大きな手が、頭の上にぽんと乗せられた。

ぽんぽんと優しく二回。そしてくい、と引き寄せられて、白いシャツの胸元に顔が押し当てられる。

「あんた一人なら、十分胸を貸すことくらいできるんだけど」

目の前のシャツに、ぽとんぽとんと大粒の液体が落ちる。

それが自分の目からこぼれていることに、私はようやく気が付く。

歯を食いしばって息を止める。それでもどんどんどんどん、あふれてきちゃう。

涙でキラキラと揺れる光の向こうに、初等科の頃のウィムの笑顔が浮かんで見える。

優しいウィム。明るくて、物知りで。誰に対しても分け隔てがなくて、運動だって勉強だって誰よりもよくできて、できる姿もかっこよくて、でも決してそれを鼻にかけなくて、できない生徒を根気強く待っててくれる人。

優しいのに、ううん、優しいからこそ、ここぞという時は絶対に引かない。帝国派を贔屓する教師に毅然と立ち向かってくれたことも数知れない。

私はずっと彼を見ていて、どんな表情の変化も見逃さないようにしていた。

だから、ウィムがアメリアを目で追うようになったのも、もしかしたらウィム自身より先に気が付いて、その視線の先にアメリアを入れないように必死で一人空回っていた。

だけど、あんな笑顔。

あんな焦った顔。あんな心配そうな顔。あんな……大切で大切で、たまらない、顔。

あんな顔、見たことがなかった……。

アメリアの赤い綺麗な髪を優しく撫でていたウィムの手を思い出して、また涙があふれてくる。

「私も……あんな風に、頭、撫でてもらいたかった……」

ぽんぽんと頭を叩いていた手が一瞬止まり、思い出すように、私の髪を撫でる。

「私、中等部の時、遠足で転んで足をひねったの。そうしたらウィムが駆けつけてきてくれて。そして、私を背負って丘を下りてくれたわ」

「へー。……まああんた、かなり軽そうだけど」

「重いでしょ、ごめんなさいって何度も謝ったら、平気だよって笑ってくれたの。王子様みたいって思ったわ。本当に本当に素敵だった」

「なるほどね。……まあ俺はその頃帝都にいたから、駆けつけようもないわけだけど」

「ウィムは何でもできるから、だから私も頑張らないとって、いつもそう思ってたの」

「ふーん。……俺が出会った時のあんたは、既に結構何でもできていたからな」

「お父様は、サマン侯爵家の名前に恥じないようになりなさい、っておっしゃって。ずっと私も、そう思ってきた。でも、ウィムに相応しい女性になりたいっていうのは、私にとって初めての、自分で見つけた、目標だったの」

「へー。それはまあ……よかったね」

ぽんぽん、ぽんぽん。リヒトの手が、今度は私の背中も撫でる。

優しい手つきだ。ずっとまとっていた重いヴェールが、柔らかく溶けていくように感じた。

「だから私は、ウィムのつがいになれたらって勝手に期待していたの」

「へー。まあ知ってたけど」

「なのに、私の相手はお互い大嫌いな帝国の犬で」

「あー。うん。何度も言うけど、嫌ってるのはあんただけだからな。俺は別に……」

「恋とか愛とかは無駄だとか、意味の分からないこと言うし」

「まあね、言ったよね」

「そのくせ、身体ばかりいやらしい目で見てくるの。二言目には子供作ろうとかそればっかり。本当に最低だわ」

「なるほど？　あんたには、俺がそんな風に見えてるわけか」

リヒトの胸に額を突いたまま私は少し笑って、その何倍も、また泣いた。

やがて部屋に差し込む日がゆっくりと落ちていく中、いつしか私たちはベッドの上に並んで横になっていた。

「リヒト、手を繋いでもいい？」

「……ん」

リヒトはそっと、私の手を握ってくれた。その手は大きくて、掌は硬く、温かかった。

反対の手で、私は首から下がったネックレスの先の小さなリングを握りしめる。

「このペンダントのリングね、あなたの言う通り、ウィムがくれたの」

「あー」

「初等科の四年生の時よ。焼き物で好きなものを作る授業があってね？　ウィムったら、焼いたら縮むことを想定しないで指輪を作ったりしたものだから、とても小さくなっちゃって。ウィムってね、時々抜けてるところがあって、そういうところもすっごく可愛いの。それで私が笑っていたら、ちょっと拗ねた顔して、はい、あげるって。エレノアにきっとちょうどいいサイズだよって」

「……ウィムは、子供の頃からアレだったんだな」

「あれってなあに？」

「罪深いってこと」

私は少しだけ、笑った。

あれがウィムの罪だとしたら、きっと今、私がその罰を受けているのだ。

それは、甘んじてでも受けたいと思う罰。

「すごくドキドキしたの。あの時の笑顔も、全部ぜんぶ覚えているわ」

言葉が切れると、部屋の中に心地よい沈黙が流れた。

「リヒト」

「ん？」

「今ならもう一度、抱いてもいいわよ」

自分でも、どうしてそんなことを言ったのか分からない。だけどそんな言葉がぽろりと口からこぼれても、私はそんなに驚くことはなかった。

静かに天井を見つめていると、しばらくしてからぼそりとリヒトが返してきた。

「いや……ちょっと無理、かな」

「そう、分かったわ」

怒るとか傷付くとかは全然なくて、そう、それはそうよね、という気持ちのまま、私はそっと目を閉じた。

薄暗い部屋の中、繋いだ手の温かさだけが、私がここにいることを教えてくれているみたいだった。

# 第四話「帝国の犬の変化」

リヒトと手を繋いで眠った日を境に、私の毎日は確かに変わった。

まず何よりも、自分の気持ちに変化が起きた。

ウィムを想う心はずっと同じなのだけれど、ここ最近、その想いが苦しい塊となって喉に詰まっているようだったのが、心の奥深いところに静かに収まった感じがしたのだ。

それは、本来その想いがあるべき場所だったのだと思う。息がしやすくなると、空を見上げることができるようになって、春の風を心地よいと感じることができた。

寮では、アメリアが同じテーブルで食事をとるようになった。

最初は気まずそうにしていたマノンたちも、アメリアが緊張のあまりスープをひっくり返したりパンを落としたりすることに呆れて、笑いながら食事のマナーを教えるようになった。

それをきっかけに他の帝国派の女子たちもだんだんと同じテーブルに着くようになっていったので、ある日厨房主任のメイヤさんが、食堂のテーブルをくっつけて大きな一つのテーブルに変えてくれた。

一方で、私はロルフ様にいただいた夜会用のドレスを箱に詰め直して、手紙と共に送り返した。

手紙にはドレスへのお礼と、いつか自分の力でこれを買い取れるようになりたい旨をしたためた。

代わりに一度屋敷に帰ると、お母様の古いドレスの中から濃紺のシンプルなドレスを探し出して、寮に持ち帰ってきた。

「そのドレスの胸元にね、これをつけたいと思っているの」

放課後、生徒会室の片隅で、私はレースを編んでいる。

「形がとても気に入ったから、なるべくシルエットは変えたくなくて、丈だけ調整をしているところなの。でも、本当にシンプルなドレスなのよ。そのままだと地味すぎるかもしれないわ」

「あんたならそれでも十分だと思うけど、物足りないんなら何か面白いアクセサリーでも探してみたらいいんじゃないか？　カールの店、週末一緒に行ってみるか」

椅子（いす）を後ろ脚だけで立たせて座りながら、リヒトが言う。伸ばして組んだ足の先はなんと机の上だ。

行儀の悪い足を無言で叩（たた）きながら、「そうね、行きたいわ」と答えた。

あの日から、リヒトの態度もなんだか変わった。

授業の合間も放課後も、気付くといつも私の近くにいる。

特に何かを話すわけではなく、私の作業を眺めたり、隣で本を読んだりしているだけなのだけれど。

「あの石、ドレスに付ければいいじゃん」

「でもあんなの……本当に屑（くず）石よ」

「そうは見えねーけどな。仮にそうだとしても、学校行事なんだしいいだろ」

「だめよ」

私はレースから目を上げて、リヒトを軽く睨（にら）んだ。

「夜会にお洒落（しゃれ）をしていくことは、最低限の礼儀だわ。できる限り着飾らなくちゃ」

公国派はめんどくさいなと笑われるかと思ったけれど、リヒトは黙って飴（あめ）をカランと口の中で転がして、「なるほどね。そういうのもまあ悪くないな」と素直に言った。

あの日から、リヒトは私に「抱かせてよ」とか「子供を作ろう」とか、そういうことをぱたりと言わなくなった。

あの時私が「抱いていいわよ」と申し出ても断ってきたくらいなのだ。ウィムのことをしつこく想って泣きわめく私に呆れてしまったのかもしれない。

だけど気付くと私の近くにいて、好きなことをしている。

その姿が何かに似てる、とふと思った。——小さい頃飼っていた、黒猫だった。

そっと、隣で本を読むリヒトを見る。

ブルーブラックの髪にスッと上がった眉。二重の青碧の、ほんの少し垂れた瞳に薄い唇。甘く整った造作の顔に涼しい表情を浮かべて、彼は何を考えて、何を思っているのだろう。

あの日拾った計画書、弟さんたちの話。リヒトにはきっとまだ、私の知らない秘密がある。

——聞いても、いいのだろうか。今なら、聞けば答えてくれるのだろうか。

「エレノア、大変よ!!」

不意に生徒会室の扉がパーンと開いた。頬を紅潮させたマノンが立っている。

「マノンったら。そんなことじゃアメリアに礼儀作法を教えられないんじゃない?」

笑う私に、マノンはぶんぶんと首を振った。

「剣技場に行きましょう!! アデル・ベルガー様がいらしているの。ウィムと試合をするんですって!!」

思わず立ち上がってしまった。

「ウィムと？」

「そうよ、兄弟対決なんて熱すぎるわ！　秋の創立記念祭ではアデル様が上回ったけれど、きっとウィムもまたいい線行くと思うの。ねえ、エレノアも観に行きましょうよ！」

慌てて駆け付けた剣の練習場は、熱気があふれていた。

普通科の生徒たちが取り巻く先、騎士コースの生徒たちが熱心に見学する中央で、剣で打ち合う兄弟の姿が見えた。

ダークブロンドの髪にヘーゼルの瞳。同じ特徴を持つベルガー兄弟は背格好もほぼ同じだと思っていたけれど、こうして見ると、やっぱりアデル様の方が背が高くて体つきも逞しい。

剣が激しくぶつかり合う。攻守が目まぐるしく交代する。踏み込んだ足、飛びのく歩幅。目で追うことが到底無理なスピードで、息をつく暇もないほどだ。

「すごい……」

思わずつぶやいた瞬間、剣を高い位置に水平に構えたアデル様が、槍を突くかのように踏み込んだ。どうにかそれを受けて、衝撃に耐えるウィム。だけど崩した体勢を持ち直す前に、すかさずアデル様の剣がウィムの首元目がけて風を切って――ぴたりと止まった。

二人揃ってニヤリと笑うと、くるりと手の中で剣を回して同時に地面に突き刺す。信じられないほどに、呼吸が合っている。

「腕を上げたな、ウィム」

「あー！　悔しいなー！　兄さん、まだぜんっぜん遊んでるでしょ。ねえ、次は真剣でやらない？」

息を上げながらウィムが言う。すごく楽しそうな、可愛い笑顔だ。

「冗談。まだ俺は弟を殺したくないからな。真剣はもう少しおまえが実戦積んでからだ」

「ちぇっ。すぐそれだ」

「あ、あれはまだ真剣じゃないのですか？」

震える声がして、すぐ隣にアメリアが立っていることに気が付いた。

顔面は蒼白で、握りしめた両手の指まで真っ白になっている。

「あれは練習用だから、刃引きした剣を使っているのよ。アメリア、真剣だと思っていたの？」

「剣の練習なんて拝見するの初めてで。ウィム会長が死ぬんじゃないかと私……」

涙目になっているアメリアを見て、思わず笑ってしまう。

「いやね、そんなわけないじゃない。でも真剣だったら、きっとウィムはもっと強いわよ。昔から本番に強いんだから」

「そ、そうなんですか……」

「かっこいいわよね。ちゃんと観ておいてあげなさい」

ぐるりと観衆を見回したウィムが、こちらを見て嬉しそうな笑顔になって手を振ってくる。

一瞬ドキッとして、でもすぐに、隣で真っ赤になっているアメリアに振っているのだと気が付いた。

でも、つい最近までのように、それで心がどす黒くなるようなことはない。もちろんまだ胸はきゅっと痛むけれど、アメリアの背中をそっと押すことができることが、嬉しくもあるのだ。

輪から抜けようと振り返ると、すぐ後ろにリヒトが立っていた。

「あら、あなたも観ていたの？　すごかったわね。感動しちゃったわ」

「まーな。最初からいたんだけどな、ずっとここに」

笑顔ばかりの観衆の中で、なぜか一人だけ不機嫌そうだ。

「素敵だったわね。すごくいい勝負」

「エレノア、相変わらずうっとりした顔して観てたな」

「え、本当？　やだ、気持ちがだだ漏れだったかしら……恥ずかしいわ」

両頬を押さえて赤くなる私を冷たい目で見たリヒトは、口の中で飴を転がしながら、黙って先を歩き始める。

「それより、聞いた？　さっきマノンが教えてくれたのだけれど、卒業の夜会にアデル様とユリウス様もゲストでいらしてくださるって。ウィムが約束を取り付けたらしいわよ。今年の夜会は前代未聞の大盛況になるわね」

後を追いながら話しかけても、返事すらしてこない。

どうして機嫌が悪いのかしらと首をかしげて、なるほどと気が付いた。少し可笑しくなる。

「仕方ないわよリヒト。学院の花形はどうしたって騎士コースだもの。いくらあなたが女子生徒に人気でも、さすがに騎士コース伝説のアデル様とウィム会長の試合の前では、みんなあちらに夢中になってしまうわ」

「別に、そんなのどうだっていいけど」

背中を向けて歩きながら、ぼそりとリヒトは言った。

帝国学院において、男子生徒の格付けはどうしても「武官か文官か」「騎士コースか普通科か」という点で決まってしまう。そんな中、文官の普通科に在籍しながら学院の中心人物にまで上り詰めたリヒトは、素直にすごいと思う。ちゃんと自信を持っていいと思うのだ。

「……あれくらい、俺だってその気になればできるんだけど」

「あれくらいって？」

「さっきの。ベルガー兄弟がしてたようなやつ」

私は驚いて目を瞬いて、それから笑ってしまった。

「リヒト、あなたはそりゃ普通科にしたら運動もできる方かもしれないけれど、騎士コースの技術は一朝一夕でどうにかなるものではないのよ」

まるでセディに言い聞かせるように教えてあげながら駆け寄って見上げると、リヒトは不貞腐れたように唇を尖らせていた。

「なに怒ってるのよ、本当のことでしょう？」

「べっつに。怒ってなんかいないけど？」

バリバリと飴を噛み砕くと、私の頬を左右から片手でぶにっと挟んだ。

絶対怒っている。笑ったのは少し可哀そうだったかしら。やっぱり男の子は何歳になっても、騎士コースに憧れるのね。

「でも、普通科で優秀な成績を修めるのも立派だと思うわよ？」

言いながら、なんで自分がこんなにリヒトの機嫌を取っているのか不思議になる。

不思議だけれど、不快ではないことがまた不思議だった。

「明日の休日、一緒にカールさんのお店に行かない？　あの蒸したパン、今度は私がご馳走するわ」

「行かねえ」

短く答えてスタスタと進んでいったと思ったら、くるりと旋回して戻ってきた。

「……やっぱり行く。あそこらへん治安悪いところあるし」

なんだか目元を赤くしてぼそっと言うと、またスタスタと同じ速さで去っていく。

私の毎日は、確かに変わった。

中でもとりわけリヒトの様子が、やっぱりものすごく……変だ。


「へえ。いいじゃないか」

カウンターに置いた屑石つきのレースとタイを見て、カールさんは笑顔になった。

「個性的な図案に、輝石が絶妙なバランスで配置されていて高級感もある。糸の代わりにリボンを刺しているのも面白い。こっちのレースで付け襟とかってあるのかな？　あとはそうだな、ポケットチーフとか。三種類くらい置いてみたいね」

思いがけない言葉に驚いて、隣に立つリヒトを見上げた。当然というような表情を浮かべている。

「それ、エレノアが作ったんだぜ」

「えっ、本当に？　刺繍の図案は何を写してるの？」

「写してるとかは特に……昔お母様に教わった模様を元にして、今は好きなように作っているだけです。だから基本や原則とかを、無視してしまっているかもしれないわ」

「なるほど、アリータの伝統的な紋様が元になってるのか。でもそれをすごく現代的にアレンジしてるのが面白いね。ねぇ、図案集とかあったら見せてもらえる？」

「は、はい」

「待って」

綴じた束を慌てて鞄から取り出そうとした私の手を、上からリヒトが押さえる。

「図案見せる前にもう少し条件詰めるぜ。買取なのか委託販売なのか。俺に散々世話になっておきながら、掛け率が他と同じとは言わないよな？　委託するにしても損益分岐点を決めておいて、そこを越えたら手数料はなしだ。新規の客が来るだけで、この店には十分ありがたいだろ？」

「うわあ、エレノアさん、君ものすごく頼もしい番頭を連れてきちゃったね」

カールさんが、大袈裟に両肩を竦めて苦笑した。

週末、私はリヒトと一緒に、またカールさんのお店に来ていた。

戸惑う私に、作りかけの小物類や図案集を持参するようにと半ば強引に命じてきたリヒトだったけれど、まさかカールさんがこんな反応をしてくれるだなんて。

計算式とグラフを書きつけた紙の上をトントンと指で叩きながら、リヒトはニヤリと笑った。

「俺のつがいはすごいだろ。可愛いだけじゃないんだぜ？」

「ちょっと！　もう、リヒトったら調子に乗りすぎだわ！」

「なんで？　本当のことだろ」

「信じられない」

真っ赤になる私としれっとした表情を浮かべるリヒトを、カールさんがカウンターに頬杖を突いて楽しそうに見ている。

「二人とも、この間も仲良さそうだったけど、なんだかさらに距離が縮まった感じだな」

「そんなことないですっ！　むしろ仲が悪くなる一方だわ。ねえリヒト？」

恥ずかしくなって慌てて否定したけれど、リヒトは軽く肩を竦めただけだ。

「そう言えばリヒト、この後久しぶりに食事会があるんだけどさ、おまえもエレノアさんを連れて顔出さないか？　みんな喜ぶぞ」

「冗談。絶対みんな面白がるだけだろ」

リヒトがすげなく返すので、カールさんは私に顔を向けた。

「エレノアさん。リュートックやこの町で服飾関係の仕事をしている帝都出身の若者って、実はたくさんいるんだよ。商品を開発したり工房を持っていたり、俺みたいに店をやっている奴だったりと色々だけどね。帝国学院の卒業生もいるし、ぜひ君を紹介したいな」

思わず顔を見上げると、リヒトは、やれやれというようにため息をつく。

「分かったよ。でもあんたのご学友と比べてだいぶ図々しい奴らだからな。俺から離れないようにしろよ」

「ありがとう、リヒト」

「リヒト、おまえ二人っきりでデートしたかったんだろ。まあ今日は、エレノアさんの希望を優先してやれや」

「おいカール、調子乗ってると紹介マージン倍にするぞ」

二人の軽口を聞きながら、私は手の中のレース編みを見た。

それからお店の中を見回す。工夫を凝らしたたくさんの商品と、訪れるお客様たちの笑顔。

胸が高鳴って、こくんと息を飲み込んだ。


「エレノアさんって、本当に綺麗な髪してるね。うちの新商品の髪飾りを進呈するから、つけてもらえないかな」

「いや、エレノアちゃんはうちの耳飾りをつけるべきだね。まず耳の形がいい」

左右に座った男性二人が、それぞれに声を張り上げる。

私はその間で、ひたすら目をぱちぱちとさせていた。

お食事会と聞いていたから、てっきり決められた席に着き、料理が順に給仕されてくるようなものを想像していた。だけどカールさんが連れてきてくれたのは、彼のお店にほど近い路地裏にある酒場だったのだ。

入り口は小さいのに中は驚くほど広くて、まるでそこから別の世界に紛れ込んだようだった。

天井の高いホールにはたくさんのテーブルが並び、それぞれ別の集団が、競い合うような大声で会話しながら食事をしていた。

大テーブルの一つを囲むように配置された長椅子に座り、右から渡された見たことのない料理の大皿を左に送ったり、樽の形をしたコップにあふれるほどに注がれるオレンジ色の炭酸水に目を丸くしたり、見たことのない楽器を演奏する人たちがテーブルの間を練り歩いているのに拍手をしたり。食事会が始まってから、驚くことの連続だ。

「ほら、そこどけよ。勝手に場所詰めるな。そっちも近付きすぎだ」

両手にマグを持ったリヒトが戻ってきた。私の右隣に座っていた男性を押しのけてその場所に座ると、今度は私の左隣の男性の肩を押して私から離す。

「ほらこれ。いいか、俺が渡したもんしか飲むな。俺から離れるなよ」

私の前に自分が持ってきたマグを置きながら、リヒトが繰り返す。

「おいおいリヒト、俺たちのこと警戒しすぎだろ。傷付くんだけど」

「うるせーよ。おいふざけんなよカール、客層最悪じゃねーか」

リヒトの口調が、いつもよりさらに一層荒々しい。

テーブルの反対側に座ったカールさんが、笑いながら言った。

「ちゃんとみんな、新進気鋭の事業主ばかりだろ。ちょっと酒飲みすぎだけど」

「そうそう。エレノアさんみたいな美人を見たら、やっぱり俺たち芸術家は創作意欲をかき立てられちまうんだよ。ねえエレノアさん、これ開発中の布地なんだけど、肌着にするにはどっちの肌触りが好み？」

「気持ち悪いこと言うなマイク訴えるぞ」

リヒトが押し返そうとした生地見本の台帳を、私は思わず両手で掴んでいた。

「この右下の生地、面白いですね。立体的で凹凸があるわ」

リヒトと笑いながら話していたマイクさんは、私の言葉に両眉を上げる。

「へえ、分かるんだ。ついこの間帝国領に降ったリールって国があるんだけど、そこの伝統工芸の織り方が面白くて。敢えて縦糸と横糸を密着させずに織っているんだよ。リールの工房と独占契約を結んで開発したんだ。まだ商品化してないんだけど」

「そうなんですね。でも、下着にするには少し透け感がありすぎるかもしれないです」

マイクさんはお酒の入ったコップをテーブルに置いて、身を乗り出した。

「そうか。リールでは踊りの衣装に使われていたんだよね。薄手で吸湿性がいいから、肌着向きじゃないかと思ったんだけど」

「とても面白い生地だから、肌着として下に着てしまったらもったいないかもしれません。見た目も涼しげだし、私だったら爽やかな色に染めて、夏の羽織ものを作りたいです。あ、でもむしろ、黒に染めても素敵かも。通気性がいいから、夏でも濃い色を楽しめるもの。レースの代わりに、ドレスの一部で使ってもいいわ」

指先で布を触りながら思うままに口に出して、はっとする。

リヒトも、カールさんやマイクさんたちも、テーブルのみんなが私をじっと見ていた。

「ごめんなさい、私ったら、生意気なことをペラペラと」

「いや、すごく面白い。ねえ、こっちの布地はどう思う？」

鞄から新しい台帳を出しながら、マイクさんが言う。

「ちょっと待て。ねえエレノアさん、うちの色見本も見てよ」

「耳飾りの金具部分、これうちの独自開発なんだけど、金型を見てもらえるかな」

驚いた。

ここにいるのは、一番若くてカールさんくらい。マイクさんは私より十歳以上年上だろう。みんな、立派な大人（おとな）の方々ばかりだ。

だけどみんなが、私の話を聞いてくれる。笑ったりしないで、私の言葉を真剣に。

――あなたは、ただ座って微笑（ほほえ）んでいるだけでいい。

ロルフ様の言葉を思い出した。屑石の再利用を相談した時の、子供をなだめるような表情も。

「勘違いしては駄目よ」

凛（りん）としたまっすぐな、とてもよく通る綺麗（きれい）な声に振り向くと、背の高い女性が立っていた。

金色の髪を頭の上に丸く結い上げて、縁の細い眼鏡（めがね）をかけ、そしてグレイのズボンを穿（は）いている。

今まで見たことがない出で立ちの女性だ。年齢すらよく分からない。

「あなたが顧客の理想形みたいな若くて可愛い女の子だから、みんな意見を重宝しているだけ。自分を過大評価してしまう前に揺るがない価値を身につけておかないと、期間限定で消費されるだけよ」

「ニコーラ、相変わらず厳しいな。でもエレノアさんはそれだけじゃないよ。ほら、これ見て。エレノアさんが図案から考えた刺繍。彼女、面白いよ」

カールさんが差し出したタイを手に取って、値踏みをするように彼女は目を走らせた。

「綺麗ね。図案も珍しいわ。でも、これくらいできる人は帝都には既にいる。そうね、あなたみたいな若くて可愛い子が考えたっていう付加価値を前面に押し出せば、商品価値も上がるかもしれないけれど？」

にっこり笑って言い放たれた言葉に、私は二回瞬きをした。カールさんたちが苦笑を浮かべる。

「……ほんとはこんなところで披露したくなかったんだけど」

それまで黙って座っていたリヒトが、ふうっとため息を吐き出した。

鞄に手を突っ込んで、中から青い布を引っ張り出す。

「学院でエレノアが作った応援着。うちの学院の紋章を一枚につき二か所、五十枚分のべ百か所に刺繍してる。それを、授業受けながら三人で手分けして、三日で突貫作業した」

肉の載った大皿を押しやり、テーブルに衣装を開いて刺繍を指さした。カールさんが覗き込む。

「学院の紋章か、懐かしいな。……へえ、面白い。これ、かなり簡略化されたデザインなんだね。なるほど、たった二種類の簡単な刺し方の繰り返しで完成するようになっているのか。でもぱっと見は、あの複雑な紋章を十分再現できている。面白いね」

「そ。ちなみにこっちはエレノア自身が刺繍した、最も複雑で繊細なバージョン。簡略化の方でも十分ハッタリ利いてるけど、並べたらエレノアのすごさがより分かるだろ」

ニコーラさんと呼ばれた女性は衣装を取り上げ、眼鏡を押し上げて二枚をじっくりと検分している。

「エレノアは、同級生や後輩に刺繍を教えるのもすごく上手だからな。この五年間で彼女が作った図案は二百以上。全て、教える相手の技量に合わせて三段階の簡略バージョンも作成済みだ」

マイクさんたちが顔を見合わせるのを見渡して、リヒトは人差し指の先でトントン、とテーブルを突いた。

「もう分かるだろ？　質を調整すれば量産もできる。一点物を求める高級志向の上流階級にも、それに憧れる大衆にも対応して、市場を広げられるってこと。時間をかけて繊細な刺繍ができることだけを武器にする奴らと、俺のつがいを一緒にしてんじゃねーよ」

テーブルが一瞬、しんとした。

「でも」

私は、ニコーラさんを振り返った。彼女がまだ立ったままなことに気が付いて、慌てて自分も立ち上がる。

「私、求められるなら全然前に出ていきますわ。その図案を考えたのは私ですって言うことで刺繍の価値が少しでも上がるなら、全然そっちの方が大切なことですもの」

「あら、見た目の価値だけを褒めそやされること、嫌じゃないの？」

私は小さく舌を出した。

「少しうんざりはしています。だけどこの話は、見た目の価値だけの話ではなくて、最善を尽くすという意味ですよね？　それなら私、躊躇なんてありません」

何も分からないままに着飾って、ただお人形のように座っていることに比べたら、それはどんなに誇らしいことだろう。

ニコーラさんが、ニヤリとした。

「意外としたたかね。人を惹きつける力は長持ちするのよ。あなた、それがあるのかもね」

「ありがとうございます。……リヒトのお母様、ですよね？」

ニコーラさんは眼鏡の奥の瞳を丸くする。リヒトが、大きくて長いため息をついた。

「……どうして分かるんだよ」

「だって、目の形がそっくりだわ」

そして思わず笑ってしまう。

「あと、意地悪なことを言っているのに声の根っこが優しいところも。……あっ！　申し訳ありません、大変に失礼なことを！」

口に手を当てた私にリヒトそっくりな笑顔を向けて、ニコーラさんは手を差し出してくれた。

「会えて嬉しいわ、エレノア。とっても嬉しい」


まだ仕事が残っていると言い置いて、ニコーラさんは席に座ることすらなく去っていった。

「そうは言ってもエレノア、新しい商売は簡単に始められるものではないわ。本気で挑戦するには、あなたは学ぶ余地がまだたくさんある。覚悟があるなら相談にきて。その分野においては、リヒトよりも実績があるつもりよ」

去り際に囁いてくれた言葉を、何度も何度も頭の中で反芻する。

そんな未来の可能性が、私にあるのだろうか。

お母様に教わって、学院の友達や後輩たちと一緒にやってきた、刺繍やレース編み。サマン家の鉱山にわずかに残った輝石を使った、ちょっとした工夫を施した物づくり。

そんなものをかき集めて何かを変えることができる未来が、私にあったりするのだろうか。

「悪かったな」

ぼそりと隣から声がした。

長椅子の背に寄りかかったリヒトが、少し尖らせた唇をマグの縁につけている。

「お母様がいらっしゃること、リヒト、知らなかったの？」

「いや。――俺が呼んだんだけど、あんな風に煽ってくると思わなかった。あの人、調子に乗るとこあんだよな、昔から」

「わざわざ呼んだの？　何か用があったんじゃないの？　全然話していなかったけれど、大丈夫？」

私がお話をしていてばかりで、リヒトの目的が果たせなかったのではないだろうか。

不安になって尋ねると、リヒトは息を吐き出した。

「いや、別に。ある意味目的は果たせたようなもんだから、いい」

「目的って？」

リヒトは、またため息をつく。今日のリヒトは、いったい何回ため息をついたのだろう。

食事会のテーブルは、すっかり秩序を失っていた。みんな好きな席に移り、お酒が回った真っ赤な顔で会話をしている。私たちのことを気にしている人はいないようだった。

「……あんたを紹介しようと思ったんだよ」

「え」

「こないだ、ウィム会長がアメリアを家族に紹介するって言ってたの、あんたうらやましそうだったから。……そりゃさ、俺の家族に紹介されたいわけじゃなくて、ウィム・ベルガーの家族に紹介されたかったって分かってるけどな？　分かってるけど、別にいいだろ。俺がそうしたかったんだ」

「……バカね」

「ああバカだよ。その上あのバカ母、謎の喧嘩腰で現れるんだもんな。びっくりだぜ」

テーブルに頬杖を突いて、ため息の総決算のように盛大に息を吐き出すリヒトを見て、私はなんだか……何かを言うと泣いてしまいそうな気がして。唇を一度、ゆっくりと舐めた。

「お母様のお話、とっても興味深かった。全然喧嘩腰なんかじゃなかったわ。またお話ししたい」

「そうか？　物好きだな、あんたやっぱり」

「お母様も、美人なことが理由で得したり悔しかったり、色々あったんだと思うわ」

「はあ？　あの人が？　そんなことあるかよ」

呆れたように首を竦めるリヒトを見て、私は笑った。

「リヒト、ありがとう。今日ここに連れてきてくれて。すごく楽しかった」

「大丈夫だったか？　あんたみたいなご令嬢には信じられない奴らばかりだろ」

「全然。こんなに楽しい人たちを知らないでいたことが残念なくらい」

リヒトはわずかに目を細めて、マグをテーブルに置いた。

「いいな、その顔」

「え」

「気付いてたか？　俺がつがいに決まってから、あんたずっと悲壮な顔してたんだぜ？　言っただろ、処刑を待つ姫君みたいだって」

「そう、だったかしら……」

そうかもしれない。でもそれって、見方を変えたら目の前のこの人に、ものすごく失礼なことだったのではないかしら。

謝罪を口にしようとした私の言葉を塞ぐように、リヒトは続ける。

「そんなあんたを組み伏せるのも、エロくて悪くないと思ってたのは事実だけどな？」

「もう、すぐそんな風に言うんだから」

「でも、笑ってる方がいい」

店の中に交錯する話し声。食器がぶつかり合う音と、いつの間にか楽隊の演奏も再開していた。それら全てが高い天井に反響して、喧騒が空気を揺らしている。

そんな中リヒトは、一瞬真剣に煌めく目で私を見た。

「俺があんたを笑わせたい。他の男のことで泣くのはもう見たくないし、どうせ泣くなら、俺のことで泣かせたい」

最後は少し声を落として、私の耳元で囁くように。

不意に身体の中に、ぽとりと何か雫が落ちてきて、それが水面を揺らして広がっていくような感覚を覚えた。

——私、おかしいわ。

囁かれた耳が熱くなる。そこに心臓があるみたいに、ドキドキと鳴る。

何これ。変よ。いやだ。鎮めないと。

テーブルの上のマグを掴むと、唇に押し当てた。生温い液体を、ぐぐっと一気に喉の奥に流し込む。

「お……おい、エレノア、それ酒だ！！！」

リヒトの大きな声が聞こえた気がした瞬間、世界がぐる～～～り、と回った。

ゆらゆらと、心地よく世界が揺れている。

まるでゆりかごの中にいるような安心感の中で、重い瞼をそっと持ち上げた。

「え……」

誰かの背中で揺られている。ブルーブラックの髪、カーキ色のジャケット。

「リヒト……!?」

「ん、気が付いたか？　うわっ……と、おい手、放すなよ！」

ぐらりと落ちそうになって、慌ててまた、リヒトの背中にしがみついた。

頭の中はぐるぐる、身体はふわふわする。視界はやけに狭いのに聴覚は研ぎ澄まされているような、生まれて初めての不思議な感覚。

「私……」

「あんた、酔うとあんな感じなんだな」

その一言で、欠落した記憶の前後がやっと繋がった。

私はさっきのお店で、お酒を飲んでしまったのだ。一気に身体が熱くなり頭がぼんっと沸騰して
――そこから先の記憶が、ない。

「わ、わた、私……酔うって、うそ、や……」

「あー平気平気。そこまでの醜態さらさせるわけねーだろ、俺がついてて」

言いながらも、リヒトはくくっと笑う。

「真っ赤な顔になって、カールやマイクに刺繍の面白さについてとつとつと語ってただけ。可愛かったぜ？　どんどん呂律回らなくなって、舌足らずになってってたけど」

「やだ、十分恥ずかしいわ……！」

「で、唐突にことんと寝ちゃったから、連れて出てきた。辻馬車乗ろうかと思ったけどさ、待合所が結構混んでて。寝てるあんたを他の男どもがじろじろ見るし、よく考えたらこんな時間に学院の前に辻馬車で乗り付けるのもまずいと思ったから、おぶってきたってわけ」

なんてこと。なんてことなんてこと。なんてことって言葉しか出てこないなんてなんてこと。

「ごめんなさい、リヒト……。下ろしてちょうだい。自分で歩けるわ」

「自分で歩けるって言う酔っ払いが一番めんどくさいんだよなー。大人しく背負われとけ？」

「大丈夫だから、下ろしてちょうだい！　私は絶対自分で歩けるんだから!!」

――数分後。

私はまた、同じようにリヒトの背中で揺られていた。

「ごめんなさい……足が、ふらふらってなって……世界がまだ、くるくるって……」

「いいよ別に。あんた軽いし」

強引に一度背中から下りたくせに、その場でたたらを踏んで尻餅をつきそうになってしまったのだ。

リヒトは無言で私の身体を支え、そのまま再び背中に担いでくれた。

「少なくとも落ちないように、しっかりしがみついてろよ」

「はい……」

従うしかない。ぎゅっと腕を前に回す。

「うん」

「大丈夫？」

「胸が当たって気持ちいい」

「も、もうバカ!!　信じられないわ!!」

肩を両手で突いたら、またもぐる～っと世界が回って、結局もう一度しがみつく。胸を少しでも離そうと背中を丸めたけれど、ちゃんとできているか、もうよく分からない……。

リヒトはその間ずっと楽しそうに笑いながら、川沿いの道をゆっくりと歩いていく。

空にかかった月は半分より少し丸い頃で、風が吹くたびに水面で月の光がキラキラと跳ねる。

リヒトの背中は、想像していたよりずっと広くて心地よくて。

ふわふわする非現実感の中、私はそっと身体をゆだねた。

「エレノア、酒とかやっぱ飲み慣れてねーの？」

「慣れているわけがないわ。食前酒を少し舐めたことがあるくらいよ」

「そっか」

なんだか、機嫌がよさそうな声色なのはどうしてかしら……。

「中等部の頃にさ」

「え……？」

「山に登って足をくじいて、ウィム会長が背負ってくれたことがあるって言ってただろ？」

その話をどうしてリヒトが知っているのだろう、と思って、そうか、あの日泣きながら話した中にあったんだわと思い出す。

色々恥ずかしくなって、リヒトの頭に額を当てた。

「……言ったけど、もう、やだわ、忘れてちょうだい」

「忘れられるなら忘れたいんだけどな。……まあとにかく、その時ってあんた、酒飲んでないよな？」

「飲んでいるわけないでしょう？　学校行事の最中よ？」

「そっか。じゃあ何年経(た)っても、初めて酒を飲んで運ばれたのは、今日のこの時だって思い出すな」

楽しそうな声で、リヒトは言う。

彼の機嫌のよさを不思議に思いながらも、考えようとすると頭がぼーっとなっていくばかりで、私はふわふわと揺られながら、水面に映る月を見ていた。

「そうね、戒(いまし)めにするわ。何年経ってもちゃんと覚えておいてあげる。あの時、リヒト・シュレイカーっていう、意地悪な同級生に迷惑をかけてしまったわって」

「それ」

同じテンポで歩いていたリヒトの歩調が、少しだけ緩やかになった。

「その思い出し方、その時俺が隣にいねー思い出し方だよな」

胸がドキ、とした。

何気ない言葉が結ぶ未来のイメージが、急に輪郭を色濃くしていく。

「だって、当たり前じゃない。あなたは……もうすぐ、帝都の大学に……進学するんだし……」

リヒトは、帝都の名門大学に進学が決まっていたはずだ。文官として帝国の役人になるには最高と言われる進路だ。そして私は、セトウィンとこの町を往復しながら生きていく。

子供ができているならともかく、たった一度儀式を受けただけの私たちの「国が決めたつがい」の関係なんて、卒業したらそれきりになって当たり前だ。

そうか。ほんの十日後には、もう卒業式が迫っている。

このままたったのあと十日。そうしたらもう私たちは、二度と会うこともなくなるのだ。

それはまるで今初めて、唐突に目の前に放り出されたような真実だった。

ついこの間までは消えてほしいとまで思っていた相手のはずなのに、今、その事実に衝撃を受けている自分に驚いた。

「俺さ、最近ちょっと思うんだよな」

リヒトが、なんでもないことのように言う。

「儀式、もう一度最初からやり直せねーかなって」

「え……な、なに……言ってるの！」

　思いがけないことを言われて、私は反射的に身体を起こした。

「もう一度やり直せるんだったらさ、意地悪なこととか一切言わないで、服もちゃんと俺が脱がせてやるし、可愛いとか綺麗とかそういうことばっか言ってやるわけ。あーそうだな、逆にウィム会長の名前なんか絶対出してやらねー。それで、本気でエレノアを気持ちよくして、一生忘れられないくらいにとろっとろにしてやる」

「なによ、それ……」

「あの時の俺に言ってやりてえな。その子すっげーいい子だから、ちゃんと、めっちゃくちゃに可愛がってやれよって」

　なんて言えばいいのか分からない。下唇をキュッと噛んだ。

「……あなた、もうそんなこと、私としたくなくなったのかなって思ってた」

「そんなわけないじゃん」

「だって、したくないって言ったじゃない。ウィムのことで私が泣いたあの日よ。それにその後も、そんなこと一言も……」

「ほら、またウィムの名前出すし」

　気が付くと、私たちは学院の前まで来ていた。

　リヒトは、私を背負ったまま門をくぐる。月が照らす夜の校舎が遠くに見えた。

十二年も通い続けた、ひどく見慣れた光景だ。なのに今リヒトの背中に負ぶわれて、うっすらお酒が残った体で見てみると、生まれて初めて見る景色みたいにものすごく幻想的で……綺麗だと思った。

「あの、あんたが泣いてた日だってさ。帝国の評価を考えたら、問答無用で抱いちまえばいいって分かってた。弱ってる時ってチャンスだし？　……だけどさ、他の男の名前繰り返して可愛い顔で泣いてるあんたを抱くとか、絶対無理って思った」

女子寮の手前、木立の陰になったところで立ち止まると、リヒトは私の身体を背中からそっと下ろす。支えられながら地面に足を着いて見上げると、リヒトは口元に淡い笑みを浮かべて私を見ていた。

「自分でもバカだなって思ってる。本来の俺なら、そんな躊躇するはずがないのに」

「リヒト……」

その時。

私たちが立っている場所と、女子寮の入り口のちょうど中間地点。

月明かりに照らされた細い道を、寮の離れから歩いてくる二つの人影が見えた。

手を繋いでゆっくりと、小さな声で話をしながら歩いてきたその人影は、女子寮の前で立ち止まる。

そして、恥ずかしそうに肩を竦める女子生徒の頬に男子生徒が優しく触れて、導くようにそっと上を向かせて……キスをした。

月明かりの下、互いを慈しむように唇を合わせるウィムとアメリアの姿を、私たちは木の陰から、息を潜めて見つめていた。

私たちがここにいることにも気付かないまま、二人は短いキスを終える。真っ赤になったアメリアはウィムに盛大なお辞儀をして、寮の入り口に飛び込んでいった。

その背中をしばらく見つめていたウィムが静かに立ち去っていくまでの間も、私たちは一言も発しないままその場で息を潜めていて。彼の姿が見えなくなってからやっと、私はほとんど止めていた息を吐き出した。

「び……びっくり、したわね……きゃあ!?」

覗きみたいな真似をしてしまったことがなんだか気まずくて、意味もなく笑いながらリヒトを見上げた時。いきなり世界が回転したと思ったら、再びリヒトに抱き上げられていた。

今度は背負われているのではない。両手でお姫様みたいに横抱きに抱えられたまま、私の身体はさっきとは比べ物にならない速さで運ばれているのだ。

「な、なに!?　どうしたのリヒト!?　下ろして??」

リヒトは答えない。見上げた表情も月明かりを背にしてよく分からないままに、さっきアメリアたちが歩いてきた方角に向かっていく。やがて寮の離れの建物に辿り着くと、鍵の開いている部屋の扉をバンと開いた。

「きゃっ!?」

ベッドの上に乱暴に寝かされた。慌てて身体を起こす私を表情を消して見下ろしながら、リヒトはジャケットをばさりと脱いで、床に打ち捨てた。

「いつまであいつのこと、そんな切ない顔して見てるんだよ」

ループタイを一気にほどいて、シャツをはだける。驚くほどに鍛えられたしなやかな上半身をあらわにさせて、リヒトは両手を私の身体の両脇に突いた。

「――あんたの身体に俺の印、もう一回だけ刻ませて」

私を見据える、青碧の瞳。

射竦められた瞬間に、唇が、熱く濡れたそれで塞がれた。


窓のカーテンが開いたままだと気付いたのは、覆い被さってくるリヒトのブルーブラックの髪の間から、月明かりがこぼれて見えたからだ。

ベッドに片膝を立てたリヒトは、さっきからずっと私の唇にキスをしている。

上半身を起こしていた私の肩を両手で掴んで、身体をだんだんとベッドに沈めさせていきながら、何度も何度も、離してはまた塞ぎ、割り入って口の中をまさぐる。

まるで食べられてしまうみたいなキスだ。最後には、絡めて引き出された舌の先を、ちゅぷりと唇で挟んで吸い上げられる。

唇がやっと解放された時には、私たちは二人とも軽く息が上がっていて。必死で呼吸を整える私に、リヒトはまた、冷静になるのを許さないかのように口づけてきた。

私の頭の左右に手を突いて見下ろすと、弾む息のままリヒトはニヤリと笑う。

「すげー、涎でびちょびちょ。こんな下品なキスされてさ、侯爵令嬢はどんな気分？」

「なっ……」

酸欠と刺激と、まだ確かに残っているお酒。

頭の芯が痺れてふやける中でそんなことを言われて、カァッと頬が熱くなる。

「そんなこと、言わないで……さっきあなた、優しくするって……」

「あれは、もう一度やり直せるならってこと。俺が意地悪な奴だって、もうあんた知っちまってるだろ？」

「なによ、それ……」

いつもそうだ。この男は、自分は本心を見せないくせに、人の心ばかりを剥き出しにしようとする。

「ばか、嫌よ、そんなこと言うの……」

「嘘。すげー優しくする」

顔を覆おうとした私の手を掴み上げて甘く囁くと、リヒトは今度は、私の瞼にキスをした。

反対の手がするすると、ブラウスのボタンをはずしていく。

「エレノアが、あんな切ない顔する暇がないくらいに優しくしたい」

瞼から下がって目の縁を、目頭から目じりまでリヒトの唇がゆっくり辿る。まるで、涙を探しているかのように。

「リヒト、落ち着いて。私はもう、別に切ない顔なんて……」

さっきウィムとアメリアの姿を見た時、私はそんな顔をしていたのだろうか。

「私はただ、あの二人も、二人きりだとあんな雰囲気になるのねって、なんだか不思議な気持ちになっただけで……きゃっ……」

リヒトは黙って体を起こすと、私のブラウスの前をはだけさせる。胸当てをゆっくりと押し上げた。

すーっとする空気が胸の先に触れて見下ろすと、リヒトがあらわになった胸をじっと見つめている。

「やっぱり、すげー綺麗だ。あんたの身体」

恥ずかしさに両眼(め)をきつくつぶったら、胸の先が左右ともいっぺんに、ぷるりと指で弾(はじ)かれた。

「っ……ぁっ……」

「綺麗だ、エレノア」

胸の先を弾いて摘まんでくりっと回しながら、リヒトは真剣な眼差しで私を見た。それから耳元で、囁く。

「身体も、顔も、声も……あと、中身も綺麗だ。正義感も、頑固で一途なところも、損するくらいに優しいところも。すっげえ綺麗だと思う」

わずかに掠(かす)れた甘い声が、熱い息とともに直接私の耳の中に吹き込まれる。

頭の芯が揺れる。喉の奥から、細く息が漏れた。

「綺麗すぎて、時々……めちゃくちゃに、穢(けが)したくなる」

かがんで、胸の先端を口に含む。濡れた口の中、舌がねっとりと乳首をなぶった。

スカートの裾(すそ)をたくし上げながら内ももを辿る指先が、私を見つめる視線が。声の色が、温かさが。

ほんの少し前、儀式の時とは全然違う。

意地悪な言葉とは裏腹に、甘く優しく……だけどなにかを恐れているような。断崖(だんがい)に立たされているかのような。

そのまま、また長く口づけられた。

リヒトの身体は私の両脚の間に入り込んで、太ももの内側を片手がさらに奥へと辿っていく。

そうして深く唇を合わせたまま、脚の間のその場所に、リヒトが片手の指を当てた。

「っ……」

キスしたまま、私は肩を跳ね上げる。

下着の上からなぞり上げて、くすぐるように指を押し当ててくりゅくりゅ回して。

はあ、と息をついて唇が解放された時、くちゅくちゅ、という音が聞こえた。

唾液(だえき)の音だと思っていたそれが私の脚の間からこぼれている音だったと分かって、衝撃を受ける。

リヒトは赤い舌で唇をちろりと舐めてから、ニヤリと笑った。

「……やらしー音」

「や……」

「もっともっと俺で感じて、とろとろになれよ」

一瞬身体を離したと思ったら、するりと私の片足から下着を抜き取ってしまう。

え、と思った時には両脚が大きく開かれて、そしてリヒトが間にかがみ込んで。

くちゅり。

温かな濡れたものが、信じられない場所に押し当てられていた。

「えっ……やっ……リヒト!?」

ちゅう、と吸い付きながら下から辿り上げて、左右の手でそこをくちりとさらに開いて、奥へと濡れたものが差し込まれる。

リヒトが、私のそこに、口をつけて……舐めている……。

「や、うそ、やめて、やめなさ……ひぁっ……んっ……やだ、や、あぁんっ……」

「大丈夫、力抜け」

「だめよ、そんな場所、口をつけるべき、じゃ、あ、っ……!?」

剥き上げて指でくびりだした一点を、リヒトが舌先を尖らせて、丸く円を描くように弾いたと思ったら、次の瞬間にはその場所に吸い付いていた。

「ふあっ……!? や、っ……んっ……!!」

腰から下が一気に溶けてしまいそうな、腰が浮いて、稲妻が体の中心を駆け抜けるような……そして、泣きたくなるような痺れが込み上げる。

「や、め……」

「気持ちいいか？　エレノア」

「そ、んな、死んじゃう……」

脚の間から、リヒトは私を見上げた。

「最初の儀式の時もこんな風にしてやればよかったたって、俺、すげー後悔したから。ほら、イっていいぜ？　大丈夫だ、怖くない」

尖らせた舌先でそこを弾きながら私を見上げるリヒトと、視線が合った。

「や、リヒト、怖い、やっ……だめ……」

「大丈夫、怖くないから。可愛い。エレノア、可愛いぜ？」

「あっ……リヒトっ……」

必死で伸ばした手を、リヒトがぎゅっと、五本の指を絡め合うようにして握ってくれる。

それから、手に力を込めるのと同じタイミングで、私のその、一番敏感な一点に、甘く歯を立てた。

私は腰を浮かせながら、リヒトの手を握りしめて、両眼をぎゅっとつぶって、声にならない声を喉の奥から漏らしながら、一瞬体中を強張らせて、そして、一気に力が抜けた。

リヒトは顔を上げると、濡れそぼった口の周りを手の甲でぬぐう。身を起こすと、どこか切羽詰まったような表情で私を見下ろした。

「エレノア……」

髪をかき上げて、私の額に唇を寄せる。

目じりから耳の方にまでキスをして、はあ、と息を吐き出すと、片足をぐっと持ち上げた。

「……ごめん、あんたのこと、また穢しちまうけど、でも俺は」

私は必死で息を整えながら、リヒトを見上げた。

身体に力が入らない。一生懸命手を伸ばして、彼の頬にそっと触れた。

リヒトの表情がとても苦しそうに思えて、そうしないではいられなかった。

「……私はあなたのつがいだから、あなたが本当に望むなら、もう、それを拒まないわ」

リヒトが目を見開く。

「でもリヒト、穢すのではないでしょう？　私はあなたに抱かれることを、穢されるだなんてもう思わない。だからお願い、そんな風に言わないで」

私を映す瞳が大きく揺れた。眉がきゅっと寄せられる。

不意にリヒトは身を乗り出すと、両手で私の身体を抱きしめるように、ベッドに押しつけた。

首筋に顔を埋められて表情は分からないけれど、私は彼の頭に両腕を回して、そっと撫でた。

あの時と逆だ。私はリヒトの後頭部をそっとそっと撫でながら、天井を見上げていた。

どれくらいそうしていただろうか。

やがて、リヒトは顔を持ち上げて、額同士を付けて、また、ついばむように唇を合わせて。

それから、私の両手を掴んで、そっと身体を起こしてくれた。

ベッドの上。上半身を起こした私と、その前に片膝を立てて座ったリヒト。

お互い半裸の姿で向き合って。

「リヒト……？」

戸惑いながら声をかけると、リヒトは私を見た。

見たことがないくらい真剣な顔で、唇を開きかけて一度閉じ、何かをこらえるかのように、薄い唇を白くなるほどに噛みしめた。

「……正直言うとさ」

唇が、自嘲的な笑みに歪む。

「あんたのこと、今すぐ抱きたい。理性でも、本能でもだ。だけど……本当はあんたは、あんたみたいな子は、ちゃんと自分が心から信頼できる相手に、愛して、愛されて抱かれるべきだったんだよな。俺たち帝国なんかが来なければ、きっと……」

あ――！　と叫んで、リヒトは髪をかき上げた。

「その上酔ってる時に付け込むとか、俺本当に最悪じゃねーか」

そのままベッドから下りて、床からジャケットを掴み上げるとポケットから何かを掴み出す。もう一度ベッドに戻ると、私の首に両手を回した。

「え……」

鎖骨のちょうど中央に、冷たいものがころりと転がる感覚。小さな、白い丸い石が付いているネックレスだ。

「……東の海で採れる、貝が作る宝石だってさ。結構大粒だろ。高かったんだぜ」

「貝が作る……？　どういうこと？　これ……え、私に？」

「当たり前だろ。……気が向いたらさ、それつけてよ」

ウィムからもらったリングが付いたチェーンは、あの日を境にクローゼットの奥にしまい込んでしまっていた。それ自体はむしろすっきりしたくらいだったのだけれど、長い間ずっとチェーンをつけていた首が、なんだか寂しく心もとなく感じていた部分もあったのだ。

あいた穴を埋めるように、今その場所に、リヒトのくれたネックレスが収まっている。

「ありがとう……」

リヒトは私の顔を見て、照れたように微(かす)かに微笑むと、はだけた私のブラウスの前をぐっとかき合わせてくれた。

「寮に戻るか。ここにいたらやっぱり俺、変なことばかり考えちまう。自分がちっとも信じられねー」

それから私たちは手を繋いで、ゆっくりと寮まで歩いて戻った。

寮の前で別れ際、さっきこの場所でウィムとアメリアがキスをしていたことを思い出して、思わず頬が熱くなった。

顔を上げるとリヒトが月を背に私を見下ろしていて、あ、キスをされるのかもしれないと一瞬目をつぶったけれど、彼はそっと私の髪を撫でただけだった。

そして、「おやすみ」と薄く微笑んで、私の背中を押したのだった。

その夜、寮の部屋で、私は寝返りを繰り返した。

――本当はあんたは、ちゃんと自分が心から信頼できる相手に、愛して、愛されて抱かれるべきだったんだよな。

――好きとか愛とか、刹那(せつな)的な感情の一つに過ぎないだろ。いちいち泣いたり騒いだりする時間がもったいないし、そんなことで何かを失うなんて論外だ。

リヒトの言葉が浮かんでは消えて、切なげな苦しそうな彼の表情が何度も何度も思い出されて、私は両手で顔を覆う。

リヒトの声の色が、伝わってくる体温が、儀式の時とは全然違うと思った。でも、変わったのは彼だけではない。そんな変化に気付けるほどに、きっと私自身も。

長い夜の端が白んでくる。

リヒトも今頃、同じような時間を過ごしているのではないかと思った。

十二年に及ぶ私たちの学院生活、最後の一週間が始まった。

今週の金曜日には卒業記念の夜会があり、週末を挟んで月曜日には卒業式だ。

目が回るように忙しい週。授業はあってないようなものとなり、みんなはそれぞれ自宅に戻ったり、寮の部屋に閉じこもってドレスと格闘したりと慌ただしい。つられて一、二年生も浮き立って、学院全体が非日常の中で飛び跳ねているようだった。

「姉さま‼」

月曜日の放課後、初等科の下校時刻に合わせて正門へ行くと、ベルが私の胸に飛び込んできた。温かい身体を、ぎゅっと抱き留める。

「姉さまあのね、運動着のボタンが取れてしまったの」

「あら、それじゃ姉さまが明日までに付けておくわ」

しゃがみ込んで鞄をまさぐるベルの後ろから、セディが私を見上げた。

「姉さま、あの、これなんだけれど……僕も、受けていいかしら」

遠慮がちに差し出してきた封筒は、週末に開催される剣術の特別講習の報せだ。

「あら、すごいじゃないセディ。これって成績上位じゃないと参加資格がもらえないのでしょう?」

「うん、初めて及第点を取れたの。でも、道具代がかかるものだから……」

今年でもう九歳になるセディは、我が家の経済状況が苦しいことを既に感じ取っている。私は明るい笑顔を浮かべて、セディのまだまだ小さな頭を撫でた。

「何言ってるの、そんなこと気にしないで。これも明日までに用意しておくわ。この調子で騎士コースに進学できるといいわね」

セディはほっとしたように、うん！　と笑顔を見せてくれた。

「お父様は元気？」

「うん。あまり部屋から出ていらっしゃらないけれど。そうだ、ロルフ様がこの間またいらっしゃったよ。姉さまによろしくって」

「そう……」

ロルフ様とは、ドレスをお返ししてから連絡を取っていない。卒業式が終わったら、一度挨拶(あいさつ)に行かなくては。

そしてそこで、セトウィンの服飾関係の工房で働かせてもらえないか頼んでみようと思っていた。

ロルフ様が望むなら、綺麗な服を着てサロンで商品を紹介するお仕事もする。だけど、せめて週の半分、昼間の間だけでも、工房で仕事を一から覚えさせてもらえないかと。

「あとね、家にすごくかっこいい男の人が来たのよ。二人も!!」

「うん。この間の休日に。お父様は会おうとしなかったのだけれど」

「かっこいい男の人……？」

二人の説明が今一つ心もとなくて、首をひねる。

「言っとくけど、俺じゃないからな」

驚いて振り向くと、そこにはリヒトが立っていた。

「勝手に家に押しかけたりしてねーから」

いつものように棒付き飴を舐めながら、ポケットに手を突っ込んでいる。

「そりゃそうよ、かっこいい人って言っているでしょう？」

「あれ？　エレノアが知ってる中で一番かっこいい男は俺だろ？」

しれっとした顔で繰り出されるいつも通りの軽口に、内心胸を撫で下ろす。

食事会に連れていってもらったことのお礼を伝えたかったのに、昼間の校内でリヒトの姿を見つけることができなかったのだ。今日は授業を休んでいたのかしら。

昨夜の離れでのことを思い出して色々なことを考えていたぶん、今目の前に立つ彼の、変わらない態度にほっとしたような、拍子抜けしたような気持ちになる。

「誰、この人」

「どなたですか、でしょう、セディ。姉さまの……………同級生よ」

「どうもはじめまして、リヒト・シュレイカーです」

ベルはつがい制度のことをまだよく分かっていないと思うけれど、セディはきっともう概要は理解している。何かを察したのか、自己紹介しながらも、セディは警戒するように私の身体に寄り添った。

「セディ、すごいね。剣術の特別講習出られるんだ」

ポケットから飴を出して二人に差し出しながら、リヒトが笑う。

「それって、普段の授業で上位にならないと出られないやつだろ。やっぱり騎士コース志望なの？」

「騎士コース志望じゃない男子なんていないよ。あなたは姉さまのつがいなの？　姉さまのつがい、普通科の男子なんだ……」

セディがあからさまに落胆したような顔になるので、さすがに慌ててしまう。

「セディ、失礼よ。それに、騎士コースじゃなくても立派な人はたくさんいるの。いつも言っているでしょう」

「そうそう。俺みたいにね。セディ、よかったら特別講習まで、俺が練習相手になろうか？」

「あなたがですか……？」

「そ。剣って、打ち合う相手がいた方が絶対上達するからさ。初等科の相手くらいなら俺でもできるぜ？　俺も昔、弟と練習してたんだよね」

さらりと発せられた言葉にハッとする。

リヒトの弟。幼馴染の女性と一緒に「つがい制度」からの逃亡を謀るも捕まってしまい、今はもう生死すら不明だと言っていた。彼のことをリヒトが口にするのは、最初に聞いた時以来だ。

辻馬車の乗り場まで送っていく道すがら、初等科男子の間で流行っている陣取りゲームの必勝法とやらを伝授して、リヒトはすっかりセディの心を掴んでしまっていた。

ついでにずっと肩車をしてあげていたベルの心もだ（本当に、リヒトのこういうところは恐ろしいと思う）。

「さっき言ってた、かっこいい男の人たちってさ」

辻馬車に乗り込もうとするセディに、リヒトは言った。

「お伽噺の王子様みたいなキラキラした人と、ちょっと怖い目をした騎士みたいな人じゃない？」

「すごい、リヒトどうして分かるの？」

「俺は何でも分かるからね。それじゃセディ、明日の授業前に練習しようぜ」

こぶし同士をぶつけあって、嬉しそうに笑ったセディに手を振る。

私も慌てて、リヒトの隣から二人に手を振った。

「可愛いな、エレノアにそっくりだ。あれはすごい美形になるぜ、二人とも」

馬車を見送って学院に戻りながら、リヒトは笑った。

「ありがとう。セディがあんなに楽しそうな顔になるなんて。でもあなた、剣の練習相手なんてできるの？」

「さすがに俺のこと舐めすぎだろ、八歳の子の相手くらいできるよ。カインと練習していたのも嘘じゃねーし」

「カインさんとは、仲良しだったのね」

慎重にその名前を口にしたけれど、緊張が伝わったのかもしれない。リヒトは笑って肩を竦めた。

「普通の双子の兄弟だぜ？　一卵性で顔は似てたけど、性格は正反対。得意なことや好きなものも……まあ、似てるところもあればそうじゃないところもある。普通だよ。そんなに気を使わなくていい」

夕焼けの中、学院の正門をくぐる。初等科と中等部の生徒はほとんどが下校したのだろう。セピア色に染まる校舎の周りは閑散としていた。

「カインさんがどこにいるか、本当に分からないの？」

「戦場の最前線って言っても、北と東にそれぞれ国境があるだろ。西の海岸線沿いかもしれない。候補が多すぎる」

「そう……」

リヒトは、足元に落ちた葉っぱの吹き溜まりを蹴飛ばして、私を振り返った。

「エレノア、身体は大丈夫か？」

「え」

「昨日俺が触ったところ、痛くなったりしてねーか？　ていうか、覚えてるよな？　そこまで酔ってなかったもんな」

「そんな、記憶をなくしたりしているわけないでしょう？　ちゃんと覚えているわよ！」

覚えている。リヒトが私の身体に優しく触れたことも、何かを思い詰めるような、苦しそうな表情も。

「私こそ、昨日は長い距離を背負っていただいて反省しているわ。腰、痛くない？」

「あー、別にそれは。あんなのでいいならいくらでも？」

相変わらず、本心が読めない調子で答える。

「ねえ、さっきセディに言っていた、うちに来た二人って……」

その時、本校舎から鐘の音が響いてきた。放課後の終わりを知らせる合図だ。

リヒトは校舎を振り仰ぎ、何かを考えるように一瞬立ち止まると、くるりと踵を返した。

「俺、ちょっと出てくるから。エレノアは寮に戻ってて」

「出てくるって……今から？　どこへ行くの？」

正門に戻ろうとするリヒトの腕を、慌てて引いた。

昼間だっていなかったのに、放課後ももう行ってしまうのか。

私たちに残された時間は、とても少ないというのに……。

私に腕を引かれたリヒトは驚いたように振り返って、私の顔を見て甘く笑った。

「なに。置いてきぼりで寂しいの？」

リヒトが顔を傾けて近付けてくる。反射的に目をつぶったら、わずかな間を置いてから、額に何か、柔らかなものがそっと当てられる感触がした。

目を開くと、両手をズボンのポケットに突っ込んだリヒトが、私の顔を覗き込んで悪戯（いたずら）っぽくニヤリとするのが見えた。

「俺やっぱ、あんたには笑っててほしいわ」

「え……」

「セディたちに見せる慈愛に満ちた微笑みでも、みんなの中心で浮かべる女帝みたいな微笑でも」

「女帝って！」

唇を尖らせた私を見て、リヒトはふっと笑う。

「好きなことをしている時の、すっげー可愛い笑顔でも。全部、守りたいと思ってる」

リヒトは束の間私を見つめて、そしてくるりと背を向けた。

「リヒト」

「夜会のエスコート、やっぱり俺にさせてよ。最高の夜にしようぜ？」

後ろ手に手を振って悠々と正門へと向かう背中を見つめながら、私は両手を胸と、そして額に押し当てる。

鼓動が速い。額が熱い。

夕焼けの中でよかった。きっと私は今、空気に溶けそうなほど真っ赤だわ。

「リヒトの、バカ……」

あなたのことを、もっと知りたいのに。聞きたいことが、たくさんあるのに。

ううん。私はただ、あなたと話をしたかっただけ。ネックレス、今日さっそくつけてきたのよって。とても気に入ったの、ありがとうって伝えたかっただけなのに。

春の風が強く吹く。鎖骨に転がる小さな白い石を、制服のリボンの上からそっと押さえた。

なんだかそれまでもが、熱く鼓動を刻んでいるように感じられた。


「エレノア、こんなところで一人で食べてるのか」

翌日の昼休み。生徒会室の窓辺に座ってパンを食べていると、リヒトがふらりと現れた。

「朝はありがとう。セディも嬉しそうだったわ」

リヒトは昨日の約束通り、今朝の授業前にセディの剣の練習に付き合ってくれたのだ。

「いや、セディ筋がいいんじゃねーの？　……ま、俺にはよく分かんねーけどさ」

セディにとってリヒトと練習ができたことは、剣の上達という目的以上に意味があったように思う。あんなに溌溂とした笑顔を久しぶりに見た。まだたった八歳のセディにどれだけの心細さと我慢を強いていたのだろうと、胸が苦しくもなったのだ。

「卒業まで残り少ないんだから、後輩や同級生と食べてやればいいのに。さっきも女の子たちがあんたを探してたぜ？」

リヒトは私のランチボックスからパンをひとつまみ摘まみながら、隣の席に座った。

それは分かっているし申し訳ないとも思うけれど、リヒトと話がしたくて私はここにいたということ、本当にこの人は全く分かっていないのだろうか。

私ばかりが気をもんでいるようで、なんだか悔しくなってくる。

「昨日、あの後どこへ行ったの？　あんなに遅い時間から出かけて、夕飯には間に合った――」

「そういえばさ、アメリアがエレノアに世話になったってさっき自慢してきたけど」

また、あからさまに話題をそらされた。私はちょっとため息をつく。

「昨日の夜のことね？　アメリアったら、そんな風に言っていたの？」

「詳しくは教えてくれなかったけどな。何があったわけ？」

「ええ、女子寮でね――」

昨夜、三年生の部屋が並ぶフロア全体が揺れるような地響きがした。

廊下に飛び出した私たちが辿り着いた先は、アメリア・ランゲの私室。

そこには可憐なピンク色のドレスの片袖部分に両脚を突っ込んで床に転がる、下着姿のアメリアの姿があったのだ。

「なんなのあなた！　なにをやらかしているの!!」

マノンが叫ぶ。オレリーが悲鳴を上げて駆け寄って、床をのたうちまわるアメリアを助け起こした。

「ドレスが、小さいんです!!　細すぎて……こんなの、入るわけがないです、痩せなきゃ!!」

真っ赤な顔をしたアメリアが叫ぶ。

「乱暴に足を動かしては駄目。ドレスが裂けてしまうわ。ウィムに贈られたのでしょう？　大切にしないと」

傍らに膝を突いて、アメリアが脚を引き抜くのを手伝いながら私は言った。

「ウィム会長は分かっていないんです。わ、私、上半身は貧相なのに、下半身は結構太いんです！こんな綺麗なドレス、見たことも触ったこともなかったし、それに華奢すぎです、入るわけないです!!」

下着姿で髪を振り乱して涙目で叫ぶアメリアを、私は必死で平静を保ちながら見つめていたけれど。同じように無表情に見下ろしていたマノンが、耐えられなくなったというように、「プーッ!!」と盛大に吹き出したのを合図に、私たちは弾かれたように笑いだしてしまった。

「えっ!?　な、なんですか!?」

「アメリア、ご、ごめんなさい……」

お腹を押さえて前かがみになってアメリアを見る。だめだ。袖に両脚を突っ込んだ、その姿を見るとまた笑ってしまう。

「大丈夫よ、そこ……脚を入れるところじゃないもの。大丈夫、自信を持って。あのウィムがあなたのサイズを間違えるわけないわ」

私の言葉に、マノンもカミールも床に膝を突いて涙を浮かべて笑い転げる。

それからみんなでアメリアをドレスから救出すると、夜をたっぷり使って彼女に夜会の衣装の着方とマナーを教えたのだった。

——という話を、詳細はかいつまんで刺激を弱めて……アメリアの名誉を守るため、男性に話しても差し支えない程度に十分にぼかしてリヒトに説明した。

ぼかしすぎて面白い部分は全く伝わらなかったと思うけれど、思い出して笑いながら話す私をリヒトは楽しそうに見てくれていた。

「アメリアも、女子寮でうまくやってるんだな」

「ええ。アメリアはすっごく面白いわ。ああ、もっと早くたくさん話をしておけばよかった」

初めて足を踏み入れたアメリアの部屋は、私たちの誰の部屋とも全く違う雰囲気だった。

堆(うずたか)く本が積み上げられ、ベッドの上も本と添い寝しているような有様で、魔女のねぐらみたいな感じ。机の上には、科学の実験で使う器具が山積みになっていた。

「あなた、ここで何かを作っているの？」

「いえ、あの、本で読んだ実験とかそういうの、自分でも全部試してみたくなって……こういうものばかり買ってしまって、だからいつも金欠で、でもそのおかげでお金の計算が得意になって」

「これは何？」

「あ！　それ、夜会で皆さんと盛り上がれないかと思って作ってみたんです。……でも、音が大きすぎてひっくり返りそうになったから、改良しているんですけど、間に合うか微妙なところで」

　一言うと二十倍で返ってくるのを思い出して、また笑ってしまう。

「楽しそうだな」

「あなたのおかげよ、リヒト。あなたがこの一年で、帝国派と公国派の垣根をなくしてくれた。最初は戸惑ったけれど、今は心から感謝しているわ」

　リヒトは一瞬両眉を上げて、頬杖を突いたまま俯いた。

　どうしたのかしらと見つめていると、再び顔を上げた時には、何事もなかったように口元に微笑を浮かべて私を見つめる。

　その優しくて温かな視線にドキッとして、でもなんだろう、どこか不安な気持ちになってしまう。

　――俺やっぱ、あんたには笑っててほしいわ。

　昨日の放課後の、リヒトの言葉を思い出した。

　青碧の瞳と視線が絡む。

　……あれ。

　私、いつもどんな顔をして、この人と話をしていたかしら。

　話したいことも聞きたいこともたくさんあったはずなのに、表情すらうまく浮かべることができない。両手に持ったパンを、ちょっと行儀悪くパクリと強引に口に押し込んだ。

悶々としている私をよそに、リヒトは「そういえば」と持っていたバインダーから数枚の用紙を抜いて、読み込んだ様子の二冊の本と一緒に私の前に置いた。

「あの人……俺の母親から届いた。読むべき本のリストだってさ。何の忖度もない専門書ばかりだけど、読むなら俺が持ってる分から貸してやるよ」

「え、ありがとう……！」

「それからこれ、商品を店に置く条件、カールに明文化させといた。もっと条件いいところもあるかもしれないから、あと数軒当たっとく」

慌てて紙の束を受け取る。胸がドキドキと鳴った。この数日で、リヒトはこんなことまでしてくれていたのか。どうしよう。私はこの人に、いったい何を返せるのだろう。

「ありがとう、リヒト、本当にありがとう……」

胸がいっぱいになってただそれだけを繰り返す私を、リヒトはふっと笑って見つめる。

そして何かを逡巡するように視線を一瞬揺らしてから、おもむろに口を開いた。

「――あのさ、あんたの家が管理してる鉱山について、俺ここ最近調べてたんだけど」

高揚していた気持ちに、細いナイフが突きたてられたような気がした。

「産出量、この数年で激減してるよな。収益を上回る額を新規事業に投資している状況だ。なあ、あれってちゃんと管理できてるのか？」

「……」

なんて返したらいいか分からなくて、紙の束を握る手に、ギュッと力を込める。

「あんたが作るものに価値はあると俺は思ってる。だけどそれは、ここからあんたが長い時間をかけて磨いていく途中のものだ。今すぐあんたの実家を支えられるようなものじゃない」

「分かっているわ。私は、そんなこと……」

「領地の管理なんか、放棄しちまえよ」

今まで考えたこともなかったような単語を、何の躊躇もなくリヒトは口にした。

私は顔を跳ね上げて、隣に座るリヒトを凝視する。

「既得権益を失ったのに、領地と領民の管理だけさせられて。それを発展させられる才がある領主ならいいけどさ、そうじゃないのもいっぱいいる。帝国に領地の管理権を譲渡すればいい。アリータの土地の価値は高いし、サマン家の持っているあの鉱山なら鉱石が採れなくなっても交通の要所として需要はある」

「何を、言って……」

「帝国に補償金を払わせるよ。俺が間に入って交渉するから」

「そんな」

リヒトは一度息を継いで、それから思い切るように一息で言った。

「そうしたら、エレノアは俺と一緒に帝都に来ればいい。俺、帝都の大学に進むけど、それ以外にも色々しててて収入あるからセディとベルもまとめて面倒見られるし。大学を出たら役人になって、俺、絶対出世するから。エレノアの才能を発揮する場だって、俺がちゃんと整えてやる。それに俺……あんたらが世話になってるっていうあのセトウィンの行政官、あいつなんだか――……」

「やめて、リヒト！」

私の叫びに、リヒトはハッとしたように口を結んだ。

「ごめんなさい。でもそんなこと、簡単に言わないで」

「だってエレノア、あの領地を今の形で経営していても、すぐに限界が来るぜ」

「そうだとしても！」

私は椅子から立ち上がって、胸にギュッと資料を抱きしめる。

「あの領地は、サマン家が代々ずっと守ってきた場所なの。お父様もお母様も、おじいさまやひいおじい様だって。アリータ大公から拝領して、大切にしてきた場所だわ。そして、そこに暮らす人たちがいる。サマン家を信じて、一緒に領地を守ってきてくれた領民たちが住んでいるの」

リヒトは小さく息を吐きだす。

「帝国だって悪いようにはしないぜ？　鉱山が枯れたのはサマン家のせいじゃない。このまま領地経営をしているより、専門家に任せた方がいい」

「私たち貴族は！」

唇を噛んで顔を上げた。まっすぐにリヒトを睨む。

「貴族には、領民を守る義務と矜持（きょうじ）があるわ。それを簡単に放棄するわけにはいかない」

「貴族なんて、帝国では何の意味もない」

「帝国にはなくても、私たちにはあるの」

ああ、だめだ。すぐ隣にいるのに、決してまっすぐ交わらない道の上にいるみたいだ。

リヒトも立ち上がり、私の前に立つ。両方の手がぐっと握りしめられるのを見た。

「エレノア、俺はただ、あんたを自由にさせてやりたくて」

私は細く息を吐きだした。

分かっている。

もう私は、リヒトがどういう人かちゃんと分かっている。でも。だから。だからこそ。

「ありがとう、リヒト。あなたの提案には心から感謝するわ。でも、ただ帝国から決められたつがい同士だという義務だけで、私たちの事情にそこまで巻き込むわけにはいかないの。――私こそ、あなたには自由なままでいてほしいから」

息を飲むリヒトを、私は笑みを浮かべて見つめた。

「ねえリヒト、金曜日の夜会はやっぱりエスコートしてくれる？　最高の……最後の思い出を、一緒に作りましょう。私、きっと忘れないわ。それを胸に、これからもここで頑張っていくから」

告げて、くるりと踵を返す。数歩進んでから振り向き、立ち尽くしたままのリヒトに駆け寄ると、背伸びをして一瞬だけキスをした。

目を見開いた彼をそこに残して、今度こそ振り向かずに生徒会室を出る。

胸を張ろうと思ったけれど、どうしても息が苦しくて、胸元のリボンをギュッと押さえる。

白い石がちゃんとそこにある感触が掌（てのひら）に伝わってきて、やっと息を吐き出せた。

どんなに気持ちを育てても、どうにもならないことがあるのだ。ウィムの時とはまた違う。たとえ互いに同じような気持ちを持っていたとしても、どうにもならないことがあるのだ。

でも、それなら、育ってしまった気持ちはどこに咲かせればいいんだろう。

——その三日後、旧アリータ城を舞台にした、帝国学院卒業記念の盛大な夜会の幕が上がった。

それは、その後もずっとずっと、後輩たちの間で語り継がれる夜会になってしまったのだけれど。

# 第五話「卒業記念夜会」

帝国学院の卒業記念夜会は、遅めの夕方から開催される。

かつての生徒会長、ユリウス・ハーン様が第一回の夜会を主催してから今年で五年目。初めて、会場は旧アリータ大公城の大広間となった。

昼間は通常通り帝国の役人たちが執務を行う場所であるため、彼らの業務が終わってからの開催だ。

「二人とも、すごく綺麗だ」

準備を整えて女子寮の玄関ホールに降り立つと、騎士コースの正装をまとったウィムが待ち構えていた。手には可愛らしいチューリップの花束を抱えている。

私の横に立ったアメリアが、ウィムが近付いてきた分だけズズズと下がっていこうとするので、私は彼女の背中をしっかりと押さえる。

「か、会長……あんまり見ないでください」

「いや、何度でも見ちゃうよ。アメリア……今日の君は……今日も、君はとっても綺麗だ」

アメリアは、ウィムが贈ったピンク色の可憐なドレス姿だ。あらわになった彼女の白い肌や華奢な肩がどんどん朱に染まっていくのを、微笑ましい気持ちで見守る。

女子寮で支度を済ませたのは、結局私とアメリアだけだった。

皆は一度自宅に戻って家の人に準備を手伝ってもらっていたのだけれど、アメリアはお母様もドレスを着たことがないということで、途方に暮れている様子だった。

私も屋敷に戻ったところで結局一人で準備をすることには変わりないので、寮で一緒に身支度を整えることにしたのだ。

「エレノア様のおかげです。リボンの結び方も、絶対私じゃ思いつかない絶妙な角度なんです。かといって角度が何度かを覚えていればいいということでもないんです。ほんの少し加減が違うだけで全然仕上がりが違うんですよこれが」

「そりゃそうさ、エレノアは昔からすごくセンスがいいもの。ありがとう、エレノア」

「どういたしまして、ウィム。アメリア、そんなに大股(おおまた)で歩いたら駄目だと何度も言ったでしょう。ほら、ドレスの裾(すそ)を踏んでしまっているわ」

アメリアの裾を整えようとすると、後ろからスッと腕が伸びてきた。

「あんたこそ、そんな格好で無防備にかがむな」

不機嫌そうに私の身体をさりげなく引き寄せるのは、リヒトだ。

ウィムの白い正装と対になるような、漆黒のセットアップに身を包んでいる。

腰をベルトで絞った立襟(たてえり)のジャケットに、銀のパイピングで縁取られた黒くて長い肩章付きのマントを肩から下げている。ずらりと並んだ銀色のボタンには、帝国の紋章が彫られていた。

ブルーブラックの髪の下には、いつもと違うイヤーカフ付きの銀色のピアスが揺れていて。なんだか……とっても、大人(おとな)っぽい。

帝国軍の高官をほうふつとさせるその姿は、きっとほんの少し前の私なら、帝国の犬だと嫌悪感を持ったかもしれない。でも。

「リヒト、似合っているわね。いつもそんな風に制服もピシッと着ればいいのに」

　リヒトは軽く肩を竦めた。

「めかし込んでくることは礼儀なんだろ？　それに今日のあんたを見たら、ちゃんとした格好をしてきてよかったと思ったよ」

　どうにか仕立て直すのが間に合った私のドレスは、お母様から譲り受けた濃紺のものだ。柔らかな綿モスリン製の、身体に沿ってすとんと直線的なラインだ。ハイウエストで、胸の下で絞る形になっている。コルセットをつけないで着る形は珍しいけれど、自然な着心地がとても気に入って、シルエットにはほとんど手を加えなかった。

　その代わり、胸元から前身頃全体と裾回りにかけて銀糸で刺繍を施すことにした。サマン家の紋章のモチーフでもある蔓薔薇の図案を刺していき、ポイントに銀色の輝石もあしらった。間違いなく、今までで一番の大作だ。

　ドレスの雰囲気に合わせて髪も低めの位置でまとめると、なんだかとてもしっくりとした。

　リヒトが、私の襟元に指を当てる。

「刺繍も見事だし、その付け襟も映える。すごくいい。形がシンプルな分、艶やかさを引き立ててる。あんたが今宵の主役だな、エレノア」

　デコルテが大きめに開いているのが気になったので、首元にレースの付け襟を編んだのだ。そこにも、青い小さな輝石を散りばめている。

自分の作ったものばかりを身につけて夜会に出るだなんて、少し前までは考えもしなかったことだ。その勇気を出せたのは、間違いなく目の前の彼のおかげだと思う。

「ありがとう、リヒト。お世辞でも嬉しいわ」

リヒトは眩しそうに眼を細めた。

あの日生徒会室で口論をしてから、私たちは、まるでそのことがなかったかのように日々を過ごしてきた。

リヒトは普通に憎まれ口をきいてきて、私も普通に笑って返す。

セディの剣の稽古も変わらず付き合ってくれるし、後輩への生徒会引き継ぎも済ませた。

それらの時間をかけて、私たちは少しずつ今日という日に向けて心の準備を整えてきたように思う。

「エレノア、リヒト、そろそろ行こう。馬車を待たせてるからさ」

入り口からウィムが呼ぶ。満面の笑みを浮かべた寮母さんが、扉を大きく開いてくれた。

リヒトが差し出してくれた手を取って、群青色の夕方の中に、私たちは踏み出していく。

今日で最後。

私はこの夜を、一生忘れないでいようと思った。


旧アリータ城に着いたのは、予定よりも少し早い時間だった。

みんな準備に手間取っているのか、学生用に指定された馬車止めに並ぶ馬車もまだまばらだ。

「この前の時間帯に近隣の行政官の会合が大広間で開かれていたらしいんだけど、それが押したみたいだね。応接室を一つ開けてもらったから、エレノアとアメリアはそこで待っていて」

　奥に話を聞きに行ったウィムが戻ってきて、私たちは立派な部屋に通される。

　夜会の主催は私たち生徒会だ。会場の設営状況の確認や、アデル様を始めとした来賓の出迎えに関しては、私も対応するべきだろう。

　だけど立ち上がる私を制して、ここは俺たちがやるからと素早く打ち合わせをしたウィムとリヒトが、それぞれ部屋を出ていってしまった。

「エレノア様、緊張しないのですか？」

　案の定、アメリアが大股に歩くものだから、ヒールが何度も引っかかったドレスの裾がほつれている。私は椅子に並んで腰を下ろすと、それを手早く繕っていった。

　この調子じゃ、夜会が始まるまでにもう一度くらいは縫うことがあるかもしれないわ。最低限の裁縫セットは忍ばせておこうかしら。

「どうして緊張することがあるの？　今日は特別な夜で、あなたはそれに相応しい準備をしてきたわ。あとは楽しむだけ。余裕を見せなくちゃ」

　ぱちんと糸切鋏で糸を切りながら笑う。

「でも、私……ちょっとなんだか、あまりにドキドキして、気分があんまりよくなくて……」

　よく見ると、アメリアはなんだか青ざめている。

「どうしたの？　大丈夫？」

「はい、すみません。私、緊張が度を超すとこうなる時があって。あの、頬を思い切り叩いてもらえませんでしょうか」

「嫌よそんなの。それにせっかく綺麗にお化粧をしたのに、取れてしまうわよ」

「ああ、そうですよね、申し訳ありません。それならですね、私……」

アメリアが、寮から不穏な感じに携えてきた大きな頭陀袋を膝の上に引っ張り上げた。

どう見てもドレスに合わないから持ってくるなと言っておいたのに、何があるか分からないからと放さなかったその中から、大量の本やら謎の器具やらを次々と出し始める。

そして、大きめの赤い丸薬が入った瓶を引っ張り出した。

「これを飲みます。子供の頃からこれを飲むと緊張が和らぐんです。祖母直伝の、やわらかい木の実と塩をこねて固めて干したものです」

変な薬なのではないかとぎょっとしたけれど、アメリアが譲らないので仕方なく頷いた。

でも、水差しに水がない。そのまま丸飲みしようとするアメリアを止めた。

「落ち着きなさい。後先考えずに行動しては駄目。私がお水をもらってくるから待っていて」

「でもそんな、エレノア様にそんなご迷惑は」

「いいから。あなたがここで喉を詰まらせて倒れでもしたら、どれだけみんなに迷惑をかけることになるか分かっているの？　いい？　すぐに戻るから、余計なことをしないで横になっていなさい」

ピシリと言いおいて、水差しを持つと部屋を出た。ついでにアメリアが勝手に薬を飲んでしまわないように、頭陀袋ごと預かっておくことにする。

城の廊下は長くて豪奢で、夕方はやはり薄暗い。左右を見ても人気がなく、しんと静まり返っている。初等科の頃何度か見学に来たことはあるけれど、それ以外では私たちが足を踏み入れられるような場所ではないのだ。

　少しドキドキしたけれど、大きく息を吸って顎（あご）を上げる。

　萎縮（いしゅく）する必要はないわ。本来は、私たちがお仕えするアリータ公のお城だった場所だもの。

　自分に言い聞かせながら、廊下の奥へと進んでいった。

　無数の扉が並んでいる。豪奢な彫刻が施された客室の扉はやがて、磨き込まれて鈍く光る、重厚な扉へと変わっていった。

　行政官や帝国の高官たちの執務室が並んでいる区画に入り込んでしまったのかもしれない。そうだとしたら立ち入り禁止区域だ。学生が城内をうろついていたなどという苦情が入ったら、来年からこの場所を使わせてもらえなくなってしまうわ。

　慌てて踵（きびす）を返そうとした時だった。

「エレノアではありませんか、どうしましたか」

　薄紫色のセットアップをまとった金色の髪の紳士が、角を曲がって現れた。セトウィン行政官のロルフ・マイヤー様だ。

「ロルフ様……どうして、こちらに」

「ちょうど行政官の会合が終わったところですよ。なるほど、今日はこの後、大広間で学院の夜会があると聞きましたが、いらしていたんですね。水を探しているのですか？」

　私が片手に持つ水差しを見て、ロルフ様は言う。

「私の執務室に汲み置きがありますよ。お分けしましょう」

ゆったりと微笑んで、彼はすぐ近くの扉を開いた。


「なかなか面白い格好ですね」

執務室の机の脇、備え付けの水差しの残りを確認しながらロルフ様は言った。

「え？　あ……あの、せっかくいただいたドレス、送り返したりして大変失礼いたしました」

「お気に召さなかったですか？　あなたにとても似合うと思ったのですが」

「とんでもありませんわ。ただ、私にはまだ……身の丈に合わないと思いまして。いつか、あんな素敵なドレスがちゃんと似合う女性になりたいです」

ロルフ様は口元だけで笑った。

ずいぶん薄暗い執務室だ。ランプの数が少ないのもあるけれど、窓のカーテンが閉め切られていて月明かりも入ってこないのが大きな原因だろう。なんだか息苦しい。

「申し訳ない。この部屋の水差しも残り少ないですね。新しいものを用意させましょう」

「いいえ、そこまでしていただくわけには……」

「あまりそのような格好で城内をうろつくものではない。すぐに戻りますよ。少々お待ちください」

ロルフ様は私を執務室に残して、にこやかに出ていってしまった。

とんでもない迷惑をかけている気がして、肩身が狭い。所在ない気持ちで、部屋の壁際に立った。

そんなに広くない執務室の壁沿いには、ロルフ様が代表を務めているマイヤー商会の紋章が刻印された木箱が大量に積み上げられている。布がかけられているため中を見ることはできないけれど、かなりの量の商品が詰め込まれているようだった。

　マイヤー商会は、様々な珍しい商品を開発することで大きくなっていった。

開発された商品は、セトウィンのギルドで大量生産され、マイヤー商会によって販売される。それらは異国情緒あふれた目新しい工夫が凝らされた商品ばかりなのだが、その専売権を帝国の中央へ申請して独占販売することで、さらに大きな利益を手にしているのだ。

　爪先(つまさき)に、こつんと何かが当たって転がっていった。

　摘まみ上げると、小さな金具だ。暗がりでよく分からなかったので、窓際に近付くと光に透かした。

　金色の耳飾りだ。耳に当たる部分の金具が、特徴的な形をしている。

「長く耳につけていても、痛くならない設計を意識して作った金型……」

　思わずつぶやいた。この形を知っている。

　リヒトに連れていってもらった食事会で、そう、耳飾り職人のエッボさんが見せてくれた新開発の金型だ。

　ロルフ様、エッボさんから買い付けたのかしら。そうよね。さすが目が高いということなんだわ。

　なぜか心がざわつく。私は小さく息を飲み込むと、近くの箱にかけられた布をそっとめくった。

　そこに並んでいるのは、白い布が巻かれた数枚の板。

　指先で触れた瞬間に分かった。私はこれも知っている。

「お待たせしました」

板に捺(お)されたマイヤー商会の刻印をなぞっていると、背後から不意に声をかけられた。

「あ、ロルフ様……申し訳ありません、ありがとう、ございます……」

跳ねる心臓を抑えながら振り返る。入り口に立ったロルフ様は、いつもの紳士的な笑みを口元に浮かべたまま、水差しを手にゆっくりと近付いてきた。

「相変わらず勉強熱心ですね。新商品に興味がありますか。それは、帝国に独占販売権を申請している生地なんですよ。なかなか面白い肌触りでしょう。リールという国がありましてね、そこの伝統工芸の織り方からヒントを得て開発したのです。下着に向いているのではないかと」

「そう、なんですか……」

私は息を吸い込んで、さりげなく一歩、ロルフ様から離れた。

「私の知り合いが開発しているものに、とても似ている気がして……人間って、偶然同じこと、考えることがありますよね」

ううん。そんなはずない。

——工房と独占契約を結んで開発したんだ。まだ商品化してないんだけど。

マイクさんは確かにそう言っていた。

私には分かる。あの布は、マイクさんが開発したものだ。全く同じもの。偶然なんかじゃ、ない。

でもそれがどうして、マイヤー商会のものになってしまっているの？

ロルフ様の表情は変わらない。微(かす)かな笑みを口元に浮かべたまま、私のことをじっと見ている。

「エレノア。春からあなたがうちで働いてくださるのがとても楽しみです。私たちとサマン家の結びつきも一層強くなる。そうなれば、我らはサマン家の輝石をこのまま使い続けましょう。お父上も領民も、どんなに安心するか知れない。あなたの弟と妹も、憂いなく進級できるでしょう」

ああ。そうだ。

我が家には、もう少しの猶予もないのだ。ここで私が、余計なことなんてしてはいけない。

セディは騎士コースを目指している。ベルはお洒落が大好きだ。

お父様も、鉱山で働いている領民のみんなも。アリータ公国の名門・サマン家を、私は守らなくてはいけない。余計なことを考える必要はないのだ。

――エレノア。凛とした表情をしていなさい。そうでないと、心から先に負けてしまう。

不意にお母様の声が耳を打った気がした。そして。

――正義感も、頑固で一途なところも。すっげえ綺麗だと思う。

「ロルフ様」

リヒトの声に背中を押されるように。恥じない自分でいられるように。

「私、ロルフ様には本当に感謝をしています。この数年、サマン家がどうにかやってこられたのは、ロルフ様の援助のおかげです」

ロルフ様が、満足そうな笑みを浮かべる。

「――でも、不正をしているのだとしたら、見逃すことはできません。ここにある商品は、あなたが開発したものではありませんよね。みんなが一生懸命考えたものです。盗んで専売権を得るようなこと、そんなやり方、まさかあなたは今までずっと続けてきたのですか？」

ロルフ様は笑みを浮かべたままだ。ランプの灯りがゆらりと揺れて、顔に黒い影が差す。

一歩、横に動く。ヒールが絨毯に沈み込む。

もう一歩。ロルフ様の横をすり抜けて、扉を開けて外に出るのだ。あとは廊下をまっすぐ走って、そうしたら、きっとリヒトがいてくれるはず。

その時、ロルフ様がテーブルの端に置かれた鈴を鳴らした。

リンという音と同時に、扉がバンと開かれる。入ってきた数人の男たちが、私の腕を掴んだ。

「なっ……なんですか!! 放しなさい!!」

「マイヤー様、この娘は」

「静かにさせるだけです。丁重に。私が説得しますから」

背中で両手首を拘束された私の顎を、ロルフ様が上向かせた。

「ああ、美しい。あなたは本当に美しいですよ、エレノア。アリータ公国の誇る美貌を存分に享受している。母親に生き写しだ。――いいですか、エレノア・サマン。美しいあなたは余計なことを考える必要はありません。セトウィンは、帝国内外のあらゆる商品が集まる場所です。常にどこよりも珍しい、新しいものがなくては発展しない。賢いあなたなら分かるはずだ」

「分かりません。それなら、自分で考えて開発すればいいではありませんか。あなたみたいな地位の方が盗んで先に登録してしまったら、新しい人は何もできなくなります。人の考えを盗むことは、想いを盗むということです。私は絶対に許せない。このことを行政官に告発します」

ロルフ様が舌を打つ。その目にあからさまな苛立ちの色。暴力的なその炎は、今まで彼の中に見たことがなかった……いや、巧妙に隠されていたものだ。

「エレノア。あなたはそんな小賢しいことを言う娘ではなかったはずなのに。つがいのあの不良からずいぶん悪い影響を受けましたね。裏通りの汚い店に出入りしたり、何の実績もない者とつるんだり、品がなさすぎです。あなたは素直だから、初めての男に従順に染まるのか。それならさっさと手を出してしまえばよかった」

「っ……リ、リヒトは関係ありません！　それにあなた、何を言っているか分かっているんですか？」

背筋がぞくりとする。ロルフ様が、やけに湿度の高い目つきで歪んだ笑みを浮かべた。

この男は、私の行動を監視していたのだろうか。どうして。なんのために。

「リヒト・シュレイカー。あれは帝国の犬だ。あの男の本性を知れば、あなたは幻滅するでしょう。あなたが頼れるのは私しかいないことを、思い知ればいい」

「本性って。あなたから、リヒトのことを説明される必要はありません」

まるで私が愉快な冗談でも言ったかのように、ロルフ様はわざとらしく笑う。

「帝都に生まれ育ったあの男と帝国に全てを奪われた貴族令嬢のあなたが、完璧に分かり合えることは永遠にないということです。私はあなたと同じく帝国に故郷を奪われた身だ。私なら、あなたと同じ景色を見ることができます」

——貴族なんて、帝国では何の意味もない。

——帝国にはなくても、私たちにはあるの。

思わず固まった私を見て、ロルフ様は満足げに笑う。自分の言葉が私に響いたと思っている。

完璧に分かり合えることなんて無理だと、確かに思い知らされた。

でも、それは、目の前のこの男に付け込まれるようなことだろうか。

私とリヒトは、完璧に分かり合えないから駄目だということなのだろうか。

「どういたしますか、マイヤー様」

「大丈夫ですよ。時間をかけて説得しましょう。もうじき夜会が始まれば、城の外には人が少なくなる。その時を狙ってセトウィンに連れていきます」

「闇に売り飛ばせば相当の儲けになるのでは。帝国の美姫を蹂躙したがる顧客は、敵国に非常に多いと聞きますが」

ロルフ様は、私の身体をなぞるように視線をやり、冷たい声で部下に答えた。

「……それは最終手段です。大丈夫、必ず説得できます。アリータ公国の侯爵令嬢だ。私のパートナーとして、これ以上の人材はいないのですから」


手下たちは、私の両手首を背中側に、そして両足首をまとめて縛り、さらに猿轡を噛ませると、執務室のクローゼットの暗闇の中に転がした。

やけに静かだ。夜会はもう始まったのかしら。

あまりにも非現実的な事態に陥りながらも、私の心は驚くほどに凪いでいた。

私が夜会に現れなかったら、マノンやオレリーが絶対におかしいと思ってくれるだろう。夜会の始まりの挨拶(あいさつ)は私の役目なのだ。私がいなければ、総合司会のリヒトが困ってしまうわ。

リヒト。

絶対にリヒトが見つけてくれることを、私は確信していた。

そもそも私が戻らなければ、すぐにアメリアが騒ぐだろう。あの客室を起点に私が歩いていける範囲は限られている。

絶対に、絶対にリヒトはこの執務室に辿(たど)り着く。

もうそれは、信頼とか期待とかそういうものではなくて、確信だった。既に知っている事実だった。

だけど逆に、それが少し心配でもある。

ロルフの手下は屈強な男たちだった。あれは、普通の護衛ではない。

表に出せない仕事を処理しているような、人を手にかけることに躊躇(ちゅうちょ)がないような目の色。

――帝国の美姫を蹂躙したがる顧客は、敵国に非常に多いと聞きますが。

彼らはそんなことまで言っていた。敵国への人身売買？　とんでもない大罪だ。

リヒト一人では、あの男たちを相手にするのは無理だろう。リヒトのことだから単身乗り込んでくるような無謀なことはしないと思うけれど。ウィムをちゃんと連れてきてくれるかな……なんてことを私が思ってるって知ったら、リヒトはまた、不機嫌そうな顔になるのかしら。

こんな時なのに、口元がほころんでしまう。

そんなことを考えながら、私はさっきからひたすらに、後ろ手に縛られた指先を動かしていた。

使っているのは糸切鋏だ。

アメリアのドレスの裾をいつでも繕えるようにと忍ばせておいたそれを、縛られる直前、とっさに袖口に移しておいたのだ。

とてもよく切れる愛用の鋏だ。布を切ることだってあるけれど、さすがにこんな組紐を切ったら刃がボロボロになってしまうわね。胸は少し痛むけれど、きっと鋏も本望と思ってくれるだろう。

少しずつ少しずつ。紐の繊維を一本いっぽんほどいていくイメージで分断していく。

紐とか糸とか、扱うことなら慣れているの。簡単に諦めると思わないで。

その時、執務室の扉が荒々しく開閉する音がした。複数の男たちの足音が交錯する中、憤った声が聞こえてくる。

「マイヤー様、あの生意気な男は何なんですか。一介の学生が行政官に対して執務室の中を調べさせろなどと。それも脅迫めいた言いざまで。口の利き方も知らないとはあのことだ」

「リヒト・シュレイカー。弱冠十七歳で、帝国上層部と対等な取引を成立させた男です。若いからと侮っては痛い目を見る。あれはハッタリではない、彼は今すぐにでもアリータの行政官からこの部屋の捜索許諾を得て戻るでしょう。裏口から出るので、急いで荷物をまとめてください。なに、切り札はまだこちらにある」

クローゼットが開かれた。ロルフが冷たい目で私を見下ろしてくる。

「エレノア、ちょっと窮屈でしょうが、我慢していてください」

男たちに担ぎ上げられた私は、大きな木箱の中に荷物のように入れられた。蓋は慌ただしく閉められて、私は箱ごと乱暴に持ち上げて運ばれ始める。

ロルフたちも焦っているようだ。裏口から出ると言っていたから、足場も悪いのかもしれない。乱暴に揺らされるたびに、箱の中で私は何度も左右に転がって、頭をぶつけてしまう。

まったくもう！　もう少し丁重に扱ってほしいわ。

糸切鋏をボロボロにした甲斐があって、手首の結び目が緩まった。力を込めて動かして、紐からどうにか腕を解放する。

箱の中で転がりながら猿轡をむしり取ると、足首の拘束を解いていく。

この後、ロルフは馬車に乗り込むつもりだろう。そしてセトウィンに私を連れていくのだ。

セトウィンは、東の国境に近い街。よその国と取引をするにはうってつけだ。

背筋がぞくりとする。馬車に乗せられたら手遅れだ。どうにか、アリータ城にいるうちに逃げ出さないといけない。でもどうやって？

今、私とリヒトがどれくらい離れた場所にいるのか分からない。ここが大広間の近くなら学院の誰かがいるかもしれないけれど、そんな人通りが多い場所をロルフたちが通るとはとても思えない。

どうにか、私の居場所をみんなに伝えて、ついでにロルフたちの虚を衝いて逃げる隙を作れるような……なにか、そんなアイディア……あるわけない気がするけれど、落ち着いて、何か……ああ、そんな柔軟なアイディア、私よりもアメリアの方が浮かびそうなのに。

今なら心から分かる、アメリアの魅力。あの突拍子もないおもちゃ箱みたいなワクワク感。ウィムが心惹かれたのが、微笑ましいくらいに分かってしまう。

その瞬間、ハッとした。

自分が斜めにかけている袋。アメリアから没収したそれの存在をすっかり忘れていた。

さっき「面白い格好ですね」とロルフに言われて、少し不思議に思ったのだ。

ロルフにもらったドレスほど豪華ではないけれど、私が着ているドレスは「面白い」と言われるようなものではない。きっとドレスの上にこんな特徴的な頭陀袋を提げていたから、ちぐはぐな格好に見えたんだわ。

ごめんなさいとつぶやいて、アメリアの袋を開く。

ああ、あの子ったら。やっぱりこれを持ってきていたのね。

本当に仕方のない、楽しい子。大好きよ。

——それ、夜会で皆さんと盛り上がれないかと思って作ってみたんです。

左手の掌(てのひら)で大きな円筒を包む。そこから繋(つな)がる紐を反対の手に巻き付ける。

肩で箱の蓋を跳ね上げて、立ち上がった瞬間にその紐を思いっきり引っ張った。

——音が大きすぎてひっくり返りそうになったから、改良しているところなんですけど、間に合うか微妙なところで。

ドッパァアアアアアアアアアアアアアアン!!!!!!!

鼓膜が引き裂かれるような強烈な爆発音とともに、周囲に紙吹雪(ふぶき)が飛び散る。

——クラッカーって言うんです。みんなで鳴らしたら楽しそうかなって。

「うわあぁぁ!!!??」

「な、なんだなんだ敵か!???」

男たちは叫び混乱する中で、私が入った箱を取り落とした。

ああもうアメリア、ぜんっぜん改良なんてできていないじゃないの、あんなものを夜会で鳴らすつもりだったの？　……最っ高だわあなたってば!!

全身を襲う強い衝撃。でも大丈夫。予想していたから、大丈夫よ。

そのまま箱から這い出す。

ここはどこ？　幸いにして暗がりだ。暗闇に慣れすぎた目に感謝する。

「おい、逃げたぞ捕まえろ!!」

「どこにいる!?」

「あっちだ!!」

耳がわんわんする。男たちも互いの声の出元が分からないのか、混乱しながらも左右から伸ばしてくる腕を振り切って、私は目の前の階段に走った。

どこに続くのか分からない、だけど他に行く場所はない。ドレスの裾をたくし上げてヒールの靴を脱ぎ飛ばすと、裸足で階段を駆け上がる。

アメリアのクラッカー、ものすごい音だった。夜会のみんなにも聞こえたかもしれない。

驚いたかな、ダンスを中断させてしまっていたらごめんなさい。

息が切れる。背中に男たちが追ってくる気配を感じながら、螺旋階段を必死で上がっていく。

――リヒト。

ここがお城のどこにあたるのか、全然分からない。

上に逃げたらきっと行き止まりになるだろう。だけど、前へ進んでいくしかない。

――リヒト。

ああ、リヒトに会いたい。会いたいわ。

螺旋階段は唐突に終わった。広い屋上に躍り出る。

見上げると大きな丸い月。そして一面の星空が広がっている。

駆け上ってくる男たちの足音を背に、私はそのまま屋上を横切って駆け抜ける。

四隅を塔で囲まれた、石畳の広い屋上。身を隠すところも何もない。

「いたぞ、捕まえろ！！！」

男たちの声からひたすらに逃げていたら、屋上の縁まで辿り着いてしまった。

五階建て、この地方で今でも一番高い建物、荘厳にして優雅美麗なアリータ大公城。

ついに屋上の縁に追い詰められてしまった。城壁沿いにデコボコした低い壁がぐるりと縁を囲んでいるけれど、高いところでも私の腰までしかない。

足を止めた。強い風に、ドレスの裾が大きくはためく。

「なんというじゃじゃ馬姫ですか、エレノア」

男たちの後ろから、肩で大きく息をしながらロルフが歩み出てくる。

「あまり大人を困らせない方がいい」

「近付かないで、ロルフ・マイヤー」

風の音に負けないように声を張り上げた。

「あなたが私に触れることは、指一本でも許しません。それ以上近付くのなら、私はここから飛び降ります!!」

「——飛び降りるなら、俺が下に戻ってからにしてくれよな、エレノア？」

ああ。

ああ、やっぱり。来てくれるって信じてた。

ザッと石畳に靴を滑らせてロルフたちの後ろから階段を上がり切った、漆黒のセットアップのシルエット。

わずかに息が上がっている。髪をかき上げて私を見ると、ほっとしたように瞳をすがめた。

「遅いわよ、リヒト」

「お待たせエレノア。早く会場に行こう、みんなが待ってる。今夜の主役はあんただろう？」

肩を竦めて、そのままスタスタと私の方に近付いてくる、恐れも迷いもない当たり前のような歩調に、手下たちも戸惑ったように手を出せないでいる。

ロルフがそんなリヒトを振り返った。

「なるほど。不利な状況でも動揺を見せないことで場を自分のものにする。若いのに肝が据わっていますね。私の部下に欲しいくらいだ」

「ロルフ、あなたが何を言っても、もう意味はないわ。私はリヒトのことを信じる」

ロルフは笑みを浮かべた。

「エレノア、あなたは世間知らずで素直だ。最初は嫌悪感を持っていても、身体を重ねるうちに『つがい』を信じて依存するようになったのでしょう。――しかし、それが仕組まれたものだったとしたら？」

余裕を漂わせるように、笑う。

「全ては彼が帝国に取り入るために仕組んだのです――自分のつがいを、あなたにすることを」

リヒトの表情が、歪むのを見た。

まとめていたピンが外れたのか、ほどけた髪の一部が背中からの風を受けて宙になびく。

「肥大する帝国が一丸となるためには、支配された国との融合は重要事項です。特にこのアリータ地方では、まだまだ公国派と帝国派の対立は深刻だった」

吹きすさぶ風の中、ロルフが一歩踏み出した。

「一年前、帝国高官の間で噂になったことがありました。まだ十七歳の少年が、帝国上層部に取引を持ちかけたと。帝国が彼に与えた任務は、このアリータ地区の帝国学院に根深く残る派閥の対立を取り除くことでした。一年でそれをやってのければ、彼の要求を飲むと」

あの夏の夕方リヒトが落とした、びっしりと生徒たちの名前が書き込まれたメモを思い出した。

「彼は、順調にその任務を遂行していった。その総仕上げが成人の儀だ。リヒト・シュレイカーは、帝国に提案したそうですよ。公国派の中心人物であるエレノア・サマンを自分のつがいにしてくれと。そうすれば公国派を完全に掌握できるだろうからと」

「行政官にだって、成人の儀の組み合わせに手を加えることはできないって聞いています」

私の反論を、ロルフは一笑に付す。

「行政官にはないですね。でもこの地方全域を取りまとめる行政長官ならどうでしょう。昨年秋から、リヒト・シュレイカーがこまめに行政長官と面会を繰り返していることも、私は調査済みです」

ロルフは眉を寄せて、憐れむように私を見た。

「この男があなたに近付いたのは、帝国におもねって私利私欲を通すためだ。正義の味方のような顔をしてそこに立っているが、奴は間違いなく帝国の犬なのです」

ニヤリと笑って、続ける。

「哀れなエレノア。どんなにお高く留まったところで、あなたはしょせんこの男に穢された身だ。でも大丈夫、私は見捨てたりはしませんよ。安心して私に全てを委ねなさい。それがあなたに残された、唯一の生き方なのですから」

悲鳴が風に乗って上がってきた。

振り向いて見下ろした先、城の中庭に駆けだしてくるたくさんの人影が見えた。

月に照らされた緑の上に色とりどりの小さな花が咲いていくように、ドレスアップした学院の生徒たちが大広間から飛び出してくる。屋上のへりに立つ私を見上げて、口々に何かを叫んでいる。

「申し開きをしてみるがいい、リヒト・シュレイカー。その口八丁で帝国上層部を丸め込み、学院で生徒たちを騙し、そして世間知らずな侯爵令嬢に偽の愛を囁いたのでしょう？」

リヒトが両手のこぶしをギュッと握りしめるのが見えた。

俯いたまま、何かを、食いしばった歯の奥で噛みつぶして飲み込もうとするかのように。

ああ。今までも彼のこの表情を見たことがある。

何度も。そう、何度もだ。

苦しげに、何かに必死で耐えるように。

私はそのたびに、不安を覚えたはずなのに。

なのに、踏み込まずにいた。見ないふりをしてしまっていた。

「エレノア」

何かをねじ伏せるかのように、リヒトが顔を上げた。

口元に薄い笑みが浮かんでいる。

「俺は……確かに、帝国との取引を成功させるために、成人の儀を……あんたの存在を、利用しようとした。本来なら、あんたは……ウィム会長のつがいだったかもしれないのに」

強い風で雲が月を隠したのか、ざあっと屋上を影が横切る。

「でも、いいかエレノア。汚いのは俺だけだ。俺が抱いたからって、あんたの価値は変わらない。あんたはずっと綺麗なままだ。だから傷つくことなんかない。ましてやこんな男の言いなりになんか」

「黙りなさい、リヒト・シュレイカー」

リヒトが強く唇を噛んだ。ロルフがニタリと口の両端を吊り上げる。

「分かってくれましたか、エレノア。それなら私と一緒にセトウィンに」

「弟さんたちのためでしょう？」

頬を張られたように、リヒトが顔を跳ね上げた。

ねえリヒト、駄目よそんな顔をしては。そんなに切ない顔をして、苦しくてたまらない顔をして。

それで私が、騙されてあげるとでも思ったの？

今さら、それで私があなたを憎むとでも思ったの？

「あなたが帝国に取引を持ちかけるとしたら、それしかないわ。弟さんたちを助けるために、帝国の要求を飲んだのでしょう？　それを私利私欲と言うのなら、私はよくやったわと褒めてあげる」

視線をロルフに向けた。

「リヒトが、私たち学院のみんなに教えてくれたことを知らないの？　リヒトは私たちに……私に、たくさんのことを気付かせてくれた。帝国にも様々な人がいて、私たちと同じように、色々な想いを抱えて一生懸命生きているっていうことを。私が見ようともしていなかったことを」

なにもかもが、そうだった。

ウィムがアメリアに惹かれていくことも、サマン家の財政に未来がないことも、リヒトが何かを隠していることも。現実が変わってしまうことが不安で、いつだって私は目を背けていた。

私は弱いから。怖いから。分からない未来は不安だから。

だけど。だけどその先で今、あなたが全てを自分のせいにして私を楽にさせようとしているのなら。

私は決して、そんな未来を望んでいたわけじゃない。

「リヒト。リヒト・シュレイカー」

顎を上げて、リヒトを見た。

雲が切れて、月明かりが再び屋上に差し込んでくる。

「顎を上げて、胸を張りなさい。おへその下に力を入れて。俯いていたら、心から先に負けてしまうわ」

顔を上げたリヒトが――唇を噛んで、軽く首を振って、それから……なんだか泣きそうな顔で、ニヤリと笑う。

「それ、エレノア・サマンとしての心得？」

「違うわ。――私たちの心得よ」

私も思い切り、笑ってみせる。

あーあ、お化粧すごく頑張ったのに、今までの騒ぎで絶対に取れてしまっているわよね。

ここしばらく嫌いだった自分の顔。あなたが綺麗だって言ってくれたから、だんだん好きになれてきたのよ。そんなことすら、私はあなたに話せていなかった。たくさんたくさん、これから話して聞かせてあげる。

完璧に分かり合えなくてもいい。大変なことがあったっていいの。

どんな未来でも、きっと、あなたと一緒なら。

「っ……なんという……もういい、おい、連れていくぞ！！！」

ロルフが叫ぶ。左右から間合いを詰めてきていた手下たちが、私に襲いかかってきた。

刹那。リヒトが床を蹴り、ものすごい速さで私の元に滑り込んでくる。

「っ……!?」

手下たちの手を避けようと踏み出した私の片足が、空中を踏んだ。

背中からガクリとバランスを崩す。踏みとどまろうとした瞬間、伸ばされた手下の男の手に弾かれて――……私の身体は、城壁の縁から空中にこぼれた。

「きゃああああ！！！！！」

足元から女子生徒たちの悲鳴が聞こえる。

閉じていた瞳を、そっと開いた。

宙に吊り下げられた私の身体、伸ばした左腕。

屋上の縁から身を乗り出して、しっかりとその手首を掴んでくれているのは……。

「リヒト!!」

「……大丈夫か、エレノア！」

腕たった一本で、リヒトとどうにか繋がった状態だ。さらにがくんと身体が揺れた。

「もろとも落とせ!!」

「早くしろ、この男を断ってしまえ!!」

リヒトの背後から男たちの怒号が聞こえてくる。ぞっとした。

「リヒト、手を放しなさい!!」

身を乗り出して周囲を窺っていたリヒトは、私の叫びに呆れた顔をする。

「放すわけねーだろ、馬鹿じゃねーの」

「だって、このままじゃ二人とも」

リヒトは笑った。

優しくて幸せそうで、温かい……曇りのない、微笑みで。

「ありがとう、エレノア。俺、あんたのことが好きだ。大好きだ。――恋とか愛って、最高だな？」

私の手首をさらに強く握りしめたリヒトの腕が、振り子のように揺らされ始める。信じられない腕の力で、速く、だんだん大きく。もっともっと大きく。

「ウィム、頼む！！！！」

最高位置から加速されて振り抜いた瞬間、リヒトが手首から手を放した。

私の身体はそのまま宙に舞って弧を描き……そのすぐ斜め下に張り出したバルコニーの中に、ふんわりと優しく放り投げられる。

「エレノア、大丈夫か!?」

「ウィム……!!」

包み込むように抱きとめてくれて私ごと後ろに倒れたウィムを、さらにその後ろに立った背の高い人が身体を張って支えてくれた。ウィムとよく似たヘーゼルの瞳。アデル様だ。

「大丈夫か、二人とも」

私はすぐに立ち上がって叫んだ。

「ありがとうございます！　でもはやく、屋上に行ってください!!　ウィムもアデル様も、早く!!」

バルコニーに繋がる部屋に飛び込む。廊下へと続く扉から、とても綺麗な男の人が入ってくるのが見えた。ユリウス・ハーン様だ。

「リヒトが、リヒトが殺されてしまう!!　屋上にたった一人で残って、ロルフの手下はたくさんいて、すごく強いんです!!　早く、早く助けに行かなくては!!」

「えっと」

　ユリウス様が、やけにのんびりと首をかしげる。

「君さえ無事なら、そんなに急ぐ必要はないんじゃないかな。むしろ邪魔になったら困るし」

　何を寝ぼけたことを言っているのだこの騎士は。

　私は憤りに任せてユリウス様を押しのけると、廊下に飛び出した。

　もつれる足で必死で走る。上の階への階段を、這いつくばるように駆け上がる。

　途中の壁に立てかけてあったモップを掴んで、屋上へ続く扉を両手で開いた。

　月明かりが照らす、広い屋上。

　扉を開いた時、風が運ぶ……血の匂いにゾッとした。

　でも次の瞬間、私は眉をひそめる。

　広がる石畳の上、仰向けに、うつ伏せに。それぞれの姿勢で倒れ込んでいるたくさんの男たち。

　その中心に、片手に剣をぶら下げた男が一人、星空を背にゆらりと立っていた。

　傍らに尻を突いて、何かを叫んでいるのはロルフだ。

　しゃがみ込んでいた手下がロルフに怒鳴られてかろうじて立ち上がると、奇声を発しながら中央に立つ男に切りかかっていく。

　一瞬の閃光。

　グリップを両手で軽く握り直すと、中央の男は身体の斜め下から剣の切っ先を切り上げた。手下の武器を跳ね上げて、頭上で回転させた剣を反対側から振り下ろす。月明かりの下、まるで舞っているようだと思った次の瞬間には、手下は石畳に沈んでいた。

剣を一振りして血を払った彼は、ふうとため息をついて顔を上げる。

「リヒト……!?」

私の叫びに、振り返った。

ブルーブラックの髪、青碧の瞳が入り口に立つ私をとらえる。

「あちゃー、見ちゃった？」

「あ、あちゃーじゃないわ！　どういうこと？　これ、まさかあなたがしたの？　ど、どういうことなの、あなた、剣が使えるの？」

横幅がリヒトの倍くらいありそうな巨漢の男がふらふらと立ち上がると、両手を広げてリヒトに背後から突進してきた。

悲鳴を上げる私をよそに、リヒトは視線すらやらぬままにヒラリとそれをかわし、片足を跳ね上げるように旋回させ、男の側頭部に叩き込む。

白目を剥いた男の身体は一瞬で力を失って、その場にぐたりと崩れ落ちた。

「あーあ、生きいきしてるなあいつ」

呆然とする私の後ろから、笑いをこらえたような声。

振り向くと、アデル様が入り口をくぐって出てきたところだった。その後ろからは、ウィムとユリウス様も続く。

「うわ、容赦ないなあ。でもリヒト、そうとう我慢していただろうしね」

ウィムが笑う。

「さすが。アデルが気に入るだけのことはあるね」

ユリウス様が、感心したように頷いた。

「リヒトは絶対俺の隊に入れる。シュレイカー兄弟とウィムをそろえれば、帝国内の次世代最強だ」

「あと、僕もね？　アデル。僕も入ってあげるからさ」

「おまえは自分の隊を作れ」

「嫌だよ！　僕もせっかく帝都に行くんだからさ」

三人が楽しそうに話しているのを背中に聞きながら、私は一歩踏み出した。手からモップがカランとこぼれた。

「リヒト」

もう、立っている手下は誰もいない。

目元に飛んだ血を片手の甲でぬぐったリヒトが、私を見て、照れくさそうに笑った。

「エレノア」

もう一歩踏み出す。

聞きたいことは、たくさんある。ううん。聞きたいことだらけ。

だけど。でも。だけど。

「リヒト、無事でよかった」

伝えたいことは、たったひとこと。

「――大好きよ」

くしゃりとリヒトの顔が歪む。剣が、手から足元に転がる。

両手を広げたその胸に、私は飛び込もうとした――刹那、視界の端で何か黒いものがうごめいて、
私の方に飛びかかってくる。

叫び声、足音。くるりと回る視界に丸い月が映る。

次の瞬間、私はリヒトに抱きしめられていた。

なにが起きたか分からない、ひどく時間がゆっくりと進む中で。

「エレノア、笑って」

頭の後ろに添えた手にぐっと引き寄せられて、唇が塞がれる。

いつぶりかの口づけは……血の、味がした。

「リヒト!!」

ウィムかアデル様の叫び声が聞こえた。

その瞬間、私を抱きしめたリヒトの身体から、がくりと力が抜ける。

「エレノアは私のものだ!! ああ、どこまで邪魔をするのだこの小僧は！！！」

気がふれたように叫ぶロルフを、誰かが石畳の上に押さえつけている。

絶叫が屋上に響き渡る。それが自分の口から出ているのだと理解するのに、ひどく時間がかかる。

私をかばうように抱きしめた、リヒトの腹部にぐっさりと、剣が突き立てられていた。

# 第六話「悪役令嬢と帝国の犬」

壇上の様子を窺っていたニーナが振り返って頷いた。もうすぐ三年生になる彼女は、春から生徒会長だ。

「エレノア様、お願いします」

ここは講堂の控室。今まさに、アリータ地方帝国学院高等部の卒業式が執り行われている。

色々なことがあって予定より一週間遅れて開催されたこの式典で、私は急遽、代表の挨拶を務めることになった。

本来その役割を担うはずだったリヒトは、今ここにいない。

先に開会の挨拶をしたウィムが舞台袖に戻ってくると、小さく微笑み頷いた。

頷き返して壇上へと歩み出る。並んだ同級生たちを見渡した。

マノンが、オレリーが、カミールが。みんなの顔が見える。

そう。ちょうど一年前、この壇上で三年生になる挨拶をした。

その時見渡した同級生たちは、右半分に帝国派、左半分に公国派、とぱっつり二つに分かれて座っていて、そのことに私は何の疑問も持たなかったのだ。

だけど今、マノンとオレリーの間に座って盛大に泣いているアメリアの姿が見える。

それ以外にも、ごく自然に混ざりあって座った生徒たち。誰が帝国派で誰が公国派なんて、もう全然分からない。当たり前だ。みんな同じ十八歳の生徒たちなのだから。

マノンが呆(あき)れた顔をしてハンカチをアメリアに差し出しているのを見て、少しおかしくなった。

先生が急遽作ってくれた挨拶文を開いて……それをもう一度畳む。ごめんなさい先生。

息を吸い込んで前を向くと、私はゆっくりと話し始めた。

「今日、私たちはこの学院を巣立ちます。これからの私たちがこの国でどう生きていけばいいのか。それを教えてくれた、大切な人の話をしたいと思います――」


卒業式の後、後片付けを済ませた私が向かったのは、旧アリータ大公城の南に隣接する建物だ。すっかり顔なじみになった守衛さんに挨拶をして、手続きを済ませて中に入る。

消毒液の匂(にお)い漂う廊下の向こうから、見知った顔が私をみとめて大きく手を振ってくれた。

「ニコーラさん」

小走りに近付く。リヒトのお母様のニコーラさんは、両手にたくさんの着替えや本を抱えている。

「今ちょうど、ウィムとアメリアが来てくれているところよ。聞いたわよエレノア、挨拶かっこよかったんだって？」

「やだ、やめてください。恥ずかしいわ」

ニコーラさんの荷物を半分受け取りながら、私は首を竦(すく)めた。

「いやいや。なかなかできないわよ、みんなが幻想を抱いているサマン家の財政に余裕がなくなっていて、それを乗り越えるために正々堂々(せいせいどうどう)立ち向かっていくことを、全校生徒の前で宣言するだなんて」

「ずっと言えなかったんです。みんなを騙しているみたいで心残りでした。だけど、これからはもう隠しておけないだろうと思いましたし。ただ、弟たちのことが心配だったんですけれど」

　卒業式前日に相談をした時、セディとベルはあっさりと、「僕らはもう友達に話しているよ？」と言ったのだ。

「うちの家にお金がないこと。剣の講習費も姉さまのお小遣いから出してもらっているから、絶対に休めないって言ったんだ。そしたら、みんなもサボるのをやめるって」

「私もよ。だから姉さまみたいに、売っているお洋服よりも可愛いものが作れるようになりたいのってお話ししているわ。友達も、姉さまの作ってくれるお洋服がうらやましいって」

　二人とも、けろりとしたものだった。セディとベルの世代にとって「サマン侯爵家」の名前が持つ意味なんて、さらに薄まっているのかもしれない。

「どんどん世代が新しくなるね。面白いわ」

　ニコーラさんは豪快に笑う。

「それに、サマン家の財政立て直しにはアリータ家が手を貸してくれるそうじゃない。頼もしいわね」

　そうなのだ。あの夜会の翌日、ユリウス様が私のところに連れてきてくださったのは、まばゆいほどに美しい女性――コルネリア・アリータ様だった。

　彼女の申し出は、さらに私を驚かせた。

サマン家の財政は、ここ数年で完全にロルフ・マイヤーに掌握されてしまっていたらしい。彼はお父様に取り入り、助言をすると見せかけて領地経営に関する重大な決断を意のままに行っていた。

「サマン家領の鉱山の産出量は、確かに減っているわ。でもまだ枯れた訳ではないし、領民たちにも意欲がある。今までロルフの懐に入ってしまっていた分や無駄な投資を控えれば、まだ立て直すことができると私たちは調べています。利用価値は、まだまだあるってことよ？　私たちに協力させていただけませんか」

話によると、これまでも既に何度かアデル様とユリウス様がサマン家を訪問して、協力を持ちかけようとしてくださっていたらしい。

ロルフがしていたこと、私にしようとしていたことを知ったお父様は、屋敷中のお酒の瓶を全て割ってしまったとマーサに聞いた。さらに方々に頭を下げて領民たちとも話をして、経営の立て直しに乗り出してくださったのだ。

「でも、ロルフに付け込まれたのは、お父様任せにしていた私の責任でもあると思っています。本当に、コルネリア様やユリウス様、アデル様にはなんとお礼を申し上げたらいいのか」

「気にしなくていいよ。僕たちはそれが任務だったんだからね」

「サマン家を訪問していたのも、ロルフ・マイヤーの調査への協力を要請したかったという狙いもあったからだしな。それは結果的に娘の君が務めてくれた」

振り向くと、ユリウス様とアデル様が立っていた。

元々アデル様とユリウス様は、セトウィンを拠点として行われている密売人との闇取引を調査するために、この地方に来ていたのだという。

「物資だけじゃない。ロルフを始めとする一味は、敵国への人身売買にまで手を染めていたからな」

「不正な専売権取得の件も含めると、あの男には大小どれだけ余罪があるか知れないよ」

領地の管理に行き詰まった貴族家長や、成人の儀におびえる若者。

そういった者の弱みに付け込んで私腹を肥やそうとする者が、帝国に増えてきているらしい。

帝都騎士団のエリート騎士ともなると、そういった歪みを取り締まることも仕事になるのか。

ロルフの身柄は拘束された。かつて帝国に侵略された属国の一つの出身だった彼は、帝国への怨みを両親から聞かされて育ってきたらしい。いつか帝国に一矢報いようと成り上がり、派遣されたこの地で私の母を見て以来、あらぬ懸想をしていたと言うのだ。

「美しいっていうのも苦労するね、エレノア。分かるよ」

「ユリウス、無駄口はそれくらいにしてさっさと報告書をまとめろ。俺は今夜ここを発って帝都に戻る」

「え！　アデル、それはちょっと早すぎじゃない？　もう少しゆっくりしていこうよ」

「遅すぎる。いい加減にしろ。俺はもう三週間もティアナに会えていなくて、全てを破壊しそうな限界を超えているんだ」

「いいかね」

苦笑しながら彼らの後ろから歩み出たのは、上質な服を着た壮年の男性だ。どこかで見たことがあるような気もするけれど……。

「エレノア・サマンどの。ずっとお会いしたいと思っていましたよ。少しだけその隅で、二人だけでお話しできませんか？」

「え……」

戸惑う私を見て、ユリウス様がくすくすと笑う。

「エッカルト様、ロルフ・マイヤーと同じ人種ではないかと思われていますよ」

「なんと。それはさすがに心外だ」

男性は、背筋を伸ばして笑った。

「私はエッカルト・ウェーバー。この地方の行政長官をしています」

「行政長官……!!」

慌てて居住まいを正す。

「大変失礼いたしました。エレノア・サマンと申します」

……あら？　えっと、行政長官と言えば……。

「想像以上に綺麗(きれい)で賢そうなお嬢さんだ。これはリヒトが必死になるのも納得だな」

そうだ。屋上でロルフが言っていた。

――昨年秋から、リヒト・シュレイカーがこまめに行政長官に面会を繰り返していることも、私は調査済みです。

リヒトの要望を受けて、私とリヒトをつがいにした方……？

廊下の片隅に移動して、私とエッカルト・ウェーバー行政長官は向き合っていた。

「あの」

「まずは誤解がないように言っておきたいのだが」

私の口の前にすっと掌を出して、エッカルト様は言った。

「私は確かに、リヒトと帝国中枢を繋ぐ役割を担っている。しかし、私にも成人の儀のつがいを決める力などないのです。あれは帝国の中でも最も神聖とされる特級事案だ。皇帝を始めとする帝国の中枢が何らかの方法で組み合わせを作っていて、私どもに口が出せるものではないのですよ」

目を丸くする私に苦笑してみせて、エッカルト様は続ける。

「しかし予想はできた。帝国中枢がリヒトとの取引に応じるほどにアリータ地区の帝国派と公国派の融合を図っていた状況を鑑みると、今年は両派を超えた組み合わせが増える可能性は非常に高いだろうと。特に公国派に影響力が強い生徒、ウィム・ベルガーくんとエレノア・サマン嬢が帝国派の生徒とつがいになる可能性は高いのではないかと。当然、リヒトもそれを予想したのだろう」

そこで一度言葉を切り、一瞬の逡巡を挟む。

「夏の終わり頃だったか。リヒトは私に、つがいの組み合わせについて要望を出してきました」

「計画の成功のために――私とリヒトをつがいにしてくれ、と……？」

屋上での会話を思い出しながら、慎重に言葉を継ぐ。

「いや。違う。あのセトウィンの行政官は、憶測でずいぶん勝手なことを言ったのですね」

エッカルト様は静かに首を振って、じっと私を見た。

「リヒトが私に要求してきたのは、たった一つ。『エレノア・サマンとウィム・ベルガーをつがいにしてやってくれ』ですよ」

胸がとんと押されたような気がして、私は何も言えないまま、ただ目の前の行政長官を見つめた。

「本来、あの学院で一番自然なのはウィムとエレノアがつがいになることだ、無理に帝国派とつがいにさせる必要はない、そんなことをしては逆効果だと言い募るのですよ。あの調子で、理路整然(りろせいぜん)と。何度も交渉に来ましたよ。私には決定権はないと、いくら説明しても聞きやしない」

信じられない。

だってリヒトは、ウィムに報われない片想いを募らせる私のことを、愚かだと思っていたのではないの？

「しかし結局、あなたのつがいはリヒトになった。最後に会った時彼は一言、『帝国はやっぱり怖いな』とつぶやいた。今回の一連の出来事の報告を受けた時、私は居ても立ってもいられなくてね。アデルくんたちに無理を言って、ここに連れてきてもらったんです」

エッカルト様は大きく息を吐きだすと、大袈裟(おおげさ)に肩を竦めてみせた。

「それにしても、つがい制度の組み合わせに関してまで私に権力があると思われてしまうのは、極めて不本意だ。数年前、いささか問題が起きてね。それ以降、私はただただ中央から渡された組み合わせを正しく遂行するのみですよ。何度そう説明しても、リヒトは聞く耳を持たなかったが」

「当たり前でしょう」

振り向くと、アデル様が当然のような顔をして私たちの後ろに立っていた。

「俺だってあの頃エッカルト様の存在を知っていたら、拉致監禁して食事を与えず判断力を鈍らせた上で自分のつがいをティアナにするように脅し続けていたと思いますよ」

　表情を変えぬまま恐ろしいことを言い放ったアデル様に、エッカルト様はぎょっとした顔をする。

「――エレノア、俺は帝都の帝国学院に実技指導に行った時にリヒトに会ったんだが」

　アデル様が私に視線を移した。

「リヒト・シュレイカーとカイン・シュレイカーは、帝都の騎士コースで群を抜いて優秀だった。卒業後はうちに来いと、思わずスカウトしたほどだ。だけど去年、カインがあいう事件を起こして……母親は降格の上アリータ地区に左遷、リヒトは騎士コースを除籍になった」

　私は黙って頷いた。

「リヒトにエッカルト様を紹介して、帝国中枢への取引を持ちかけるよう勧めたのは俺だ。リヒトなら中枢の要求に応えられると思ったし、カインを救える可能性があるならとリヒトもそれを受けた。だが、結果としてリヒトと君をいたずらに苦しませてしまうことになったのかもしれないな。反省している」

「とんでもありません。どんな形でも、リヒトがここに来てくれてよかったです。ありがとうございます」

「アデルくんは、リヒトにずいぶん肩入れしていたんだな」

「当然です。シュレイカー兄弟を失うなんて、騎士団にとってあまりに愚かな痛手ですからね。優秀な人材が増えれば、俺がわざわざこんな遠方の任務に就く必要もなくなる。俺は帝都を……ティアナのそばを、二日以上離れたくないんです」

冗談と受け止めたのかエッカルト様は大きな声で笑ったけれど、アデル様が真顔なままなのですぐに笑うのをやめた。

三人で皆のところに戻ると、ニコーラさんが改まった表情で私を待っていた。

「エレノア」

「はい」

「リヒトを救ってくれてありがとう。あの子はここに来る前、ひどく思いつめたような、それでいてやさぐれたような様子だったわ。だから、あの日酒場であなたに会って、あなたといるリヒトを見て、私はすごく安心したの」

「ニコーラさん……」

「あれ、みんな揃って何してるの？」

奥の部屋からウィムが出てくる。続いてアメリアも。アメリアは、廊下の途中で立ち止まっている私たちを見て、両手を腰に当てた。

「みなさん、なーにエレノア様を足止めしているんですか！　ほらほら、どいてください、エレノア様、どうぞこちらへ！」

私の手から洗濯物をもぎ取ると、背中を押して廊下の奥へ。さあどうぞ、とにこやかにアメリアが開いてくれた扉の中に、戸惑いつつ足を踏み入れる。

明るい個室のベッドの上、上半身を起こして本を読んでいたリヒトが顔を上げて笑った。

「エレノア」

　私も笑顔になって、ゆっくり彼に、近付いていく。

「毎日来てくれていたんだろ。悪かったな、なかなか話ができなくて」

　本を閉じて肩を竦めたリヒトのいつも通りの表情に、心の底からほっとする。

「ううん。よかった。リヒト、本当によかったわ」

　あの夜、私をかばってロルフに刺されたリヒトは、すぐさま治療院に運び込まれた。

　おびただしい出血で一時は昏睡状態に陥ったのだけれど、アデル様たちの応急処置が適切であったこととリヒト自身の基礎体力の高さのおかげで、翌日の夜には意識が戻ったのだ。

　そしてそこからは、驚異的な回復を見せてくれている。

「卒業式お疲れ様。挨拶かっこよかったんだって？」

「もう。その話は勘弁してよ。でも本当によかったの？　先生方は、リヒトが出席できるまで卒業式を延期することも検討してくださっていたのよ？」

「いいよそんなの。待たれても困る」

　苦笑を浮かべるリヒトの胸元には、白い包帯が覗いている。

「リヒト、助けに来てくれて本当にありがとう。そしてごめんなさい。私の代わりに、リヒトに痛い思いをさせてしまったわ」

「あんたが謝る必要はない。悪いのはロルフ・マイヤーだ。そして、あんたが刺されるのが嫌だから、俺が勝手にああいう行動に出ただけだ。だから、もう謝るな」

リヒトは強い目で私を見て、それからふっと視線を和らげる。

「あんたが謝るべきはその前についてだな。ロルフの不正に気付いたからって、一人で糾弾しようなんて無謀すぎだろ。俺のところに一度戻るべきだった」

「そうね。その件については、とっても反省しているわ」

ウィムからもアデル様たちからも、ひどく叱られたものだ。

アメリアだけは深く頷きながら、「私もきっとその場で言ってしまいますね。悪いことはその場で叱るべきなんです。昔犬を飼っていた時に学びました」と言ってくれたのだけれど。

リヒトは両手の指を絡ませて、大きく伸びをした。

「だっけど、それでこそあんただなって思うところもあるんだよなー。あんたは思う通りに生きて、危なくなったら俺がもっと早く助けに行けばいいんだよなって」

惚れた弱みってやつだな、と、私と目が合うと優しく笑う。

リヒトの笑顔。涼やかな声。

よかった。リヒトがまた笑っている。私に笑顔を向けてくれている。

本当に、よかった。

私の腕の中で血を流していたリヒトの姿を、あれから毎晩のように夢に見る。

血の気の失せた顔、冷たくなっていく身体。リヒトを失うのではないかという恐怖で浅い眠りから覚醒しては、震える両手で顔を覆って朝を待ち、治療院への道を走るような一週間だった。

本当は、一日中ずっと治療院にいたいと思った。泣いて震えながら、昼夜を問わずに面会謝絶の扉の前に座り込んで、ただ祈っていたかった。今までの私だったらそうしていただろう。だけど。

――エレノア、笑って。

リヒトがそう言ってくれたから。だから私は唇を噛んで、この数日間を過ごしてこられた。事件の顛末を騎士団や行政官に説明したり、領地のことをコルネリア様と打ち合わせたり、卒業式の準備をしたり。リヒトだったらそうするだろうと思うことをやってきた。冷静に、落ち着いて。そう自分に言い聞かせながら。鎖骨に転がる白い石を、制服のリボンの上からぐっと押さえて。

そして今、ようやく面会謝絶が解けたリヒトに会えた。

エッカルト様から聞いた話、取引のこと、つがいのこと。聞きたいことはたくさんある。だけど今、私の目の前でリヒトが笑っている。そのことだけでもう、私の胸はいっぱいになってしまう。

「鉱山が維持できるかもって話、さっきウィムに聞いた」

リヒトが、ぽつりと言った。

「正直、すげー悔しい。俺は、はなから領地の放棄前提で考えたのに、アリータの公女は持続できる道から検討したんだな。この地で生きてきた人間を理解しているからできることだ。俺にもっと想像力があれば、あんな風にあんたを傷つける必要なんかなかったはずなのに」

「そんなことない。リヒトは今でも、十分すごいわ」

病室の棚には、所狭しと見舞いの品が並んでいる。

お花やお菓子、果物に手紙の束、本や絵。派手な柄の寝間着。縁まで棒付き飴が詰め込まれた大きな瓶はカールさんからだろうか。その隣に並ぶのは、まさかお酒の瓶……？　謎のおもちゃやゲーム、人形まで。みんながリヒトを喜ばせようと必死に考えた品々が、たくさんたくさん並んでいる。

「町の人たちも、学院のみんな……あの夜の出来事を見ていた三年生たちはもちろん、後輩たちも先生方も、みんながリヒトを心配しているわ。帝国派も公国派も関係ない。みんなが今、リヒトのことを考えているの。あなたは帝国との取引のためにここに来たのかもしれないけれど、確実にこの学院を、町を変えたわ。いい方向によ。とってもいい方に。ありがとう」

ベッドの端に両手を突いて、身を乗り出して一息で伝えた私の髪に、リヒトが触れた。優しく撫でて、こぼれた一房を、そっと耳にかけてくれる。

「俺たち、全く違う環境で今までやってきているだろ？　だからこれからもきっとたくさん、食い違うこともってあるのかもしれない」

リヒトの向こう、窓の外の青い空を、雲がゆっくりと流れていく。

「だけど」

ベッドの上に突いた私の手の上に、リヒトが自分の手を重ねた。

「だけど、俺はそれでもいい。食い違っても衝突しても。それでも俺は、もう二度と諦めない。一生、あんたを諦めねーから」

「リヒト」

重なったリヒトの手に、指を絡めた。

「私だって同じよ、リヒト。あの夜、あなたが私の腕の中で意識を失った時、本当に怖かった。あなたを失うなんて、耐えられない」

リヒトの手を両手で持ち上げて、自分の頬にそっと当てた。

温かい。彼が今生きて、私の目の前にいてくれる。そのことを実感するだけで、心がほぐれて涙があふれそうになる。

「リヒトのことが好きよ。大好き。リヒトが私を自由にしたいと言ってくれるなら、私はずっと、あなたと手を繋いでいたい」

平行線を描き続ける道の上にいたとしても、手を繋いで進むことはできる。

ずっと手を繋いでいれば、いつか道が交わることもあるだろう。

交わった道がたとえ一瞬離れても、手を繋いでさえいれば、何度だって交わっていくことができる。

何度でも、何度でも。手を放しさえしなければ。

「すげー……俺たち今、同じ気持ちってこと？」

視線が絡まる。リヒトが、私の頬をそっと撫でてくれる。

なんだか恥ずかしくなって、うふふと笑ってしまった。

「そうね。でもきっと、ずっと同じ気持ちだったんだわ。ずっとそうだったということを、今確かめ合っているだけよ」

頬を撫でていた手が止まった。青碧の瞳が甘く揺れる。

「エレノア……」

ギシリ、とベッドが軋む。身を乗り出してきたリヒトが少し首を傾けて、私に唇を近付けてきて……そして、動きがぴたりと止まった。

「？」

「ちょっと待ってて」

無表情につぶやいて、リヒトはベッドから下りた。

「もう歩いていいの？　リヒト!?」

答えずに、脇腹をかばうようにしながら入り口まで歩いたリヒトは、そのまま部屋の扉をパーンと開いた。後ろから覗き込んで、思わず顔が熱くなる。

「いや、違うんだよ？　僕は止めたんだよ？　リヒト」

「そうですよ、ウィム会長は止めてました！　でも一番前から動こうともしませんでしたけど！」

「アメリア！」

「いやー若者の甘酸っぱさはいいね。もちろん僕にも覚えがあるけどね？」

「エッカルト様が、リヒトの愛の告白を見届けるまでは死ねないとさ」

「お、おいアデルくん……！」

扉の前に立ったりかがんだりして、部屋の中を窺っていた様子のみんな。

「～～～おまえら、全員たたっ斬るぞ！！！！！」

リヒトが、聞いたことがないような大きな声で叫んだのだけれど、その顔が見たことがないくらい真っ赤になっていたのが可愛くて、私は思わず笑ってしまった。

＊

「まあ、すごい!!」

旧アリータ大公城のほど近く。帝国の高官のために用意された屋敷が建ち並ぶ一画に、リヒトの自宅はあった。

彼の部屋に入った瞬間、思わず声を上げてしまう。

無造作に積まれた本、本、本……。本棚からあふれた分で、床には足の踏み場もない。お見舞い品が詰め込まれた箱を抱えて私の後ろから入ってきたリヒトは、当然という顔で肩を竦めた。

「散らかってるって言っただろ」

「だけど、これほどとは思わなくて。それとも男の人のお部屋ってみんなこんな感じなのかしら」

「さあね。寮の部屋は俺も秩序を保っておいたし」

今日、リヒトは退院した。

ニコーラさんは仕事があるというので私が付き添って手続きと挨拶を済ませ、二人で大量の荷物を抱えてシュレイカー邸まで戻ってきたところだった。

ふと本棚と反対側の壁に視線をやって、ドキッとする。

そこには、帝国全土の大きな地図が貼られていた。国境沿い、現在戦場の最前線となっているところが赤い線で囲まれて、周囲におびただしい量の書き込みがしてある。

地図の周りには、新聞の切り抜きやメモの切れ端がびっしりと貼り付けられていた。

　さらにそこから視線を落とすと、床の上には資料に埋もれて剣や馬具、防具など騎士コースの道具が無造作に転がっているのも分かった。固まっている私を見て、リヒトは苦笑した。

「あー、ワリ。怖いよなこんなの見たら。ここに来た頃の俺、すげー思い詰めてたんだな、今思うと」

　本の山をまたいで近付いてくると、リヒトは私の隣に並んで壁を見上げた。

「カインたちがいなくなってから、後悔に押しつぶされそうだった。俺だったら助けられたはずなのにってさ。今思うとすげー傲慢だけど。あいつらが、恋愛なんて刹那的なものに夢中にならないで俺の話をもっと聞いてくれてたら、いや、俺がもっとうまく説得させられていたら、って。一刻も早く帝国との取引を成立させてカインを助け出さなきゃって、それればかり考えていた」

　それから、不意に前かがみになって私の目を覗き込む。

「まさか一年後にこんなことになってるなんて、夢にも思ってなかったんだけどな？」

「立派なお兄さんね、リヒト」

　にっこり微笑んでみせると、リヒトは皮肉な笑みを浮かべて奥の壁を指さした。

「あっちを見ても、それ言える？」

　そこに貼られているのは、今度はアリータ地区の地図だ。

　書き込まれているのは、生徒会役員や騎士コース、両派閥の代表的な生徒の名前。ウィム・ベルガーとエレノア・サマンの名前は、赤い線で囲まれていた。

「夏に学校でさ、これと似たメモをあんたに見られただろ。あれからあんた、俺をいっそう嫌うようになったよな。……今見てもやっぱり、引く？」

　ニヤリと笑って悪戯っぽく……ううん、今なら分かる。不安そうに顔を覗き込んでくる。

「ちょっとだけ……なんてね。嘘よ。なんだか秘密の計画の本拠地みたいで楽しいわ」

　一年前リヒトは、初めての土地でたった一人で、どんな気持ちでこれからのことを考えていたのだろう。

　この壁に向かって一人で一生懸命計画を練っている一年前のリヒトの背中を、そっと抱きしめてあげたいと思った。代わりに今、隣に立つリヒトの手をキュッと握りしめる。

「ね、ずっとずっと、こうやって手を繋いでいましょうね？」

「ん」

「ふゃ」

　私の顔を覗き込んできたリヒトが、ちゅ、と私の唇に自分のそれを合わせた。

　不意打ちのキスに赤くなる私の顔を、じっと見つめる。

「……それなんだけどさ」

「え？」

「こないだから、やたら手を繋ごうとか言うけどさ。……別にそれはいいんだぜ？　いくらでも繋ぐけどさ」

　それから少しの間を空けて、なんだか緊張感に満ちた、ものすごく真剣な顔で。

「……これから先も、ずっと手を繋ぐだけ……って意味じゃ、まさかないよな？」

「えっ。そのつもりだったけれど？」

即座に切り返した瞬間のリヒトの顔は、あとで思い出してもちょっと笑ってしまう。唖然とか呆然、とか愕然、とか、そういうのが全部混ざった表情。

「ごめんなさい、揶揄いすぎちゃった」

「……あんたが言うと、冗談に聞こえねーんだよ」

天を仰いでつぶやくと、リヒトはそのまま床にしゃがみ込んだ。

くすくすと笑いながら、私もその隣にかがむ。

「大体な、男の部屋に何も考えずに入ってくるってのは、年頃の令嬢としてどうかと思うぜ？」

膝の上に肘を乗せて、リヒトが拗ねたように言った。

「あら、どうして？」

「だからー、何されても文句言えねえってこと」

「文句なんか、ないわよ？」

リヒトが、恨めしそうな目で私を見る。

「いや、だからそういうこと言ったらさ……」

「私、ちゃんと考えて入ってきたんだもの」

それから身を乗り出して、ちゅっとリヒトの唇に自分のそれを当てた。

「……リヒト、好きよ？」

リヒトは目を丸くして、それから、長い長いため息をついた。

　次に顔を上げた時には。

「俺も、すげー……すっげー、好き」

　つぶやいて、今度はリヒトの方から。

　私を抱き寄せると深いキスをしてくれる。熱くて甘い、とっても優しい口づけを。


　本に埋もれた部屋の片隅、ベッドの上。横たわった私にキスをしながらブラウスのボタンを外していたリヒトの手が、途中で止まる。落とした視線の先は、鎖骨にころんと転がる白い石を捉えていた。

「このネックレス、つけてくれたんだ」

　息を吐きだすようにつぶやいたリヒトを見上げて、そうか、と私はようやく気付く。

「ずっとつけていたのよ？　もらった翌日からずっと。私ったら、そんなことすら伝えられていなかったのね。ごめんなさい」

　リヒトは目を丸くした。

「ずっとって、ずっと？」

「夜会の時も、付け襟の下に下げていたのよ？　とっても気に入っているの。何かあったら、服の上から押さえるの。そうしたら、リヒトと一緒にいるみたいな気持ちになって心が落ち着いて……」

　話している途中で、今度はさっきよりも荒々しく唇が塞がれた。

　ネックレスを押さえた私の手に自分の手を重ねて、リヒトは長い時間口づけをして。

　音を立てて唇を離すと、はあっと息を吐きだした。

手の甲を自分の口に当てて、赤くなった顔を隠すようにしてリヒトは言う。

「……エレノア、俺すげー嬉しい。めっちゃくちゃ感動してる」

それからまたキスをしながら、さっきより焦れた手つきで残りのボタンを外していく。

私の顎をついばんで、喉の方まで下りていく。舌が鎖骨のくぼみをなぞり、白い石にキスをすると、服がはだけてこぼれた胸の先に、唇がそっと触れた。

「んっ……」

優しい動き。濡れた舌の先が、ゆっくりと胸の先の輪郭をなぞると、じわじわした疼きがそこを熱くさせてくる。

片方の胸の先を丁寧に舐めながら、もう片方の胸の先をそっと摘まむ。

「な、なんだかリヒト……」

「ん？」

赤い舌で胸の先を弾いていたリヒトが、そのままの体勢で目線だけ上げて私を見た。

「今までと、違うみたい……」

「違うって、どこらへんが？」

「だって、なんだかとってもゆっくりで……そっと……なにか、遠慮をしているみたい」

私の言葉に、リヒトは一瞬目を丸くした。それからほろ甘く笑う。

「違うよ。遠慮なんかしてない。ただ怖いだけだ」

「え……」

胸の先から唇を離したリヒトは、「ん」と、また唇に軽くキスをした。

「あんたが、望んで俺の腕の中にいてくれてる。そんなこと絶対に叶うわけないって思ってたのに。だから嬉しくて、舞い上がって……だけど、夢なんじゃないかって少し思ってる。強引なことをしたら覚めちまう夢だ」

「リヒト……」

その時、心の中にずっと密かに止まっていたことが、ぽろりと口を突いて出てきてしまった。

「……私とウィムをつがいにしてくれって、打診してくれていたって、本当？」

リヒトが目を丸くする。聞いた私も、驚いてしまった。

「すげータイミングで聞くね、あんた」

「ごめんなさい……」

「いや、エレノアにそのことを話したってのはウェーバー行政長官に聞いていた。ずっと聞くの我慢させてたんだよな、ごめん」

一度ため息をついたリヒトは、互いの額をそっと合わせた後、私の身体を抱き起こした。

髪を撫でてくれるリヒトの手の優しさに、心もほどけていく。

「あんたがウィム会長のことを好きなのは、初めて会った時にすぐ分かった。最初は、カインたちと同じだなってうんざりしたよ。恋とか愛とかにうつつを抜かして馬鹿みたいだなって。だけど、会長のことをうっとりした目で見ているあんたから、なんでか目が離せなかった」

リヒトは私の目をじっと見据えて、一瞬唇を噛むと一気に続けた。

「……ここに来る前、帝国からアリータの両派を融合しろって任務を言い渡された時にさ、俺、要求しちゃってたんだよね。それなら俺のつがいは、その任務達成に最も有効な相手をあてがってくれよなって。求心力の高いアリータのご令嬢あたりがいいなって。それを思うとゾッとしたよ。このままじゃかなりの確率で、あんたのつがいは俺になるって予想ができたからだ。よりによってあんたの大っ嫌いな、この俺にさ」

リヒトはくくっと自嘲的に笑った。

「だから、行政長官を通して交渉を繰り返した。あんたとウィムをつがいにするべきだって。……だけど結局、あんたのつがいは俺になっちまったんだ。帝国は怖い、思い通りになんかなるはずないって思い知ったよ。成人の儀と感情なんて、切り離すのが一番なんだって。それがあんたのため……いや違うな、自分のためだと思ったんだ」

――いいか、こんなことは大したことじゃない。

最初の夜、リヒトがそう繰り返していたことを思い出す。大したことではない、傷つくことはない。何度も何度も、言い聞かせるように。

「リヒト、ありがとう。そんなに前から私のことを考えてくれていたのね」

リヒトが唇を引き結ぶ。彼が私の目じりにそっと唇を寄せたので、自分が涙を浮かべていたことに気が付いた。

「帝国との取引のために編入した学院だったけどさ、悪くなかったぜ？　ウィム会長とは気が合ったし、普通科の授業は意外と面白いし、みんなお人好しで……いい奴らで楽しかった。だけど最初から最後まで思い通りにいかなかったのは、あんたのことだけだ、エレノア」

　私の目を覗き込む、瞳の奥が揺れた。

「つがいになってからだってそうだ。気持ちなんてどうでもいい。脅迫でも無理やりでも何でもいいからあんたと子を成すことができたら、帝国に示す成果としては完璧だって分かってた。だけど、あんたを前にすると、二回目をすることすらままならない。あげくウィムに嫉妬する始末だ。自分はこんなに不甲斐ないのかと愕然としたね」

　だけどさ、とリヒトはもう一度、私に優しくキスをした。

「今なら分かる。ああやってもがいていたのは全部、あんたのことが好きだったからだ。……それに気付いた時、初めてカインたちのことも理解できたと思ったよ。まあ、そこからはまた別の苦しさが始まったんだけど。でも礼を言うのは俺の方だ。エレノア、ありがとう。本当に……あんたに会えてよかった」

　優しいキスが、次第に深くなっていく。

　そっと伸ばした両腕を、リヒトの首に絡めた。

「リヒト。私、つがいがリヒトでよかったたって、今は心の底から思っているわ。本当よ」

　リヒトは、唇を一瞬離して私を見た。わずかに首を左右に振る。俯いて唇を噛んで、次に私を見た時は、泣き笑いのような顔になっていた。

「エレノア。俺今、あんたをすげー抱きたい。心も身体も、未来も全部……俺のものになって？」

　身体を抱き寄せる強い力に、彼が騎士コースの生徒だったことを思い出した。

肩にかかったブラウスが背中に落とされて、剥き出しになった体に熱い視線を感じる。

キスされながら、またゆっくりと倒されていく。

五本の指にリヒトの指が絡まって、そのままベッドに縫い付けられた。


窓から差し込む春の日差しが、さっきよりずっと長くなった。

壁に貼られた地図に光が届いていくのを、素肌のままベッドに横たわった私は、リヒトの肩越しに見ている。

「エレノア、すげー綺麗」

ベッドに膝立ちになったまま、リヒトは焦れたように乱暴にシャツを脱ぎ捨てた。

しなやかに引き締まった、野生の獣みたいな身体があらわになる。腹部に巻かれた包帯に私の視線を感じたのか、ちょっと両眉を上げて微笑んだ。

「別にこんなの全然平気だ。身体の痛みに対しては、俺、昔から結構平気なの」

「平気なわけないわ。……少なくとも、私はリヒトが傷つくことは全然平気なんかじゃない。私を助けるために、ありがとう」

リヒトは甘く微笑んで、かがんで私にキスをした。

「あんたの身体も、よく見せて」

手首を掴んでそっと持ち上げて、こぼれた胸に視線を這わせる。

胸の先を指先でくりっと弾かれて、声が漏れそうになるとまた唇を塞がれた。

「ん」

ちゅく、ちゅるりと舌を吸い上げてキスをしながら私の声を飲み込んで、リヒトの指は両方の胸の先を優しく弾く。

「ふあぁんっ……」

「いい反応。エレノアの身体、すげー熱くなってきてる」

かすれた声でつぶやいて、私の両手をそっとベッドに押さえたまま、身体を起こして見下ろしてきた。微かに目じりの垂れた、甘く煌めく青碧の瞳。私の顔、そして隠すことができずに剥き出しになった全身へと、彼の視線が辿っていく。

今、どこを見ているのかを私に分からせるようにゆっくりと。胸の上に視線がとどまるのが恥ずかしくて、思わず身体を震わせてしまった。

「どうした？　胸、そんなにぷるぷるさせて」

おかしそうに笑う。

「真っ白で柔らかくて、すっげー綺麗で、先っぽはこんな可愛い色でさ。あんたの恥ずかしそうな涙目見てると……あー、だめだ。理性、完全に飛ぶ」

ちょんと弾かれた胸の先、唇を付けたと思ったら、そのままちゅうっと吸い付かれた。

ちゅ、ぷくちゅ、ちゅちゅっ……、温かく濡れた口の中、先端を舌先でちろちろとなぞる。

「やっ……あんっ……」

「勃っても小さくて可愛いな……ここ」

反対側の胸にもちゅっと吸い付いた。私が身じろぎをすると、甘く歯を立てる。

「……やぁんっ……」

「可愛い声。あー、ずっと舐めていたくなる」

リヒトの身体がさらにぐいっと近付いてきた。割られた両脚を引き寄せられる。

鍛えられたその身体が私の身体に擦れて、さらに声が漏れてしまう。ああ、もう体中が敏感になって、リヒトを求めておかしくなりそう。

相変わらず胸の先を舐める一方で、リヒトの指は私の両脚の奥にまで入ってきた。くちゅりと音が響いて、おへその裏がきゅっとなる。

思わず口に手を当てたけれど、それはすぐに剥がされてしまう。

「だめ。声聞かせて。それか我慢してる顔見せてよ」

「もう、意地悪……」

「意地悪なの、知ってるだろ?」

「なにそれ、もう……あんっ……!?」

くくっと笑ったと思ったら、リヒトは不意にかがみ込んだ。

私の両脚を大きく開いて、指が埋まったその場所を覗き込んでいる。

まだ明るい部屋の中で、私は一番恥ずかしい場所を、リヒトの前にさらけ出していた。

「ここも相変わらず綺麗だ。エレノアの身体は、やっぱりどこもかしこも可愛い」

一度指を抜くと左右に当てて、くちりとそこを剥き出しにした。

「えっ……うそ、やだ……なにするの!?」

「んー？　よーく見てる。今までで一番明るいから、奥まですげーよく見えるし」

「見る必要なんて……や、やだ……」

「なんで？　エレノアの身体、隅から隅まで見たいし。なあ、ここ皮剥いて舐めていい？」

「～わざと意地悪言っているでしょうっ……？」

「意地悪じゃないから許可取ってるんだぜ？　エレノアのこの、小さくて可愛くてぷるぷるしてる恥ずかしいところ、舐めてもいい？」

そんな風にふざけている間にも、中にまた指が埋められて、前後に甘く動き出した。

ちゅぷ、くちゅっと音が響いて、腰が反るように上を向いていく。

その姿を全て、どこからどこまでもリヒトに見られているかと思うと息が止まってしまいそうだ。

「リヒト、だめ、恥ずかしい、恥ずかしいわ……」

「大丈夫。恥ずかしがるエレノアも、すげー好きだぜ？　あと興奮する」

「バカ、バカバカ……」

全然違う。儀式の時と、全然違う。あの時は、体と心を切り離せていたから。苦しかったけど、恥ずかしかったけれど、それでもまだ、ギリギリ自分を俯瞰で見ているような感覚もかろうじてあった。

でも今は。

「今は、気持ちがいっぱいだもの……リヒトに見られているって思ったら……私、だめだわ。恥ずかしくて……いってしまいそうになるの」

　リヒトの指が、中でぴたりと止まった。

「……もう、あんた……色々すげーな……」

「……え？」

「気持ちがいっぱいとか、すげー可愛いこと言うし。あと……いってしまいそうって、何」

「だって、この間リヒトが教えてくれたでしょう？　いっていいぜって。あの時と同じ感覚だから、だから私、……っ、使い方、間違えているかしら……？」

　不安になって見上げると、リヒトは肺の空気を全て吐き出すようなため息をついた。

「……リヒト？」

　再び顔を上げたリヒトの口元には、不敵な……開き直ったような、笑み。

「いや、合ってる。使い方すげー合ってる。偉いぜエレノア。だからどんどん使って」

「え、で、でも……」

　指が、くるりと中で旋回(せんかい)したと思ったら、お腹(なか)の裏側にぴたりと当てられる感触がした。

　当てられるだけで目の奥に星が飛ぶような、力が抜けるようなその場所を、リヒトの指がゆっくりと撫で始める。

「あっ……やっ……」

「ほら、身体も素直ですっげー可愛い。奥からくちゅくちゅ音がしている。分かるか？　ここだって……」

　掠(かす)れた声で囁(ささや)いて、反対の指でその少し上をくちりと開くと、剥き出しになったふくらみの先端に舌を当てた。

「っ……!? やぅっ……」

「ほら、なんて言うんだっけ？」

「い……う……」

「ん？」

「いってしま……う、から、だめ、よ……」

リヒトの口の中で、舌が細かく動いて私の一点を弾いている。中の指が容赦なく、ちょうどその裏側を擦っている。

「や、だめ、あっ……!!」

ぬぷぬぷと、くちゅくちゅと、気が遠くなりそうな卑猥な音が響いている。

「ごめんなさい、私、や、やだ、ああっ……」

腰が浮いてしまう。声が我慢できない。

リヒトの息遣いも、荒く、早くなっている。

「なんて言うんだっけ？ ほら、エレノア」

「いってしまうの、リヒト、いってしまう……!!」

つぷん、といきなり指が抜かれて、リヒトが顔を上げた。

何が何だか分からなくて、私ははしたなく腰を揺らしながら息を弾ませる。

「え……？ ど、どうしたの……？」

「ごめんエレノア、焦らすとかはまだ早いって分かってるんだけど、そうじゃなくて」

つぶやいて、リヒトは私の両脚をぐっと持ち上げると、太ももの裏に手を当てて押さえた。

「俺がもう限界だ。一緒にイきたい」

儀式の時は、気付いた時には挿入されていた。

だから今、上向かされた私のそこに、リヒトの剥き出しになったものがぴたりと当てられて、私は初めてそれを……ちゃんと見たのだと思う。

リヒトはそれを、ぬりぬりと前後に軽く動かした。その瞬間、びりびりしたものが身体の芯(しん)に走る。

「すげー。当てて擦っただけで奥からあふれてきた。ほら、敏感な先っぽ同士、擦り合わせてやるな」

くぽくぽくちゅくちゅと音がする。涙があふれて、壁の地図がもうよく見えない。

私はただひたすらに、はしたない声を上げ続ける。

「エレノア、挿れるぜ？」

早口でつぶやいたリヒトが、くぷりと私の中に入ってきた。

「っ……‼」

先端が埋まって、だんだん中に。身体の奥まで、ゆっくりと、確認するように。

あ、覚えている。この感覚。

「大丈夫か？　エレノア」

そっと頭を撫でられて、私はこくこくと頷いた。

「だ、いじょうぶ……二回目、だから、前よりは……」

リヒトはふーっと息を吐きだして、私にそっとキスをすると、微かに腰を揺らした。

くちゅくちゅと、音が部屋に響く。

リヒトが眉を寄せて唇を噛む。何かに耐えるように、息を吐きだした。

「エレノアの中、すげーあったかい。あん時もすげー気持ちいいって思ったけど、今は、あんたも俺のこと好きなんだなと思うと、なんかもう……あー、下半身持ってかれそう……」

くちゅくちゅという音が、だんだん早くなる。私はリヒトを見上げて、切羽詰まった気持ちで言う。

「リヒト、っ……す、好き……よ？」

「俺も」

ちゅ、とキスで返される。

「俺も、じゃなくて。ずるいわ、ちゃんと言ってちょうだい」

「え？」

息を吸い込んで、私は必死で続けた。

「好きって、ちゃんと、リヒトも言ってくれなきゃ、いや」

リヒトが軽く腰を揺らす。剥き出しになった敏感な場所を指先でぷりゅぷりゅと弾きながら、その裏側を、壁をめくるように擦ってくる。

「あっ……んっ、や、ぁあっ……」

「エレノア、好きだぜ？」

「あっ……ん……」

「好きだ、エレノア。こんな気持ちを誰かに持ったの、初めてだ。好きだ。可愛い。すっげー可愛い。エレノアが生きていることが、可愛くてたまらない。大好きだ」

繰り返されながら耳元にキスされて、私は震えながら目を閉じる。

最初の衝撃が和らいで、ゆっくりと中を擦られている。片手はしっかりと指を絡めて繋いで、剥き出しにされた敏感な神経の塊を、優しく反対の手で弾かれて。そして唇が塞がれる。

体中、全てがリヒトの手の中で、溶けてこぼれて、混ざっていく。

リヒトがふうっと息を吐きだしたと思ったら、ずずっ……と今までにない、感覚。

「あっ……!?」

「……痛いか？　エレノア」

「だ、いじょうぶ……だけど、え……な、なんだか……」

今まで一度も届いていなかった深い深い場所が、一気に擦り上げられたような……。

「ちょっと奥まで、入っちゃった、悪い……」

「な、え、えっ……？」

私を見下ろして、リヒトは悪戯っぽく笑った。

「……儀式の時、俺の、半分くらいまでしか挿れてなかったんだよな。あんた、そうとう辛そうだったし。でもなんか、今、エレノアのなかトロトロで、あー、持ってかれる……」

「待って、リヒト、だめ……そんなに奥まで、擦られたら……」

「痛い？」

「ちが、へ、変になっちゃう……私、あ、っ、ふぁっ……あぁぁんっ……!!」

「大丈夫。変になったエレノアも絶対可愛いから、安心しろ」

ぐりゅ。身体の奥が開かれる。目の裏に星が飛び散る。

リヒトが私に覆い被さるようにして、キスをして、頭を撫でてくれる。なんだかとても大切なものみたいに、優しく優しく撫でてくれる。

「リヒト……？」

「……絶対に手に入らないと思ってた。つがいになっても、俺はあんたを穢すだけだって。なのに、あんたが、今俺の腕の中にいてくれる、本当に……」

「夢じゃ、ないわ？」

リヒトを見上げて、切れぎれの息の下で言う。

「リヒト、これが夢なら、私も一緒。ずっと覚めなくていいの。ずっと私たち、一つなのよ？」

リヒトは私をきつく抱きしめて、上唇をついばんだ。

「あっ……んっ……リヒト、リヒト……」

指を絡めて手を繋いで。涙目で見上げる。リヒトの腰の動きが速くなっていく。

「エレノア……くっ……」

「だめ、いって、しまう、リヒト、私、いってしまうの……」

「いいぜ、俺もイく。一緒に、ほら、一緒に……エレノア、好きだ……愛してる」

その瞬間、リヒトの身体がさらに私の身体の奥の奥まで、そこはもう、身体の芯なんじゃないかと思うくらいにまでぐいっと入ったように思った瞬間。

私はリヒトにしがみついて、今までで一番大きな衝撃と、彼のぬくもりに包まれる安心感と。二つを同時に身体全体で感じながら――――幸せな、高まりを越えた。

＊

その後のことを、少しだけ。

サマン家は、アリータ家の力を借りながら財政の立て直しに着手した。

目標はセディが学院を卒業する十年後だ。その時に健全な領地経営ができるほど回復しているために、お父様も、私と一緒に一から勉強し直すと頑張っている。

領地の七割を占める鉱山の事業は、見込みのない計画からは手を引いて、利幅は小さくても確実に収益が見込めるものだけに絞った。

鉱山での仕事と収入は減ってしまったけれど、その後、私たちの領地は別の役割を担うことになる。

一方、ロルフ・マイヤーの更迭後、商業都市・セトウィンの行政官は空席となっていた。

そこに抜擢されたのは、なんと……ニコーラ・シュレイカーさん。リヒトのお母様だった。

就任後、ニコーラさんはものすごい勢いで街の改革を進めていった。

闇商人などの黒い勢力を一掃していく一方で、街の基幹事業を担っていたマイヤー商会を躊躇なく解体。汚職と癒着にまみれた旧勢力を排除すると、近隣都市から若い職人や工房を好条件で呼び寄せて、自由競争を基本とした新しい形の職人ギルドを構築していった。

「あれはすごい。あんなに生きいきかつ猛然と仕事を進める人間を見たのは初めてだぜ」

ニコーラさんの活躍ぶりは、リヒトにそう言わしめたほどだ。

一方で、セトウィンが生まれ変わっていくことは、私たちサマン侯爵領にまでも思わぬ嬉しい副産物を運んできた。

今回の事件でダーティーなイメージがついてしまったセトウィンは、アリータ地方に隣接している街であることを、帝国中へのアピールに使うようになったのだ。

「アリータ公国のクリーンなイメージを利用させてもらうってこと。あくどいでしょ、私」

ニコーラさんはニヤリと笑ったけれど、使えるものは何でも使う、だ。さすがだと思う。

帝国一歴史のある美しい街と、帝国一異国情緒あふれる妖しい街。

二つの対照的な街が並んでいるのは、ミステリアスに思えるのかもしれない。それを面白がって訪れる人も増えて、セトウィンには徐々に活気が戻っていった。

自然とアリータへの観光客も増えて、新たな人の流れが生まれる。アリータからセトウィンを繋ぐ街道上に位置するサマン侯爵領は、にわかに交通の要所としての役割を担うようになったのだ。

私たちは領民のみんなと相談をして、領地の中に食事や宿を提供する施設を増やし始めた。最近では領民のみんなも商売っけが出てきて、鉱山で輝石を掘ってそれをセトウィンで商品化してもらうツアーを企画しましょうよなんて話が出始めたくらいだ。

私は、家の仕事をする傍らで、週の半分はセトウィンの服飾職人の工房で修業を始めた。

屑（くず）石に穴をあける小さな施設を、コルネリア様からの勧めもあって鉱山の片隅に作ったのだ。

たくさん勉強をして、いつかこの場所で、領民のみんなと協力をして私たちだけの商品を開発するのが、今の私の夢だ。

季節は瞬く間に過ぎていく。気が付けば、また次の春が巡ってきていた。

その日、私はアリータの土手を走っていた。

白い石のネックレスが、鎖骨の上で跳ねている。

カールさんのお店での商談が長引いて、予定より遅れてしまったのだ。

息せききって駆け込んだ先、学院の正門にもたれて白い制服を着た人が立っているのが見えた。

「エレノア」

「リヒト、卒業おめでとう！」

リヒトは今日、帝国学院の騎士コースを満了したのだ。

「どうだった？　卒業式の代表挨拶は」

「俺みたいな、半分留年してるような奴に挨拶させることねーって言ったんだけどな」

リヒトと二人、手を繋ぎながらゆっくりと、私たちは川沿いの道を歩いている。

「あら、でもリヒトがいいって生徒たちも満場一致（まんじょういっち）だったんでしょう？　相変わらずの人気者ね」

「勘弁してくれよ」

去年普通科の高等部を卒業した後、リヒトはアデル様やエッカルト様の強い勧めを受けて、除籍扱いだった帝国学院騎士コースの三年生に再び編入したのだ。

「でもよかった。帝国が取引をちゃんと守ってくれたんだもの」

そう。一年前のあの事件の後、エッカルト様は全ての顛末を帝国中枢に報告してくださった。

リヒトが一年間で帝国学院の公国派と帝国派を見事に融合しえたという実績と共に、セトウィンに蔓延（はびこ）っていた行政官の不正、さらには敵国への人身売買組織を摘発することにまで多大なる貢献をしたという分厚い報告書が作成されたのだ。

読んだ時にリヒトは、「まずこの報告書が盛りすぎの不正なんじゃねーの」と呆れていたけれど、エッカルト様もアデル様も涼しい顔をしていたらしい。

帝国は、実力がある者を公正に評価する。リヒトの功績は認められ、アイリーンさんは修道院から出してもらえた。

そして、西の海岸沿いの最前線に配置されていた弟のカインさんにも、帰還許可が出されたのだけれど。

「ほんっとカインあり得ないな。あいつ、戻ってきたら一晩中説教だぜ」

カインさんから届いた手紙によると、彼は戦場近くの町に残された孤児たちと仲良くなり、彼らを安全な内地に送るための活動を始めたということだった。それが達成されるまでの間は、彼らを守るために現地にとどまるというのだ。

リヒトは憤っていたしニコーラさんも呆れていたけれど、最終的には二人とも「カインらしいな」

と笑っていた。今はアデル様たち帝都騎士団と連携を取って、彼の活動の支援へと動いているらしい。

アイリーンさんも笑って帝都で帰りを待っているという、カインさんってどんな人なのかしら。いつか会える日が楽しみだ。

「それで、卒業後の進路は決められたの？」

今年の騎士コースで、リヒトは次元の違う成績を修めていたらしい。かなり早い段階で、今ではウィムも所属している帝都騎士団からの入団内定を得ていた。

「でもなあ、俺、意外と文官も向いていると思うんだよな」

その一方で、リヒトは帝都の大学への合格も勝ち取っていた。去年進学が決まっていたのと同じ、帝国の高官として出世するには最短距離と言われている名門大学だ。

「そんなに悩んでしまうなんて、リヒトにしては珍しいわね。どっちの方が帝国のためになるかっていう視点で選んだら？」

顔を覗き込んで言うと、リヒトは拗ねた表情になる。

「勘弁してくれ。もう帝国の評価とかそういうのはさ、うんざりだ」

私はふふふと笑った。

アリータ地区から帝都まで、片道で四日間。帝都とアリータで離れたら、春からはなかなか会えなくなってしまうのだけれど、それでも私が今、とても満ち足りた気持ちでいられるのには理由がある。

「早く決めてちょうだいね。出発の日取りも決めなくちゃいけないんだから」

私は、この春から帝都の服飾学校で勉強をすることになったのだ。

服飾の基礎から経済や経営まで教えてくれる結構な狭き門の学校で、ニコーラさんとコルネリア様から勧めていただいて試験を受けたのだけれど、合格の報せが来た時には飛び上がってしまったほどだ。

「本当に、領地のことは大丈夫なのか？」

「ええ。誰よりもお父様が背中を押してくださっているの。領民のみんなと領地を盛り立てておくから、たくさん勉強をして帰ってきてくれって」

お父様も変わった。セディもベルも成長している。領地のみんなも頑張ってくれている。

私が帝都に進学するなんて、ほんの少し前までは、まったく考えていなかったことだ。

手にした合格証書は、まさに未来への切符のよう。自分が好きなことを頑張ることが大切な人たちとの未来に繋がっていくだなんて、そんな幸せなことがあるだろうか。

そして、それに、何よりも。

「リヒト。私が勉強を頑張れた一番の理由は、あなたと一緒にいたいからよ？　春からも一緒にいられるの、踊りだしたくなるほど嬉しいわ」

不意に抱き寄せられて気が付くと、私はリヒトの腕の中、きつくきつく抱きしめられている。

リヒトの肩越しに青い空が見える。

気持ちのいい、晴れた空。ああ、大好き。この場所が大好き。そして今私を抱きしめていてくれる彼のことが、世界で一番大好きだわ。

「エレノア、あんたはすげーな。あんたがいれば、俺なんだってできる気がする」

「そう？　でも、私が帝都にいられるのは二年間だけだわ」

「大丈夫。俺、今進路決めた。騎士団に在籍しながら大学も行く」

「そんなことができるの？　先例はある？」

「俺が先例になるんだよ。二年で問答無用の実績出して、一緒にここに戻ってくる。それからまずはアリータの行政官になって、その次は行政長官だな。エッカルト様もそろそろ引退だろ。そうしたら、ここに最強の騎士団を作るんだ。アリータから、俺が帝国を変えていってやる」

リヒトはふっと息を吐いて、私の額に自分の額を付けた。

「でも二年か。やっぱりセディやベルは寂しがるだろうな」

「そうね。あときっと、ニコーラさんも寂しいと思うわよ」

それはどうかなと苦笑しながらも、リヒトは私を見て悪戯っぽく微笑んだ。

互いの両手を合わせて、そして、指を絡めてきゅっと握る。

「それじゃあさ……二年後に戻ってきたら、二人の遊び相手たくさん増やしてやろうぜ」

「……？　カインさんやアイリーンさんも一緒に来るってこと？」

「いや……あー、じゃあ、どういう意味か、このあとゆっくり俺の部屋で教えてやるよ」

リヒトは肩を竦めて私を見た。

手を繋いだまま、私たちはキスをする。

明るい光が川面にキラキラと跳ねた。

春のアリータの温かい風が、私たちを祝福するように吹き抜けていく。

＊

「ねえ、あなたボタンが取れそうよ。ほら、その袖口」

声をかけられたのは、編入初日の講堂の控室。

生徒たちに挨拶をするようにと通されたその場所に、同じように待機していた女子生徒からだった。

散々下調べをして乗り込んだ旧アリータ公国は、拍子抜けするくらい平和だった。

確かに公国貴族の子息令嬢は、軒並み綺麗な顔立ちをしている。これは帝国派の生徒たちが劣等感から攻撃的になるのも無理はないかもな。

帝国派の生徒たちの心理構造は容易に推測できたし、公国派の子息令嬢は世間知らずでのほほんとしている。こいつらを掌握して仲良くさせればいいんだろ？　楽勝だな。

俺は、馬鹿らしい気持ちで控室に座っていた。

帝国学院高等部の三年生。

一年後に教育制度のクライマックス「成人の儀」を控えた最後の年だ。ただでさえ生徒たちの心は不安と期待で浮ついているだろう。付け込むにはちょうどいい。

さっさとこのくだらない任務を終わらせて、カインたちを取り戻す。

そうしたらもう、こんな田舎（いなか）に用はないのだから。

そんなことを考えていると、いきなり声をかけられたのだ。

大ぶりのカールを描く、たっぷりと巻き取った絹糸みたいに艶やかなバターブロンドの髪が、豊かに盛り上がった制服の胸のあたりで揺れている。

完璧な形に目じりが上がったぱっちりとした青い瞳は、極上の宝石のように輝いていて、長いまつ毛が滑らかな頬の上に細かい影を落としていた。小さな唇は温室の薔薇の花びらのように赤くふっくらと艶めかしい。

古ぼけた控室の片隅に、場違いなほどにまばゆい美しさ。帝都の人形師の最高傑作が、ある日ぱちりと瞬きして立ち上がったようだと思った。

へえー。すっげ。こんな綺麗な子がいるんだ。さすがアリータ。

ここが学校じゃなければ、しり上がりに口笛でも吹いてやりたいような気分。

俺が何も言わないので、彼女は綺麗な形の眉を微かに寄せた。

「ああ、ごめん。何ですか？」

「ボタン。右の袖口のボタンが取れかけているわ。どこかに引っかけたのね」

「あー」

全く気が付いていなかった。ちらりと見て、乱暴にぶちりと取ってしまう。

「ありがと。これで落とさないで済みました」

彼女は目を丸くする。

「だめよ。上着を貸してちょうだい。付けてしまうから」

言いながら、鞄から小さな袋を出した。

年齢に合わない高級品を使っていそうな見た目なのに、彼女が膝に載せたのは手作りのような小さな巾着（きんちゃく）。その中から出てきたのは、使い込んだ感じの糸切鋏（ばさみ）を始めとした、こまごまとした裁縫道具たちだ。

「いいですよ。そんなのわざわざ」

なおも辞退する俺に焦れたのか、彼女は不意に立ち上がる。

何事かと見ていると、つかつかと近付いてきて、俺の座る長椅子（いす）の隣に腰かけた。

「貸してちょうだい。すぐに付けるわ」

問答無用な感じで俺の腕を取ると、そのまま、着たままの袖口に針を立てた。

みるみるうちにボタンが縫い付けられていく。あまりの手際の良さに一瞬見とれてしまった。

いや違う。見とれたのは、俯いて針と糸を動かす表情がとても美しかったからだ。

長いまつ毛が、瞬きをするたびに揺れる。真剣に俺の袖口を見ながら腕を支える手つきは優しいのに、針を運ぶ指は素早い。

ふと、今指先を動かしたら彼女に触れることができるかもしれない、なんて不埒（ふらち）なことを考えてしまった。

彼女がボタンを付けるのに要した時間は、ほんの一分弱だ。

「できたわ、どうぞ」

「ありがとうございます、助かりました」

彼女は笑った。普段は上がり気味の目じりが、無防備に下がる。

とても大人びた美貌なのに、笑うとなんだか子供みたいな顔になるのか。

誰かの笑顔をちゃんと見るなんて、ひどく久しぶりだと思った。

周囲から注がれる憐憫と軽蔑の視線、隠せない好奇心と優越感に満ちた表情。それらに憤って、カインのことがあってから目を伏せ続けていたことに気が付いた。

「編入初日の挨拶でしょう？　とっても大切だわ。ちゃんとした格好をしていれば、自分の背筋もつられて伸びるものだから。頑張ってね」

それじゃ、私は仕事があるからと立ち上がった彼女に、思わず声をかけていた。

「あの、名前を聞いていいですか」

あら失礼しました、と彼女は恥ずかしそうに微笑んで、スカートの端をちょこんと摘まむと、片足をわずかに引いて挨拶をした。

「エレノア・サマンと申します。この学院の生徒会副会長よ」

心臓がドクンと跳ねた。

エレノア・サマン。片っ端から頭に入れた、この学院の重要人物。公国派の女子の中で、一番影響力のある生徒。

――それなら俺のつがいは、任務達成に最も有効な相手をあてがってくれ。求心力の高いアリータのご令嬢あたりがいい。

俺が帝国中枢にそう提案したのは、つい先日だ。

シャツの上から胸元を押さえた。速まる鼓動の奥、何かが開いていきそうな気がした。

――俺、一年後、この子と……。

「ウィム!!」

俺の背後の扉が開く。そちらを見たエレノアが、ぱあっと花をほころばせるように頬を染めた。そのまま俺の横をすり抜けていく、彼女の動きを追うように俺も振り向いた。

「エレノア、お待たせ。先生に確認してきたよ、今日の式次第」

「よかったわ。最初にちゃんと打ち合わせをしておかないとやっぱり不安だもの」

「やだな、もう五期目だろ？　大丈夫だよ」

背の高いダークブロンドの髪の……俺もついこの間まで着ていた、騎士コースの白い制服の男。笑いながらエレノアと話していた彼が、ふと目線を上げた。

「ああ、普通科の編入生だよね。編入試験の成績がすごく良かったって聞いてるよ。僕、この学院の生徒会長のウィム・ベルガーです。よろしく」

老若男女(ろうにゃくなんにょ)、きっと誰でも好きになるような爽(さわ)やかな笑みを浮かべるその男を、エレノアが隣で見上げている。

頬を染めて目元を赤くして、嬉しそうな、恥ずかしそうな。目の奥が潤んで、そのまま透明な膜を張ってあふれてこぼれてしまうような。

――ああ、この子もか。

カインと、アイリーンと同じだ。

俺はゆっくりと、両手を握りしめた。指先が少し冷たい。感覚を取り戻すように何度か握り直す。

なんて馬鹿なんだ。

そんなに、気持ちの全てを。持てる想いの全てを。熱く抱える切なさの全てを。無防備にさらけ出してどうするんだ。

そんなものを捧げたところで、一年後にはまるごと奪われることが決まっているのに。

胸の奥、開きかけていた何かを俺は急速に凍らせていく。

凍らせて、固めて、地面の底へ。

なんて、なんて愚かなんだ。

この帝国で誰かをそんな風に愛しても、絶対に幸せになんかなれないのに。

そんなに可愛い顔をして、甘く切ない想いをその男に捧げても無駄なのに。

「よろしくね、あなたのお名前は？」

ウィムの隣でエレノアが笑う。大輪の花がこぼれるようだ。

その花を手折るのが、今目の前にいる俺だということを知らないままで。

無事に固めて凍らせた塊を、喉の奥、心の奥底に飲み込んで、俺はゆっくり微笑んだ。

今日から始まりだ。俺は、俺のために、あんたらを利用してやる。

「リヒト・シュレイカーです」

帝国学院高等部、最後の一年が始まろうとしていた。

書籍版書き下ろし①「帝国の犬の一年」

たいていのことは、俺の予測した通りに進むんだ。

＊春

「だから、アリータの行政局で働いているのは俺の母親。父親は今、北部の騎士団に所属してるわけ」

「お父上は武官なのか？」

「そ。ごりごりの現場主義で、滅多に顔合わさないけどね」

生徒会室の椅子に片膝を立てて座った姿勢で、俺はウィム・ベルガー会長の質問に答えた。

本当に隠したいことがある時こそ、些細なことは真実で固めておくべきだ。案の定、ウィム会長を始め他の生徒会役員たちも、興味深そうに耳を傾けている。

「いいな、面白い。リヒトのお母上に会ってみたいな」

「やめといた方がいい。アクが強いから」

窓の外を、春の名残の強い風が吹き抜ける。

アリータ地方の帝国学院に俺が編入してきてから、一か月が経とうとしていた。

編入後、俺はかねてから立てておいた計画通りに動き始めた。

まず、春先の試験で総合一位を取った。

周囲が一気に俺に対して一目置くのを感じながら、それをおくびにも出さない謙虚さでもって、事前に目を付けていた何人かの生徒たちと仲良くなっていく。帝国派も公国派も関係なく、だ。

全(すべ)ては、その直後に行われる生徒会選挙戦で勝利するために。

生徒会の役職は、数で勝る公国派の生徒たちが信任投票でほぼ引き継いできているということだったが、圧倒的人気を誇るウィム・ベルガーの会長職以外なら奪取できると踏んでいた。会長なんてリスクが高い役職は、元々避けるつもりだったしな。

結果は計算通り。それまでほぼ無効票だった帝国派生徒たちの票と押さえておいた一部の公国派生徒の票を集めて、俺は無事に生徒会副会長に就任した。

しょせんは十六歳から十八歳の学生だ。

見た目も成績もよくて、分かりやすい肩書がある相手なら近付きたくもなるだろう。そのうえ俺は、一見すごく話しやすくて性格もいいときている。この学院で文官普通科であることは確かにハンデだけど、それをまあまあの割合で覆すことはこの短期間でできたはずだ。

「リヒト、これ来週の生徒総会の資料。アメリアと一緒に確認しておいて」

俺の陰に隠れるようにしながら書類を覗(のぞ)き込むのは、アメリア・ランゲ。生徒会にもう一人くらい帝国派の生徒がいた方がいいという俺の進言を受けて、ウィム会長が書記に任命してくれた。

ちなみに俺の推薦だ。ちょっと変わっている子だけど事務処理が得意で真面目なので、帝国派にも能力が高い生徒がいることを公国派に印象付けるのに役立ってくれることを期待している。俺の帝都での様子を知っているはずだから、手元に置いて見張っておきたかったっていうのもあるけどさ。

足場は固めた。あとは一つずつ着実に、実績を積み上げていけばいい。

「エレノア、それ、白樺の会の招待状？」

さっきから口元に笑みを浮かべて黙々と何かを作っていた女子生徒の手元を、ウィムが覗き込んでいる。バターブロンドの髪を揺らして、エレノア・サマンが顔を上げた。

「えっ……ええ、そうよ。来月だから、そろそろ準備をしておこうと思って」

「へえ、いつも手が込んでいるね。ペーパークラフト？」

「ええ。受け取った瞬間からお茶会の雰囲気を楽しめたら素敵でしょう？」

大きな青い瞳を眩しそうに細めて、エレノアは手元の色紙をウィムに見せている。

「それって、中庭の白樺の木の下で毎年やっているっていう、生徒会主催のお茶会？」

声をかけると、初めて俺の存在に気が付いたとでもいうように、エレノアがこちらを見た。ちょっと笑いそうになる。目の奥の熱量、ウィムを見る時との落差すごいな。

「そうよ。この一年間で何らかの成功を収めた生徒を招待しているの。今年で十二回目の伝統行事」

「それなら、今年は普通科のダミアン・バールも招待してやってよ。きっと喜ぶからさ」

エレノアが、虚を衝かれたように目を丸くした。

このお茶会は、かつて公国派の生徒が結束を固めるために始めたものだ。暗黙の了解として、公国派の生徒しか招待されたことはない。ちなみにダミアンは生粋の帝国派、その中心人物の一人だ。

「彼の科学実験のレポートが、帝国内の学院全体の五位に入賞したんだろう？　立派じゃないか」

「でも、ダミアンは招待を喜ばないかもしれないわ」

　エレノアは警戒した表情を見せる。数年前には、帝国派の生徒が茶会中に邪魔に入って小競り合いになったことがあるらしいからな。

「喜ぶさ。その代わり、ちゃんと皆の前で正式な招待状を渡すんだ。彼が喜ぶことを俺が保証するよ。帝国派の生徒でも正式に招待されたと分かれば邪魔する生徒はいなくなるし、来年からのモチベーションにもなる」

「そうだね、それはいいことかもしれないな」

　思わぬ援軍が入った。ウィム・ベルガー会長が、腕を組んで頷いている。

「エレノア、帝国派の生徒から邪魔されることを恐れるんじゃなくて、実績がある生徒をこちらから正式に招待してしまうというのは、ずっと建設的な方法だと思う。やってみようよ」

「でも、他に招待する生徒……特に女子生徒が怖がるかもしれないわ。ダミアンには一度、お茶会の趣旨を私から直接伝えます。それに彼が納得してくれるかどうか様子を見てから、最終判断を下すということでもいいかしら」

　へえ、と思った。

　ウィム会長からの提言でも、エレノアはむやみやたらに賛成するわけではないようだった。かといって意固地になるわけでもなく、公正に物事を見ようとしている。そして自分自身が動くことをいとわない。

「もちろん。会には僕も出席するよ。リヒトも来てくれるだろう？」

「招待していただけるなら、喜んで」

ウィム・ベルガーは、情に厚いくせに感情に流されない冷静さもある。そして彼を支えるエレノア・サマンは、常に公正であろうとする矜持を持ち合わせているようだ。よかった、二人とも馬鹿じゃない。この二人が生徒会の頂点にいるのは、俺にとって都合がいいことなんだろう。

帝国派が攻撃的になるのは、公国派への憧れが歪んで嫉妬に変わるからだ。公国派から門戸を開くように仕向ければ、ある程度まではスムーズに雪解けが進むはず。

——楽勝だな。

鼻で笑いたくなって、俺はもう一度エレノア・サマンに目を向けた。

相変わらず、人形のように美しい。指を通すときっと絹糸のような感触だろう艶のある髪、白い肌は陶器のように滑らかで、目じりが綺麗に上がった瞳は長いまつ毛の下で潤んでいる。——その瞳は、控えめにいじましく、ウィム・ベルガーを見つめている。今日も絶好調だな侯爵令嬢。

編入してきて驚いたことの一つは、ウィムとエレノアが成人の儀でつがいになるのだろうと、多くの生徒が信じていることだった。

五年前、二人と同様に周囲の憧れを集めていたコルネリア・アリータとユリウス・ハーンが、見事つがいになった。その二人にエレノアとウィムを重ねているらしい。根拠のなさに呆れてしまうが、その奇跡の再来を誰よりも信じているのは、エレノア自身なんだろう。

なんて哀れなんだ。あと一年もしないうちに、あんたの綺麗なその体は俺の腕に堕ちるんだ。ウィム会長への想いは行き場を失って、丸めて捨てることになるんだぜ？

　でもきっと、その時あんたは理解するだろう。今この瞬間、まるで一大事のように抱えているその恋心ってやつが、金も生まなきゃ助けにもならない、ただ厄介で面倒で、あんたを不自由にするだけの足枷だったということに。

「リヒト。来月の活動予算の詳細を共有してもいいか？」

　振り向いて俺の顔を見たウィム会長が、ふっと怪訝そうな顔をする。

　自分の顔からいつの間にか笑顔が消えていたことに気付いて、俺は表情を整えながら、哀れな侯爵令嬢に背を向けた。

＊夏

　夏が終わる頃、大陸南部の全帝国学院が参加する、大規模な剣の競技大会が催された。

　騎士コース選抜選手による試合内容はもちろん、学院ごとに結成された応援団の立ち居振る舞いも審査に影響するという、ずいぶん形式ばった伝統的な大会だ。

　我がアリータ地方帝国学院は試合ではいい成績を修めるものの、学院全体での総合評価が毎年イマイチということで、それはエレノアをひどく悩ませていた。

　そりゃそうだろ。うちの応援席は、毎年帝国派と公国派の生徒ではた目にも分かるほどぱっつり二分されていると聞く。帝都から派遣されてくる審査員が、そんなものをよしとするはずがない。

だけどそれは、俺にとって絶好のチャンスでもあった。

俺はすかさず、両派を融合させた応援団結成を提案した。揃いの衣装で応援歌を歌うっていうベタなやつ。でも、この学院の変化を分かりやすく外にアピールするには最適だろ？

最初は躊躇したエレノアたちも、それが総合評価に結びつくはずだという俺の主張に、最後には首を縦に振った。ま、これもウィム会長が賛成してくれたってのが大きいんだけどさ。

そして今日の本番で、アリータ地方帝国学院は他校を圧倒する総合評価を叩き出した。ほらな、帝国はとても分かりやすい。

ついでに審査員や対戦校といった共通の敵を得たことで、帝国派と公国派がかつてないほど団結したのも良かった。俺にとってはいいこと尽くしの競技大会だ。

試合の後、ささやかな祝勝会が開かれた。

中庭に出されたテーブルの上に、飲み物や菓子が並ぶ。夏の長い夕方が少しずつ夜に移ろう中、ランプに橙色の灯りがぷかぷかと灯されていくのを、俺は校舎の二階の窓に寄りかかって見下ろしていた。ポケットから出した用紙を開く。この学院の主な行事の一覧だ。

夏の剣技大会の文字を、ついさっき赤い線で潰した。ちんけな達成感。次は秋の創立記念祭か。花形の演武披露に帝国派も一人くらい押し込んどきたいけど、使える奴いるかな。

やっぱり一番注目を浴びるのは、ここでもウィム・ベルガーだろう。

今日だって、抜きんでた活躍を見せていた。馬上槍試合の決勝でウィムが対戦相手を突き落とした瞬間、それまで両手を合わせて祈っていたエレノアは、涙目で隣の女子生徒と抱き合っていたもんな。

——馬上槍試合なら、俺だって……。

「リヒト？　こんなところで何をしているの？　下にみんながいるわ、参加したら？」

明るい声に、バッと振り返る。廊下の向こうにエレノア・サマンが立っていた。

「ああ、今行こうと思っていたとこ」

「ウィムを見なかった？　見当たらないのよ」

気配に気付かなかった自分に一瞬動揺したけれど、相変わらず浮き立った様子でウィム・ベルガーの名前を口にする彼女を見て、すぐ冷静さを取り戻す。

「あー、ウィム会長なら」

さっき、生徒会室にいるのを見たぜ。そう言いかけて、口をつぐんだ。

ウィムはそこでアメリア・ランゲと二人、生徒会予算の帳簿を突き合わせていたのだ。髪を振り乱して計算に没頭するアメリアを、楽しそうに……愛おしそうに見守るウィム。

その表情を見た瞬間、俺は心の底からうんざりした。

おまえもか、ウィム・ベルガー。

もう少し賢い男だと思っていたのに、がっかりだ。ああ、でもよかったな。おまえは結構な確率で、帝国派の女子生徒とつがいになるだろう。行政官を父親に持つアメリア・ランゲが相手になる可能性は、かなり高いと俺は見ている。

「ウィムに挨拶をしてもらいたいのよ。だって今日の主役だもの。生徒会室にいるのかしら」

そんなことはつゆ知らず、エレノアは、無防備に頬を染めている。

俺があからさまに帝国派と公国派を融合させる動きをしていることに、もう一人の生徒会副会長であるエレノアは既に気付いている様子で、最近では俺のことを警戒するそぶりも見せていた。

だけどそんなことすら忘れてしまうくらいに、今日のウィムの活躍が眩しかったんだろう。

彼女がまとうのは、今日のために用意された応援服だ。青と白の学院カラーを基調にして、アリータ地方帝国学院の紋章が鮮やかな金糸で縫い取られている。短い期間でこれを用意するために、エレノアは授業の合間もせっせと針と糸を動かしていた。派手な見た目に似合わない細かい作業を、ちまちまちまちまと。

不意に、ほの暗い想いが喉の奥から込み上げた。俺を見上げる青い瞳。裕福な家に生まれ、みんなに愛されて何の苦労もなく今まで生きてきたんだろう、果実のような瑞々しい頬。

――――ウィムはアメリアと一緒にいるぜ。あんたが使いすぎた予算の帳尻を合わせてる。

それくらい言ってもいいだろう。衣装が予算オーバーなこと、本来のエレノアなら気付くはずだ。

気付かないのは、総合評価を上げて結果を出すことに必死になっていたからか。

いや違う。きっと彼女にとって、帝国からの総合評価なんてどうだってよかったんだろう。

ただ全ては、ウィム・ベルガーの力にほんの一瞬でもなれるように。毎日鍛錬に励むウィムの望む結果が出せるように。その一心であれだけの量の刺繍の山を、ちまちまちまちまちまちま……。

「さっき男子寮に戻ってったから呼んできてやるよ。まあ、もう寝ちゃってるかもしれねーけど」

開いた口から出たのは、結局そんな言葉だった。

舌打ちしたい気持ちで歩き出した俺は、背中からの「これ」という声に振り返る。

エレノアが手にしたものを見た瞬間、俺は即座に彼女の元に駆け寄り、それを奪い取った。

ついさっき確認していた、学校行事の書かれた用紙だ。赤いインクで消したり丸で囲んだり、隙間には篭絡すべき生徒の名前を書き込んだりと好き勝手に俺の思考をしたためたそんなものを、よりによって、こんなところで落とすだなんて。

「リヒト」

「あー、悪いエレノア。俺記憶力ないからさ、学校行事とか生徒の名前とかいちいちメモしないと覚えられないんだよね」

苦しい。こないだの試験も学院一位取っちまったもんな。俺のじゃないと言うべきだった。言い訳の最適解がとっさに出てこないほどに、俺は動揺しているのか。

「リヒト・シュレイカー」

エレノアが、眉をゆっくりと寄せていく。戸惑いと不信と……恐れと。そんな色が、夕闇の中で煌めく青い瞳に影を落とす。綺麗だ、とぼんやり思った。

「あなたは……なにをしようとしているの？」

三日後。旧アリータ大公の居城であったアリータ城の一画に俺はいた。大陸南部の帝国領を統括するエッカルト・ウェーバー行政長官が、この地方の政務に携わる際に使う執務室だ。

「どうしたんだねリヒト。今月の報告までは、まだ日があるだろう」

まとめてきた資料を俺が机の上にばさりと置くと、ウェーバー行政長官は不審そうな表情を浮かべた。無理もない。だけど、彼の立場に忖度(そんたく)している余裕もない。

「来年の、成人の儀のつがいに関してだけど」

「それなら、君自身が既に希望を出しているだろう。あの学院で一番求心力のある公国派の中心人物、旧アリータ公国の令嬢こそが、自分のつがいに望ましいと」

「もっと効果的な方法があるということを、提案するって言ってるんだよ」

書類の表紙を、指先でとんと突く。

「それが帝国のためになるという根拠をまとめてきたから、間違いなく上層部に上げてほしい。エレノア・サマンと――ウィム・ベルガーをつがいにすべきだってことを」

＊秋

「はい、どっちがジュリアンでしょうか!!」

秋の高い空に、カン高い子供の声が響く。同時に両足にがっつりと小さな悪魔がしがみついてきた。

「右がジュリアン左がライアン」

両方の首根っこを掴(つか)み上げて適当に言うと、「残念！　外れ！　バカだなリヒト!!」けたたましく騒がれたので「そりゃ失礼」そのまま手を交差させて左右に放(ほう)り投げた。

学院の創立記念祭だ。卒業生や帝国の役人、旧アリータ大公まで多くの来賓を迎え入れた学院の中は、ちょっとしたお祭り騒ぎだった。

「いってーリヒト！　いたいけな子供相手に何するんだよ！」

俺が今遊んでやってるのは、この学院の有名人の息子たちだ。五年前の卒業生、ユリウス・ハーンの、四歳になる糞ガキ……ご令息二人。ユリウス・ハーンとコルネリア・アリータに恩を売っておいて損はないだろうと軽率に子守りを引き受けたことを、俺は開始後三十秒で後悔していた。

「受け身取って着地できるような奴はいたいけって言わねーんだよ。じゃあ次のゲームだ。学院の外周三周、二人で競走な？　はいスタート」

「疲れさせて眠らせようとしてるでしょ、リヒト。残念だけど僕らもう、二歳で昼寝を卒業したんだよね」

やけに大人びた口調で言うのはジュリアンか。てことは闘争心剥き出しに俺の脚を蹴ってきてるのはライアンだな。ライアンの方が身体能力は高く、ジュリアンの方が精神年齢が高い。俺はまた二人の身体を雑に放り投げた。

剥いた玉子のような肌に柔らかくウェーブしたアッシュブロンドの髪。大きな緑色の瞳には、重たそうなほどにまつ毛が密集している。黙っていれば天使。ただし三秒以上黙ることは決してない。

あーでも、男の双子なんてどこも同じようなものか？　なんだか懐かしいな、カイン。

「そろそろ演武始まるぞ。ユリウスさんも出るから見に行くか」

時間を確認して、絡みついてくる二人を両腕に持ち上げた。

「リヒトは出ないの？」

「出ないな、俺は普通科だから。ウィムは出るだろ応援してやれよ」

「つまんねーの。ウィムとリヒトが勝負すればいいのに」

「勝負する理由がないだろ」

「あ！　リゼット!!」

剣技場を取り巻く応援席の最前列に、茶色いふんわりした髪の女性に手を引かれた赤いワンピースの小さな女の子が座っているのをみとめると、二人の悪餓鬼は俺の腕からすり抜けて駆けだした。

「リゼット！　俺と一緒に見るぞ！」

「真ん中においでよリゼット、僕がルールの説明をしてあげる」

まくし立てながらリゼットと呼ばれた女の子にまとわりつく二人の首根っこを、帝都騎士団の黒い隊服を着た眼光鋭い男が、掴んでは雑に放り投げている。

「アデルさん」

アリータ帝国帝都騎士団の若き騎士は、振り返って俺を見ると、微かに口の端を上げた。

「驚いたよ、リヒトが兄さんの知り合いだったなんて。二人とも何も言わないんだもんな」

俺の肩に自分の肩をぶつけるようにしながら、ウィムが拗ねたように話しかけてきた。こういう仕草が母性本能をくすぐるのか？　今度真似してみるかな。

「帝都にいた時にちょっとな。エリート騎士様の仕事は多岐に渡るんだろ」

帝国との取引に関して俺が不利になるようなことを、弟とはいえ第三者にアデルさんが話すはずがない。ウィムも、それ以上根掘り葉掘り聞くようなことはしなかった。

「あの、ウィム。今日は頑張ってちょうだいね。それで、これ……」

ウィムの反対側に寄り添うように立っていたのは、エレノアだ。あの夏の夕方俺のメモを見て以来、エレノアの俺への態度は一段と硬化していた。

今日も俺のことを無視して……いや、違う。彼女の眼には今、ウィム・ベルガーしか映っていない。細い縒り紐のようなものをウィムに差し出す指先が、微かに震えているのが見えた。

「これ、生徒会の女子みんなで作ったの。かつてコルネリア様が試合前のユリウス様に贈ったというアミュレットよ。騎士コースの皆に配っているから、よければあなたにも」

「ありがとう、つけてもらえる？」

袖をまくって差し出したウィムの右手首に、一瞬の戸惑いの後エレノアがアミュレットを結び付けていく。青と白の刺繍糸が細かい文様に編み込まれたアミュレット。学院の紋章の間にさりげなく一つだけ、アリータ公国の紋章も編み込まれているのが分かった。寸分のくるいもない、芸術品みたいなクオリティー。エレノアが昨日の放課後遅くまでかけて、生徒会室で丁寧に編んでいた力作だということを俺は知っている。

「兄さんに初勝利を収められるように頑張るよ。ありがとう、エレノア」

エレノアは、無防備な笑みを浮かべる。決して俺に見せることはない笑顔だ。

生徒会の応援席にいるからね、と告げて、エレノアは人の流れに逆らうように去っていった。真っ赤に染まった恋する顔を、ウィムから隠そうとしたのかもしれない。

――勝負する理由がないだろ。

理由なら、十分あるのかもしれない。今ここで受けて立ってもいい。手にしているものを、全て賭けて勝負してくれるというのなら。

「ウィム、そろそろ出番だ」

喧騒の中から聞こえた声に我に返った。

演武用に磨き込まれたロングソードを手に、アデルさんがこっちを見ている。

「了解、兄さん」

進み出たウィムが、ふと俺の肩に手を添えた。耳元で囁く。

「いつか君とも勝負したいな。リヒト・シュレイカー」

目を見開いた俺に、生徒会長は妖しく笑う。

「筋肉の付き方と、普段の足さばきでなんとなく。当たってた？」

歓声の中、剣技場の中央へと進み出ていくベルガー兄弟の背中を、俺は立ち尽くして見送った。

アリータ公国。

帝国の支配下に降った多くの国の中でも別格の歴史と神秘性を持つ、南方の宝石と謳われる国。未だに古臭い貴族制を引きずって、排他的なくせに世間知らずで純粋な生徒たち。

そんな彼らの心を操って、さらに単純な帝国派生徒と交流させるなんて楽勝だと思っていた。

実際、計画はうまくいっている。意外と食えないウィム・ベルガーの存在だって、別に動揺することはない。

だけど、唯一俺に不信感を持っている生徒。

ひと際大きな歓声が上がり、ベルガー兄弟の演武が始まった。

リゼットと呼ばれていた女の子の手を両側から握って飛び跳ねるジュリアンとライアンの向こう、剣技場を挟んで反対側にあるのは、生徒会役員の応援席だ。

その最前列で、胸の前に両手を組み合わせるようにして、潤んだ瞳を大きく見開くエレノア・サマンの姿が見える。

――なんて面倒くさいんだ。

乾いた唇を噛(か)みながら、俺は喧騒に背を向けた。

今夜、また行政長官の執務室を訪ねようと思いながら。

＊冬

大陸の東南にせり出した半島に位置するアリータ地方は、一年を通して温暖な気候が続く。とはいえ十二月の夕方ともなれば、思わずジャケットの胸元をかき合わせたくもなるわけで。

「さっみ。なあウィム、騎士コースだけマントあるのズルくねーか？」

「でもあれは、式典や公式任務の時しか使わないだろ」

「じゃあ、使わない時貸してくれよ。膝かけにするからさ」

くだらない会話をしながら、ウィム・ベルガーと並んで生徒会室を出た。

「そう言えば、普通科の三年男子が教室で殴り合いの喧嘩(けんか)をしたんだって？　理由は何？」

「貸していた本が汚れて返ってきたとか、そういうくだらねーことだよ。喧嘩慣れしていない分危なっかしかったから、適当に間に入って止めておいたけどな」

そうか、とウィムは返して、小さくため息をついた。

俺がこの学院に編入してきて八か月。いくつかの行事や出来事を経て、学内における派閥の対立や小競り合いは、以前とは比べ物にならないほどに沈静化したと思う。さすが俺。

だけど春が近付くにつれて、三年生の間の空気が強張っていくのを肌で感じていた。あの日がすぐ目の前に迫っているからだ。

――「成人の儀」。十八歳の男女が、帝国上層部の決めた組み合わせでつがいになり、子を成す行為をしなくてはいけないという、帝国の教育制度の最終段階。

「進路や進学先が決まる時期でもあるしね。感情が御しきれなくなる瞬間があるの、僕も分かるよ。リヒト、悪いけど普通科の様子には目を配っておいて」

秋の創立祭で俺が騎士コース出身だと気付いた様子を見せたウィムだが、それ以降そのことに言及することはなかった。出会ってもうすぐ一年。今、ウィムと俺の間にあるのは少しの緊張感と、認めざるを得ない――信頼関係ってやつだった。

厩舎に馬の様子を見に行くというウィムと別れて、俺は男子寮への道を歩きながらほの暗い空を見上げた。寒いな。この温暖なアリータ地区で、まさか雪が降ることはないだろうけど。

カインのことを思う。あいつは今、いったいどこにいるんだろう。海沿いの前線ならまだいいが、北の国境沿いだったらかなりの豪雪地帯だ。帝都はここよりは寒いけど、雪が毎年積もるほどではなかった。あいつ、大丈夫かな。いや、あいつのことだから町の人の雪かきとか手伝っていそうだけど。

「本当に告げるのか、エレノアに」

足を止めた。聞き捨てならない名前が聞こえたからだ。

「俺がどれだけ彼女のことを想ってきたのか、告げないまま成人の儀を受けるなんてできないだろう」

「だけどさ、もしかしたらおまえのつがいになるかもしれないだろ、エレノアが」

「そんな可能性に賭けられるか！　それにエレノアのつがいはウィムじゃないかってみんな言ってるだろ。ああそうさ、俺はウィムには敵(かな)わないよ。だからって、このまま終われるかよ！」

図書館の裏手でぼそぼそと話しているのは、騎士コース三年、公国派の男子生徒二人だ。逞(たくま)しい体つきをしたギードが息巻くのを、細い眼鏡(めがね)をかけたハンネスが呆れ顔で見ている。

「相談があるって伝えたから、もうすぐここに来てくれるはずだ。そうしたら俺は想いを告げる。そして、せめて最後に思い出が欲しいと頼み込むつもりだ」

「平手で殴られて終わりだろ」

呆れたようなハンネスの言葉に、俺は完全同意だった。だけどギードは、さらに信じられないような言葉を吐いたのだ。

「だろうな。でも、俺の方が力は圧倒的に強い。エレノアの平手なんか可愛(かわい)いもんだ」

「正気かよ……」

「いいか、俺がちょっと力を込めてその手を引き寄せれば、キスくらいすぐできるんだ。エレノアはプライドが高いから、騒ぎ立てたりしないだろ。うまくいけばもう少し先のことだってできるかもしれない。それくらい許してもらえるだろ？　だって俺は、ずっとずっと彼女のことを想ってきたんだ」

他人への静かな怒りというものを、ずいぶん久々に味わった。俺はこのアリータ地方で、平和ボケしていたのかもしれない。愚かな人間への、腹の底に冷たく積もっていくような怒りを思い出す。

ずっと想ってきた？　それがどうした。一方的な情欲を抱いてさえいれば、彼女を傷つける免罪符になるとでも思っているのか。

俺は瞬時に飛び出して、奴が腰に差している得物を抜き取り両手で横向きに構えて振り抜く動きを想像した。筋肉の一つひとつが覚醒していく感覚がある。大丈夫。五秒で行ける。この右足で今、地面を蹴れば――。

「物騒な話をしてるな」

だけど俺の糞みたいな理性はそれを許さなかった。代わりにそんな風に言いながら陰から歩み出た俺を、ギードたちがぎょっとした顔で振り返る。俺は口元に笑みを浮かべた。

「成人の儀を控えて落ち着かないのは分かるけどさ、みすみす問題を起こすようなことはするなよ」

完璧な笑みだ。反吐が出る。握りしめた自分の右の掌に、爪をきつく突き立てた。

二人は、出てきたのが俺だと分かって緊張を緩めたようだった。帝国派だけど話が分かる面白い奴。俺のことをそんな風に思っているんだろう。当然だ。そう仕向けてきたのは俺だからな。

「リヒト・シュレイカー、見逃してくれよ。問題ないだろ？　成人の儀の前の男女が恋愛関係になることを、帝国は禁じてるわけじゃないんだしさ」

「それは確かに」

　俺は笑顔で頷いた。脳内でこの男を百回切り捨てて三百回屋根から吊るす。

「それが本当に恋愛なら、俺は何も言わないさ。なあ、ギード。この帝国で恋愛を語る覚悟が、本当におまえにあるのか？」

　腐っても騎士コースだ。俺がリミッターを外して放出する殺気を肌で感じ取ったのだろう。怪訝そうな表情を浮かべて、二人は後ずさった。

「ギード、おまえ最近グランケ騎士団に内定したみたいだけどさ、あそこの団長のバントさん、知ってるか？」

「なにを……」

「娘が三人いて、溺愛しているんだよ。ちょっとでもいじめる男は許さないって公言してるらしいぜ？　……あんたが、女の子を力尽くでどうこうしようとしたって知ったら、団長はどう思うかな」

「なんで、おまえが団長のそんなことを」

「帝国の情報網を、舐めない方がいいってこと」

　エレノアはプライドが高いから騒がない？　エレノアが騒いだら、他のみんなが動揺するだろ。だから彼女は凛とした表情を保っているんだ。そうあろうとするのがエレノアのプライドで、それは彼女の美徳なんだよ。だからエレノアは……あんなにも、綺麗なんだ。

　目の前の男に飛びかかるのをギリギリでこらえる代わりに、図書館の壁に片手のこぶしを打ち付ける。ミシリ、と揺れたそこにヒビが入るのを感じた。

「っ……な、なんなんだよ、リヒト・シュレイカー、おまえ……！」

「いいから早く行けよ。早く!!」

「行こう、ギード」

歯噛みしたギードは、立ち去る寸前に吐き捨てた。

「ふざけるなよ、帝国の犬が!!」

「……どうしたの？」

ああ。俺とエレノアはタイミングが悪いんだ。どこまでもどこまでも、きっと、永遠に。

立ち去っていくギードたちと入れ替わりに現れたエレノアには、ギードの捨て台詞がはっきり聞こえていたんだろう。ギードたちを振り返り、怪訝そうに俺を振り仰ぐ。俺は投げやりに返した。

「なんでもねえよ。ちょっとしたトラブル」

「……ギードから、相談があるって言われたんだけれど、なにかあったの？」

不審そうに、不安そうに。俺のことを疑う瞳を見ていると、不意に笑いが込み上げてきた。

「成人の儀について反逆とも取れるようなことを話してたから、ちょっと説教してやっただけだ。俺から帝国に密告でもされたら、あいつらも損だろう？」

綺麗な青い瞳を丸くして、エレノアが俺を見つめている。この視界の中央に俺が入れることはめったにないのに。

「成人の儀が近付いて、不安になるのは当然だわ。そんなことで責めないであげて」

「不安になる必要なんてないさ」

俺は笑った。この一年、いつも貼り付けてきたあの微笑なんかじゃない。嘲笑だ。

「帝国への忠誠を示すのに、成人の儀はまたとないチャンスだぜ？　帝国に守られて生きていくつもりなら、受け入れる以外の選択肢はない」

「分かってるわ。だけど、気持ちが折り合わなくて不安になる時だってあるでしょう」

引かずに言い返す揺るがない瞳。正義を貫くお姫様。その表情を動かすことができるなら、俺が八か月かけて積み上げてきたくだらないものを全て壊してしまっても構わない。そんなことを、ふと思った。

「ウィム会長のつがいになれるかどうかって、あんたも毎日不安なわけ？　滑稽だな」

その瞬間、エレノアの大きく綺麗な青い瞳が俺を見据えた。そこに燃えるのは明らかな怒りと、そして軽蔑の炎。赤い唇が、微かに震えて言葉を紡ぐ。

「……リヒト・シュレイカー。あなたは帝国の犬なの？」

「そう呼ばれて屈辱と思わない程度には、自覚があるつもりだけど？」

エレノアは息を飲んで、それから俺を一度睨むと、くるりと背を向けて地面を蹴った。

綺麗なカールを描く髪が、校舎へと駆けていく細い肩の上で揺れている。背中がどんどんどんどん、遠くなっていく。

エレノア・サマン。ウィム・ベルガーのつがいになれ。

一言ずつ、自分の心に植え付けていくように心の中でつぶやいた。

ウィムは最近、アメリアに話しかけることに今まで以上にご執心だ。だけどきっとあいつなら、エレノアのつがいになったとしても、むやみに彼女を傷つけたりはしないはずだ。この際ウィムの恋心なんかどうだっていい。

エレノア、大丈夫だ。きっと帝国が、あんたとウィムをつがいにしてくれるから。

そうしたらあんたは幸せに包まれて、俺に腹を立てたことなんかきっと綺麗に忘れられる。

……いや、覚えていてくれてもいいけどな。あんたの大っ嫌いな帝国の犬が、このどうでもいい冬の夕方、あんたの感情を揺らしたってことを。覚えていてくれても、全然いいんだけどな。

鼻先に冷たいものが触れて顔を上げた。嘘だろ、とつぶやく。

空からひらひらと雪が舞い降りてきていた。

触れればすぐに消えてしまう、儚い夢のような結晶が。

＊そして、春

アリータ地区に珍しく雪が降ったあの日から、さらに三か月近くが過ぎていた。

今俺は、学院の寮の離れのベッドに仰向けで横たわっている。

――エレノア・サマンと手を繋いで。

あの後、俺の直訴が取り上げられることはなく、エレノアのつがいは当初の予想通り俺になった。

彼女にとって、最悪な展開。

俺はものすごい無力感に襲われた。帝国という得体の知れないものに無謀にも立ち向かおうとした愚かしさに、逆に笑いが止まらなかった。

エレノアの受けたショックも相当なものだった。大きな瞳の奥からは光がかき消え、常に公正でいようとする彼女の美徳は影を潜め、苦しそうな表情でアメリア・ランゲを見つめるようになった。

残念だけど、この帝国で初恋なんかを実らそうと夢見たあんたが甘すぎたんだよ。

成人の儀当日。扉が開いて俺を見た瞬間の、処刑台に上がる姫君のような、崩れ落ちそうな悲壮な表情を目の当たりにして、俺は決めた。

エレノア、いくらでも俺を憎むといい。怒りを力に変えて、もう一度、その瞳に炎を燃やしてくれ。俺に抱かれることなんて大したことじゃない。あんたの価値を貶(おとし)めることじゃない。俺を恨んで、憎んで、もう一度立ち上がってくれ。

だから、俺は笑って言ったんだ。

——てっきり逃げるかと思った。偉いね。

でも、今なら分かる。あの時俺は、あんたが逃げないで俺の待つ部屋に来てくれたことが嬉しかった。そんなことがちょっと泣きそうなほどに嬉しくて浮かれちまうくらい、俺はきっと……あんたのことが。

「リヒト」

さっきから「ウィムウィムウィムウィムウィム」とうんざりするほど繰り返して、ウィムとの思い出をとつとつと語っていたエレノアが、不意に俺の名前を呼んでくれた。

「ん？」

「今ならもう一度、抱いてもいいわよ」

冷たくて細い小さな手。ボタンを付ける、針を動かす爪の先、ウィムの手首にアミュレットを結び付ける、少し震える指の先、古ぼけたネックレスをきつく握りしめる、血の気の失せた白い手の甲。

今やっと、やっと俺の手の中に収まっているのに。

「いや……ちょっと無理、かな」

バカだな、抱きたいに決まってるだろ。ずっと我慢してたんだ、いくらでも抱ける。

最初に会った時、こんな綺麗な子が自分のつがいになるのかと浮かれた。無謀な片想いをしていることを知って呆れた。生徒たちに接する時の凛とした表情に見惚れて、ウィムに向けられる彼女の視線に焦れて苛々して、たまらなかった。

成人の儀を過ぎてから、俺が想像していたよりも、彼女がずっとたくさんのことを理解していて、それを隠してみんなの前で毅然とした表情を保っていたのだと知るようになって。そうしたらもう……一瞬も、目が離せなくなっていた。

アリータ地方帝国学院。

長年の懸案だった帝国派と公国派の断絶は、今年飛躍的に埋められた。

俺の任務はあと少し。この、公国派の象徴ともいえる美貌の侯爵令嬢——エレノア・サマンとの間に子供を成すことさえできれば、帝国の犬の面目躍如だ。取引は文句なしに成立して、カインたちを取り戻せるだろう。

だけど。

だけどまさか、自分がこんな風になるなんて。

そもそも俺がここに来なきゃ、取引なんて帝国に持ちかけなきゃ、エレノアはウィムとつがいになっていたかもしれないのに。エレノアがこんなに苦しんでいるのは、全てが俺のせいなのに。

——エレノアを穢したのは、俺なのに。

ああ、カイン。ごめんな。愚かだと散々なじった時、おまえは寂しそうに笑ってた。

今、すげーおまえに会いたい。話を聞いてもらいたい。おまえもこんな気持ちだったのか？　なあ、答えてくれよ。

たいていのことは、俺の予測した通りに進む。

だけどエレノア、あんただけは。あんたのことだけは、どうしても思う通りになんかいきやしない。

部屋が夕焼けに染まっていく。

掌の中の小さな手が、唯一俺を導いてくれる気がして。でもそれが俺の勝手な思い込みだとも分かっていて。俺はきつく目を閉じた。

なあ、エレノア。俺はあんたのことが好きなんだ。あんたのことが、大好きなんだよ。

## 書籍版書き下ろし②「悪役令嬢と帝国の犬のそれから」

「ただいま」

扉を開くと彼はいつも、最初に私を抱きしめる。微かな土埃と、爽やかな初夏の風の匂い。今日も一日中、帝都を移動していたのだろう。

「遅くなってごめん」

タイを緩めながら私の唇を塞ぐ。長くて深いキスをして、片手を甘えるように私の腰に回しながら、彼はつぶやいた。

「疲れた。今夜は朝までティアナを抱くって決めて帰ってきた」

「同じこと、昨日も言っていたじゃない」

私は笑って、アデルの頬を両手で包むと、背伸びしてそっと口づける。

私――ティアナ・クラインが、つがいのアデル・ベルガーと共に帝都で暮らすようになってから、四年の月日が流れていた。

「次の昇進試験で、帝都騎士団長を志望してみようと思ってる」

リビングのテーブルで葡萄酒を飲みながら、アデルは言った。

「え。それって、普通ならあと五年くらい隊長職を経験してからなのではないの？」

「普通ならな。でも俺の実績を見れば文句は出ないだろう。第一隊はユリウスに任せる。俺が団長になった暁には、今以上に第一隊には活躍してもらわないと困るしな」

「そうかあ。すごいことだけれど、確かにいい考えかもしれないわね」

私もアデルの隣に腰をかけた。

ユリウス様は、抜群の交渉力を持つ。弁が立つのはもちろんだし、最近分かったことなんだけれど、なんていうか瞬時に相手の弱みを見極めて利用するのがうまいのだ。実直で嘘をつくのが苦手なアデルと組むと、相性はとてもいい。きっと二人が上に上がっていくたびに、帝都騎士団は更に強くなっていくのだろう。

「ただでさえ、歴代最強の第一隊と謳われているんだものね。ウィムもいて……あ、そうだ。今日はウィムとアメリアが来てくれたのよ」

「あいつ一か月ぶりの非番なのに、わざわざここに顔出したのか」

「アメリアが来たいって言ってくれたみたい。でも本当に助かっちゃった。今週提出のレポートがあって、バタバタしていたの」

アデルが、ぴくりと片方の眉を上げた。

「……まさか、あいつらもまた来たのか」

私は苦笑して、肩を竦めてみせる。

「シッターさんがね、また逃げてしまったみたいなの」

「今のシッターは、シッターというより騎士団を退役したばかりの屈強な武官だぞ。ただひたすら二人に武術を仕込み、死なない程度に疲れ果てさせて眠らせてくれればいいという契約だったはずだ」

「だけど、疲れ果てて寝ちゃったのはシッターさんの方なんですって。その隙にうちに遊びに来たみたい」

アデルは地獄の底のようなため息をついて、葡萄酒を呷る。

「分かった。俺からユリウスに、明日付けで騎士団を辞めるように言っておく。あいつが最優先してやるべきは、第一隊隊長でも何でもない。子守りだ」

「アデル、大丈夫よ。ウィムとぶっ続けで剣の練習をしたら、だいぶ大人しくなったから！」

二人の相手が終わる頃には、既に日が暮れてしまっていたのだけれど。

ユリウス様の双子の息子、ジュリアンとライアンは今年七歳になる。私たちの娘、リゼットと同じ帝国学院の初等科一年生だ。既に高等部の授業に参加しているジュリアンと既に騎士コースへの進学が内定しているライアンは、両親譲りの天使のような見た目と、周囲が頭を抱える悪魔のような中身を持つ双子として、帝都でも名を馳せていた。

「二人の様子が心配だからって、コルネリア様も予定を繰り上げて、来月には帝都に引っ越してきてくださるでしょう。そうしたら二人も、もう少し落ち着くと思うし」

「楽観的すぎる。コルネリア様にどうにかなる領域を、あの二人はもうとっくに越えてるだろ。そうだ、今度騎士団の強化合宿に参加させよう。夏山の奥地に放置して一人で生還させるやつ」

「もう、落ち着いてよアデル。それに私、にぎやかになって嬉しいなって思ってるところもあるのよ？」

四年前、アデルの帝都騎士団への転属に合わせてここに移ってきた時は、私たちは帝都に知り合いなんて誰もいなかったのだ。

だけど今、私たちの故郷アリータ地方から多くの人たちが帝都を目指してきくれるようになった。

二年前には、ユリウス様に続きアデルの弟・ウィムも帝都騎士団への所属を決めた。もっとも彼の場合は、つがいのアメリアが帝都の図書館に就職したことが進路の決定打となった気がするけれど。

さらに去年と今年、アデルが目をかけていたシュレイカー家の双子が相次いで帝都騎士団に入団した。

人を食ったように笑うリヒトと、マイペースに微笑むカイン。とても整った顔立ちをした二人も、ウィム同様に騎士団の若手注目株らしい。

そしてリヒトのつがいであるエレノア・サマンも、帝都の服飾学校に進学してきたのだ。

サマン家と言えば、アリータ家につぐ名門だ。中等部の頃から美人で有名だったけれど、久しぶりに会ったエレノアはその艶やかさに磨きがかかって、私もリゼットも思わずうっとりとしてしまったほどだった。何よりも、常に不敵な表情を崩さないリヒトがエレノアを前にすると初恋に戸惑う少年のように余裕を失うのが新鮮で、くすぐったそうに頬を赤らめるエレノアを見ていると、なんだか私まで甘酸っぱいような気持ちになってしまうのだ。

そう、あの頃の私たちを思い出して……。

「とにかく。あの双子が俺たちのリゼットにまとわりつくのが、俺は一番我慢できないんだよ」

アデルが不貞腐れた顔で言ったので、私は慌てて咳払いをした。

「この間も、上級生に怪我をさせただろう。暴れる分には勝手だが、リゼットが巻き込まれたりしないかが心配なんだ」

私は、アデルの手にそっと自分の手を重ねた。

「ねえ、アデル。リゼットからは内緒だって言われたんだけれどね」

一週間前、ジュリアンとライアンは帝国学院初等科の六年生を相手に大立ち回りを演じて、五人を病院送りにしたのだ。騎士コースへの進学が内定しているような上級生相手に一年生が、と周囲は舌を巻いたけれど、笑って済ませられるような問題ではない。六年生の中に、帝都に古くから続く名家の子息がいたこともあり、二人は数日間の謹慎処分を受けた。

「リゼットの元気がないから理由を聞いてみたら、元々は、その上級生に絡まれていたのはリゼットだったたって言うのよ」

「はっ⁉」

その六年生は普段から初等科を牛耳っていて、下級生たちにも威張っていたらしい。その日、リゼットと仲のいい女の子が落としたブローチを、その少年が面白半分に踏みつぶした。「謝ってください！」と戒めたリゼットを、取り巻きが突き飛ばしたというのだ。幸いリゼットにも友達にも怪我はなかったのだけれど、それを聞いたジュリアンとライアンが、ものすごい形相で教室を飛び出していってしまったというのが今回の事件の発端だった。

「なんだそれ。どうしてすぐ俺たちに言わなかったんだよ！」

「双子から、言わなくていいって止められたみたいよ」

「なんでだよ」

「帝国にルーツを持つ生徒と、属国出身の生徒の間には、学院でも未だに隔絶……というか、差別があるんですって。まあ、私たちの頃と同じだよね」

帝国派と公国派。そんな対立はこの帝都にも、アリータとはまた少し違った形で存在する。何代にも渡り帝国を支えてきた家系は未だに帝国の中枢を独占して、大きな権力を握っているのだ。

「自分たちが属国出身だから理不尽な目に遭っているようなことを、騎士団で頑張っているお父様たちに知られたくないって思っているのよ。リゼットも、双子たちも」

私の手を握りしめて話を聞いていたアデルは、長く息を吐きだすと立ち上がった。リビングを抜け、廊下を進むと子供部屋へ入っていく。ベッドの中で寝息を立てるリゼットの、栗色の髪をそっと撫でた。

「――双子に言っとけ」

ぽそりと言う。

「リゼットが突き飛ばされたということを聞いてから走っていくんじゃ遅いって。俺ならティアナが帝国派と取っ組み合っているその場に、速攻で駆け付けたってな」

「取っ組み合っているって！」

アデルは、そっと私の顎を持ち上げてキスをした。腰を抱き寄せて、ゆっくりと口の中を辿るように舌を絡めあわせる。

「それから、その帝国の馬鹿息子っていうのには俺がちゃんと筋を通させる」

「アデル、無茶をしないで。今回はあの子たちの気持ちを立ててあげよう？　きっと自分たちで解決していくわ。そしてそれが、あの子たちの力になる。私たちもそうだったでしょう？」

アデルは軽く両眉を上げる。

「ティアナが一番に怒鳴り込みに行くんじゃないかと思ったけど？」

もう、と唇を尖らせて、私はそっとリゼットの額を撫でた。

「これからきっと、色々なことが変わっていくわ。帝国も、私たちも。アリータの帝国学院だって、今は帝国派と公国派って言葉がなくなったくらいに融合したって聞いたもの」

本当は怒鳴り込む寸前だったのだけれど、憤りに任せてコルネリア様に長い長い手紙を書いているうちにどうにか冷静になれたのだ……ということは、アデルには内緒にしておこう。

アデルは、まるで見透かしたように私を見て、おもむろにニヤリとした。

「分かった。でも、もしもその上級生たちが報復のような真似をしてきたら」

「そんなの、帝都騎士団第一隊の全力をもってぶっ潰すに決まってるでしょ」

思わずこぶしを固めた私を見て、アデルはぷっと吹き出した。私も肩を竦めて笑う。

「だって、歴代最強の第一隊でしょ？　あ、そうだわ、明日はリヒトとエレノアが来てくれるの」

「そうか、じゃあやっぱり今日も朝までおまえを抱けるな」

「もう、アデルってば……」

「あーうぅ」

暗がりの中、甘く可愛い声が唐突に響く。思わず顔を見合わせて、私たちは苦笑した。

「どうした、ゼル。起こしちまったか」

　リゼットの隣、柵（さく）がついたベッドから、小さなぬくもりをアデルが胸に抱き上げる。指をしゃぶりながら眼光鋭くアデルを見上げる、私たちのもう一人の宝物。

「ゼル、おまえ早く大きくなって、くだらない帝国の馬鹿息子や油断ならない悪ガキ双子なんかから姉様を守ってくれよな。頼んだぞ」

「ちょっとアデル、ゼルにはゼルの人生があるんだから、自分の願望を背負わせないで」

「いや、こいつはリゼットを守る騎士になる。俺の息子なんだから間違いない」

　大真面目（まじめ）な顔で、「な？」とゼルに額を当てる。ダークブロンドの髪にへーゼルの鋭い瞳（め）。もうすぐ一歳になる私たちの長男・ゼルは、ちょっと驚くほどにアデルそっくりだ。

　笑いながら、ゼルを抱っこしようと近付いて腕を伸ばしたら、何を勘違いしたのかアデルからまたキスされた。

「悪いけどゼル、ティアナのキスは俺のものだ。おまえにも簡単には渡せない」

　真顔で言い放つアデルに笑ってしまう。

　やっぱりアデルはいつまでも、私を甘い気持ちで包んでくれる。ずっとドキドキさせてくれる。

　あの頃の約束通り、私だけの、世界で一番素敵な騎士だ。

　私たちはまた、ゼルを間に挟むようにしてキスをした。

「あー!!　何？　ずるいわ三人で。私も交ぜて!!」

　目をこすりながら起き上がったリゼットも、両手を広げて私たちに抱きついてくる。

＊

人は、幸せにも慣れてしまうものなのかもしれない。

「エレノア様、もしかしてリヒトと喧嘩したの？」

絡まった刺繍糸をほどいていたリゼットが、不意に私を見上げて言った。

帝都の高級住宅街に位置する、アリータ家の別邸だ。広々としたリビングのテーブルで、私たちはリゼットの課題の刺繍に取り組んでいるところだった。

「えっ……そんなことはないわ」

「うそ。だってさっきから、リヒトに返事を返す時にエレノア様、私の方を見ているんだもの」

リゼット・ベルガーは、母親譲りのアーモンド形の瞳を理知的に煌めかせる。言葉に詰まってしまった私を見て、うんうんと頷いた。

「分かるわ。男の子って時々すっごく無神経だものね。私なんか、ジュアリアンとライアンに何度絶交を言い渡したか知れないもの」

「そうなの？　あの二人が大人しくそれを飲むとは、とても思えないけれど」

「まあね。それに、いいところもあるの。だから嫌いになれないの。エレノア様も同じでしょう？」

嫌いになんか、なれるはずがないわ。

今年七歳になる女の子に慰められてしまったことを情けなく思いながら、開け放たれた窓の向こう、庭の中央で練習用の剣を手に立っている、リヒト・シュレイカーを眩しく見る。

ジュリアンに指導をしているリヒトの後ろから、息を潜めて忍び寄ったライアンが切りかかる。リヒトはジュリアンに指示を出しながら、そちらを見ないままに背中からの剣を受け止めて流した。ライアンがバランスを崩してつんのめって倒れる。

「ずるいよ！　リヒト本気出しすぎ!!」

「本気出さなきゃ許さないって言ったのはどこの誰だ？　ま、はっきり言って俺はまだ半分も本気出してねえけどな」

「絶対嘘だ。そんなはずない！」

「大人を舐めんな」

笑いながら、リヒトが私の方を見た。ブルーブラックの髪の下から、甘く光る青碧の瞳をふっと細めて。私は思わず顔を伏せてしまって、すぐに後悔した。

一呼吸置いてから顔を上げると、リヒトは双子相手に剣の練習を再開していた。

ライアンは両手に剣を持っている。最近は、二刀流の剣士を目指しているらしい。左手の剣の構え方について真剣に双子と話し合っている男の子らしい横顔を見ながら、私はそっとため息をついた。

私、エレノア・サマンとリヒト・シュレイカーが帝都に進学してから、一年と三か月が過ぎていた。

私は服飾学校の、リヒトは帝都騎士団の寮にそれぞれ入り、忙しい毎日を送っている。

リヒトの忙しさは尋常ではない。昼間は騎士団の訓練をこなしながら、大学の夜間コースにも籍を置いているのだ。そんなことは無謀だと推薦人のウェーバー行政長官は難色を示したけれど、「文官とか武官とか、そういうことだけじゃ測れない適性があるってこと、上層部に示してやりたいんだよ」とリヒトは押し通してしまった。

隊長のアデル様はリヒトの挑戦を応援してくれているけれど、騎士団内の競争は熾烈で、リヒトの大学の事情なんてもちろん考慮してもらえない。それどころか少しでもミスをすればそれが原因だと足を引っ張ろうとする輩がいくらでもいる、と以前ウィムが教えてくれた。

だけど私の心配をよそに、リヒトは相変わらず飄々とした様子でその二重生活をこなしている。

それどころか、ごくごくたまの休みの日には、こうして私と過ごしてくれるのだ。

なのにそんな貴重な日を、私は台無しにしようとしている。

今日は朝から二人で過ごせる予定で、私はあまりにも楽しみで、待ち合わせ場所にとても早く着いてしまった。それでもやっぱり待ちきれなくて、騎士団の寮の入り口まで、リヒトを迎えに行ってしまったのだ。

「リヒト様、今日はお出かけですか？」

門に近付いたところで華やいだ声が聞こえてきて、思わず近くの木の陰に身を隠してしまう。

「先日の式典での演武、とても素敵でしたわ。次の隊長候補ですわね」

「シュレイカー様、よろしければ我が家のお茶会に顔を出してくださいません？」

寮の門周辺に、華やかな女性の一団が集まっている。その中心で彼女たちの熱い視線を浴びているのは、リヒト・シュレイカーその人だ。

「すみません、今日ちょっと先約があって。あ、大した用じゃないんですけど。それじゃ失礼」

リヒトはひらりと手を振って、足取り軽くこちらの方に歩いてきた。

「エレノア、どうした？　かくれんぼ？」

木の陰でびくりとする私に、リヒトは楽しそうに笑った。

「迎えに来てくれたのか？　なあ、今日はティアナさんとこ顔出す前に、一回あんたの部屋行って」

「大した用事じゃなくて悪かったわね」

自分でも信じられないほどに、可愛くない声が出てしまった。

「先約じゃなかったら、あの人たちのお茶会に行ったの？　ずいぶんな人気者なのね」

――最低だわ。

ついさっきのことを思い出して、私はため息をつきそうになるのを飲み込んだ。

真剣な顔で小さな刺繍盤をくるくる回しているリゼットに、これ以上心配をかけるわけにはいかない。

「リゼットの家庭教師をお願いできないかしら」

アデル・ベルガー様のつがいであるティアナさんから頼まれたのは去年の春、私が帝都に進学してすぐの頃だった。

「あの子、裁縫や料理みたいな、手先を使った課目があまり得意じゃなくて。……多分、私に似たんだけれど……エレノアにだったら教えてもらいたいって言うの。あなたに憧れているのね」

そんな嬉しいことを言っていただけて、断る理由なんてどこにもなかった。元々、お父様からの仕送りは最低限に抑えて、あとは奨学金と、自分が作ったものをアリータ周辺のお店に卸して得たお金で、この二年間の生活を賄おうと思っていたのだ。願ってもない話だった。

帝都の服飾学校での生活は、想像以上に刺激的だった。

資材の種類に始まる基礎的な座学から、様々な提携工房での実地体験。さらに商売をしていく上で必須となる経済学や経営学まで。知りたかったことの全てを教えてもらえるのだ。

同時に、アリータで自分がどれほど甘やかされてきたのかも思い知らされた。

「サマン侯爵家のエレノア様」として扱われ、みんなからの期待を重圧に思ったこともある。だけど今振り返ると、それを重圧だと捉えること自体が甘えだったのだ。

ここでは、誰も私を特別には扱わない。最初はそれを気楽だわと思っていたけれど、「古臭い貴族階級を今も引きずっている未開の土地から来た田舎者」と言われた時には驚いた。

だけどそれも価値観の一つだと思って受け流すことができたのは、リヒトから受けた色々な洗礼のおかげなんだろう。もちろん、「アリータはとても素敵なところだから、一度いらしてご自分の目でご確認ください」と、ニコーラさん特製の観光チラシを笑顔で渡すことは忘れなかったけれど。

寮では朝食は出るけれど、それ以外の食事は部屋に備えつけられた簡易な炊事場で自炊をしている。勉強に、実習に、生活のためのたくさんの仕事。目が回るほどに大変な一年と少しだったけれど、それでも勉強は楽しかったし、なによりもリヒトが、私よりもずっと大変な環境で愚痴の一つもこぼさずに戦っていることが分かっていたので、私はここまでやってこられたのだ。

「この間、騎士団の第一隊の演武披露があったのよ。ウィムもリヒトもカインも、すごく堂々としてかっこよかったわ。アメリアさんと一緒に見たのよ。エレノア様は忙しかったの？」

刺繍糸を留めながら、思い出したようにリゼットが言う。

「えっ……あ、ああ、ごめんなさい。実習と重なって行けなかったのよ」

とっさに嘘をついてしまった。そんな行事があるだなんて、聞いていなかったのだから。

帝都騎士団第一隊の黒い隊服には、帝都の歴史を表す文様が金の糸で刺繍されている。丈の長いマントをばさりと翻(ひるがえ)すリヒトの姿を初めて見た時は、あまりにも似合っていて胸が高鳴った。もう一度見たいと思っているのに、リヒトは最近、そういった行事に私を招待してくれない。

……それどころか、ちょっと練習を見に行ったり、寮にお菓子を差し入れに行ったりすることも遠慮されるようになってしまった。待ち合わせも、寮の前ではなくて街なかの、静かなお店などを指定してくる。

帝都騎士団は、帝都のヒーローだ。

特に第一隊は今や歴代最強の布陣だと評され、隊長のアデル様と副隊長のユリウス様はもちろん、若手有望株のウィムとリヒト、そしてリヒトの双子の弟・カインも、帝都の女性たちからの熱い視線を独占しているという。

帝都高官であるつがいと子供を成して、優雅な生活を送りながらお茶会やお洒落(しゃれ)を楽しむ。そんな在(あ)りし日の貴族夫人のような生活を送る上流階級のご婦人方が、帝都には一定数いる。先ほどリヒトを囲んでいたのも、その方々だ。

「ねえねえ、あのね？　ずっと気になっていたことを聞いてもいいかしら」

不意にリゼットが声を落として、私の顔を覗き込んでくる。砂糖菓子みたいな甘い匂いに、故郷で過ごしている妹のベルを思い出して胸がきゅっとなった。

「なあにリゼット」

「あのね、エレノア様はウィムと幼馴染でしょう？　リヒトとウィム、どちらがいいかで迷ったりはしなかったの？」

あまりに唐突な質問に、指先に刺繍針を刺しそうになってしまう。

「えっ……なにを、いきなり」

「ごめんなさい。だってウィムもリヒトも、どちらもかっこいいでしょう？　あの二人のどちらかを選ぶって、なかなか難しいなって思って」

大仰に眉を寄せるリゼットを見て、ああ、そういうことねと私は笑う。

「ジュリアンとライアンのこと？」

「うん、そうなの」

拍子抜けするほどあっさりと、リゼットは頷いた。

「ジュリアンにもライアンにも、どちらもそれぞれいいところがあるわ。そして二人とも私のことが大好きなんですって。いつか、どちらかを選ばないといけないのかなって」

「そうね、あの二人から一人を選ぶのはなかなか大変かもしれないわね」

双子は、それぞれの特技を活かしてリヒトを倒すことに決めたらしい。ジュリアンが立てた計画を地面に図を書きつつライアンに共有しているのを、リヒトが木にもたれて欠伸をしながら待っている。

不意にあの、心をかき乱された十八歳の春の一か月のことを思い出して、喉の奥が熱くなった。

「……だけど、自分で選んでも、どうにもならないことも、あるし」

口に出してハッとした。まだ七歳のリゼットに、つがい制度のことなんて持ち出すつもりはなかったのに。

ぱちりと一度瞬きをして私を見つめたリゼットは、あっさりと頷いた。

「つがい制度の話？　でも、気持ちと制度は別でしょう？　制度で誰とつがいになるか分からなくても、自分の気持ちで誰かを選ぶことは自由だわ。気持ちまで、帝国が口を出すことはできないんだもの」

思わず、まじまじと目の前の小さな女の子の賢そうな目を覗き込んでしまった。リゼットは、えへへと悪戯っぽく笑う。

「って、お母様がよく言っているの。それにお父様は、きっとつがい制度をなくしてみせるって約束してくれているから。だから私は、自分で一番の人を選ぶって決めてるわ」

それから、少し恥ずかしそうに肩を竦めて。

「なにもジュリアンとライアンに限らないって思ってるのよ？　この間帝都に遊びに来たエレノア様の弟のセディ様も王子様みたいで、私びっくりしちゃったし！」

「なにそれどういうことリゼット」

「僕たちのこともセディくらい王子様だと思わないのリゼット」

いつの間に聞いていたのか、庭からバタバタと双子が入ってくる。

「だって、セディ様は綺麗なだけじゃなくてすっごく優しいし！」

「俺たちだって優しいだろリゼット!!」

「分かった、今週末にアリータに発とう。セディ・サマンに宣戦布告するよリゼット」

二人の後ろから、剣を肩に担いだリヒトが呆れた顔で現れた。

「おまえら、エレノアの弟に手を出すなら、まずは俺を倒してからにしろ」

ぽこんぽこんと剣の柄で双子の頭を順番に叩く。

――自分の気持ちで選ぶ人。

太陽を受けて笑うリヒトを、私は胸元の真珠のネックレスをきゅっと握って見上げていた。


「エレノア、リヒト。今日は本当にありがとう」

夕食の後、玄関に見送りに来てくれたティアナさんが言う。

「子供たちを見てくれていたおかげで、研究発表会に参加できたわ。貴重な休みの日に、本当にありがとう」

彼女の胸に抱かれたゼルの柔らかな手に人差し指を掴まれながら、私は返した。

「私はただ、リゼットといつものように刺繍をしていただけなので。リヒトの方がずっと大変だったでしょう」

「いや、あの双子のことは最近戦術シミュレートの一環だと思うようにしているんで。育成していくのが楽しいと言えなくもないですよ。あ、でも時給は限界まで上乗せでお願いしますとユリウスさんに伝えておいてください」

リヒトが先に外に出ると、ティアナさんは私を見た。ふんわりとした栗色の長い髪を、緩く一つにまとめている。ティアナさんは、帝都大学の付属病院に所属する女性医師だ。最近では、帝都の学院で成人の儀を受ける女子生徒たちの問診を担当することも多いという。

理知的な緑色の瞳をそっと細めて、ティアナさんは優しく微笑んだ。

「リヒトと喧嘩しているって、リゼットから聞いたんだけれど」

「ごめんなさい、心配をかけて。私が少し疑心暗鬼になっているだけですわ」

「あなたを不安にさせているなら、それは完全にリヒトの失策ね。でもね、エレノア」

ティアナさんは肩を竦めて笑い、私の耳元に口を寄せた。

「伝えたいことがあるのなら、それは自分の中で発酵させてしまわないですぐに伝えたほうがいいわ。だってどんな行き違いがあったって、リヒトがあなたのことを何より大切に想っているってこと、あなたもよく分かっているでしょう？」

なかなか素直になれなくて、危うく全てを失いかけた先輩の助言です、とティアナさんは恥ずかしそうに笑う。

ティアナさんとアデル様は、お互いを深く信頼して、それぞれを一番の味方として支え合っている。アデル様はティアナさんを傍から見ても恥ずかしくなるくらいに溺愛しているし、ティアナさんはアデル様の隣で、心からのびのびと幸せそうに笑っている。だけどそんな二人にも、意地を張ってすれ違うようなことがあったのだろうか。簡単には想像できないけれど。

「ありがとうございます。ティアナさんとリゼットのおかげで、大事なことを思い出しました」

きっとティアナさんたちも同じなのだ。たくさんのものに二人で立ち向かって、それらを乗り越えて今の二人がある。きっとみんな、同じなのだ。

「怖がる必要なんてなにもないんだってこと。たくさん二人で話してみます。だって私は、ずっとリヒトの手を放さないって決めているし……放したくなんか、絶対にないですから」

ティアナさんは眩しそうに私を見て、大きく頷いてくださった。

丘の上にあるアリータ邸から私の寮がある市街地までの緩やかな坂を、私たちは静かに下っていく。街の灯り(あかり)は遠くに見えるけれど、このあたりはとても静かだ。

一歩先を行くブルーブラックの髪が夜の闇(やみ)に溶けていきそうなのを見上げながら、私はその後を歩いていく。よし、今だわ、と口を開こうとした瞬間。

「あー!!」

不意にリヒトが立ち止まって、振り返ると私に手を差し出した。

「ごめん、もう無理!! エレノア、仲直りだ。手、繋(つな)ごう?」

「私こそ、ごめんなさいリヒト。意固地になってしまっていたわ」

駆け寄って、その手に指を絡めた。ぎゅっとリヒトが大きな手で、私の手を握り返してくれる。

「――エレノアがヤキモチ焼いているのかと思って、嬉しくて調子に乗った。ごめん」

「昼間のこと？」

「ん。寮の入り口にいた人たちのこと。大した用じゃないって言ったのは、ああ言わないとあの人たちしつこいから。それだけだぜ？　そもそも、俺がエレノア以外の女に何かを思うわけないじゃん。それなのに唇尖らせて拗ねてるエレノアがあまりに可愛すぎて舞い上がって、謝るタイミング逃した」

「もう、バカね……でもごめんなさい、私も子供みたいにヤキモチを焼いたわ」

緩やかな坂道を、手を繋いでゆっくりと下りていく。リヒトは笑った。

「全然いい。もっともっと妬いていいぜ、エレノア？　どんなに妬いたところで、俺が妬いた分には一生かけても届かないと思うけど」

「どういうこと？」

「エレノアは、まだ知らないからな。あの頃あんたがウィムを見つめる視線に、俺がどれくらい焦れた想いを抱いていたかってこと」

「もう、またそんな昔の話を蒸し返して」

くくっと笑うリヒトを見上げて、私は力説した。

「私はもう、リヒトしか好きじゃないわ。これからもずっとリヒト一人だって言っているでしょう。たとえリヒトが私をうっとうしく思う日が来ても、それは変わらないから諦めてちょうだい」

「俺があんたをうっとうしく思うわけないじゃん」

「嘘ばっかり」

ぽそりとつぶやいた声が自分でも思いがけないくらいに震えてしまったので、リヒトが立ち止まる。

「エレノア？」

「演武披露会のこと、どうして教えてくれなかったの？」

「え」

「リゼットに聞いたわ。私もリヒトの晴れ姿を見たかった。教えてくれたら絶対に行ったのに」

「エレノア」

「寮にだって、最初の頃はよく遊びに行っていたのに、最近は差し入れも遠慮してしまうでしょう。待ち合わせだっていつも遠くだわ。なにか、内緒にしたいことがあるのかしらなんて考えてしまうの。リヒトはとても忙しいから、面倒をかけたらいけないって分かっているのに」

「エレノア」

腕を引き寄せられて、そのままぎゅっと抱きしめられた。

「俺が、あんたのことを面倒とか思うわけないだろ。何言ってんだよ」

「ええ。リヒトのことは信じているわ。でも、あなたはまた私に内緒で何かを抱え込んでいるのではない？　私はまた、そのことに気が付かないで甘えてしまっているのではないかしら。私はもう、そんなのは嫌なの。あなたと一緒に背負いたいから、私を遠ざけたりしないで」

「ごめん、エレノア」

リヒトは私をきつく抱きしめて、長い長いため息をついた。

「違うんだ。あんたを遠ざけたつもりなんか……少なくともそういう意図なんかじゃなくて」

「なにそれ。分からないわ、リヒト。ちゃんと説明してちょうだい」

リヒトは私の肩に手を置いて身体を離すと、がくりと首を垂れた。

「ごめん。あんたのこと、他の男に見られるのが嫌だった」

「……え？」

「エレノアが練習を見にきたり寮に差し入れに来てくれるの、最初は俺だって有頂天だったさ。でも、あんたがあまりに綺麗で魅力的だから、同僚や先輩たちからすげー色々言われるわけ。一時期寮に、あんたのファンクラブまでできちまったんだからな。激怒して解散させたけど」

思い出して怒りが込み上げたのか、リヒトは苛立った声で言う。

「そんなこと別にいいじゃない。だって私はリヒトのつがいなんだし関係ないわ」

「俺が嫌なの!!　絶対あいつら、俺のエレノアをオカズにしてるんだぜ？　冗談じゃねえ殺してやる」

「おかず？　差し入れを食べられてしまったの？」

リヒトはふ――っと長いため息をついて、とにかく、と続けた。

「だからエレノアをあの狼どもの目に触れないようにしていたつもりだったんだけど、それであんたを不安な気持ちにさせるとか本末転倒だな。ごめんなさい」

切なそうにリヒトが言うものだから、私も胸がきゅっとなる。言葉にして確かめたらこんなにも簡単なことなのに、どうして人はありもしない未来を悲観して、臆病になってしまうのだろう。

「そんなに気にすることないのに。言ったでしょう。私なんて、学校では田舎者扱いされているのよ?」

「だからそれは、あんたが綺麗すぎてみんなどう扱っていいのか分からなかっただけだって。あんたは素直だから言葉通りに取るけどさ、服飾学校にものすごい美人がいるってとっくに噂になってるんだぜ。あんたのそういうとこも、やっぱり心配なんだよな……」

リヒトは、優しく私の頬を撫でてくれた。

「あんたに妬いてもらえるのは嬉しいと思ったけど、あんたが悲しい気持ちになる方がずっと嫌だって分かったから、もうなんでも話す。よしエレノア、一緒に住もうぜ」

「えっ!?」

「便利な場所に部屋を探してたんだ。ちょうどいいのが見つかったから、一緒に住もう。いいだろ?」

「でも、そんなことをしていいの?」

「余裕。エレノアと暮らした方がずっと俺のパフォーマンスは上がる」

抱き寄せて、リヒトはニヤリと笑う。

「愛してるぜ、エレノア? あんたが俺の動機の全てだ」

寮の部屋の中。ちゅくりくちゅりと水音が響いている。

部屋に入った瞬間にリヒトは私を抱きしめて口づけて、そして今、床にひざまずくと、スカートの裾をたくし上げて私の脚の間に唇を当てている。

「やっ……待って、リヒト、こんなところ、で……」

下着は用をなさなくなって、片方の足首に落ちている。リヒトは私の左右の太ももの付け根を両手で割り開き、その奥で熱く火照る場所を、何度も何度も舌先でなぞって、あふれるものを舐めとっていく。

ブルーブラックの髪が恥ずかしい場所でうごめいているのを、私は震えながら見下ろした。

「ここ、女子寮なのに男がこんな簡単に入れちまうのまずくないか？」

くぐもった声が聞こえてくる。

「私だって……規律違反はしたくない、けど、そのおかげで二人きりに……」

「そりゃ、騎士団の寮で二人になるのはあらゆる意味で無理だけどさ。でもやっぱり心配だ。俺以外の男は入れないように見張っていてほしい」

身勝手なことを主張しながら、リヒトがくっと身を乗り出す。尖らせた舌先が、ちゅぷりと中に埋められて、入り口でくるりと回った。

「やっ……あっ……」

壁に背中をつけたまま、身体の下半分が溶けて崩れ落ちそうな刺激に私はしゃくり上げた。

「声、いいの？　隣に聞こえるんじゃねーの？」

ハッとして口に手を当てる。隣の部屋には、同じ学年の女子生徒が暮らしているのだ。

「ま、待ってリヒト、せめて部屋の奥で……」

「でもエレノアのここは、待てないくらいに熱くなってるけど」

唇を一瞬離して、私が一番おかしくなる小さな粒を口に含む。

同時に内側にそっと指が入ってきたのを感じて、私は両手を口に当てて、きゅっと目をつぶる。

「必死な顔、すげー可愛い。もっともっと、とろけさせてやるからな？」

リヒトは立ち上がって、壁に片手を突くと私を見下ろした。一つにまとめていた自分の髪が乱れて顔にかかってしまっていることに気付いて俯くと、リヒトは私の頭に腕を回してぱちんと髪留めを外す。髪がふわりと肩に落ちるのに一瞬気を取られた隙に、リヒトは私の身体を軽々と抱き上げてしまった。

短い廊下の奥には、小さな部屋が一つ。それがこの寮で私に許されたスペースの全てだ。

帝国学院の寮のものよりさらに質素なベッドに私を寝かせて、リヒトは慣れた手つきでシャツを脱いでいく。騎士団に入ってさらに一層研ぎ澄まされた彼の身体があらわになっていくと、私はなんだか恥ずかしくて、視線を彷徨わせてしまう。

「なに？」

「ううん。リヒトの身体、まるで彫刻みたいに綺麗なんですもの。ドキドキするわ」

「なんだよ、それ」

ふはっと笑うと、リヒトは私の身体を抱き上げて、膝の上に座らせた。それから一度唇を食んで、唾液を絡めるようなキスをする。

「あんたの方が、よっぽど綺麗だ。何度抱いても、震えるくらい感動する」

キスを繰り返しながら、リヒトは私のブラウスをはだけさせて肩から落とす。胸当ても器用に取り去って、剥き出しになった上半身の鎖骨に転がる真珠のネックレスを、ちょいちょいと指先で転がした。

こぼれた胸元が空気に触れて心もとないのに、リヒトは私の両腕をさりげなく押さえて、隠すことすら許さない。

「……なんで、こんなに綺麗なんだよ」

片手で下から持ち上げて、熱い視線をそそがれて。それだけで私は泣きそうなくらい恥ずかしくなるのに、さらに胸の先端をちょこんと指先で弾かれて。

「胸、舐めていい？　エレノアのおっぱい」

ニヤリと笑うと、私の身体をそっとベッドに横たえた。

「や、やだわ。そんな言い方やめてってって、いつも言っているでしょう」

「なに？　おっぱいのこと？」

「もう、その言い方恥ずかしいのに」

「なんで。立派な名称だろ？」

私の顔の横に手を突いて見下ろして、それからリヒトはかがみ込んで、胸の先を下から舐め上げる。

「ふっ……」

「ん。声出していいぜ？」

「で、でも……」

やっぱり、隣の部屋のことが気になってしまう。唇を噛んできゅっと目をつぶっていると、リヒトは先端を甘く噛んで、両手で胸をたぷたぷと揺らした。

そして、スカートも脚から抜いていってしまう。片脚にはしたなく絡まったままの下着も簡単に取り去って、全裸になった私の両脚を大きく割り開いた。

「すげ。ひくひくしてる。何度でも気持ちよくしてやるからな？」

囁いて、やめてと私が言うよりも早く、脚の付け根の内側に唇を付けた。

「あっ……」

「ここ、ぷっくりしてる。エレノアの中……ほら」

くぷり、とわざと大きな音を立てるようにしながら、リヒトの指がまた中に入ってきた。さっきから十分熱くとろけてしまっているその場所を、探るように長い指が入ってきて。

「エレノアの弱いとこ、触ってやるな？　ほら」

外側の、弱い粒にちゅっと吸い付いて、そしてそのちょうど裏側の部分に、身体の内側から指の腹を押し当てる。それをされると私はいつも力を一気に失って、腰が反って目の裏に光が飛んでしまうのだ。

「あっ……！　まって、リヒト……!!」

「相変わらずここがよわよわなエレノア、すげー可愛い。ほら、ここのぷっくりしてるところ、いっぱい擦ってやろうな？　それで後から、俺のでいっぱいごちゅごちゅに削ってやるから楽しみにしてて」

中を指で引っかきながら、甘く囁かれる。

そんな風に言われると、本当にそれをされることをまざまざと想像してしまって……。

「すげ。中がきゅっと締まった。いいぜエレノア。もっと気持ちよくなっていい」

背中にリヒトの肌が擦れる。添い寝するように身体全体で抱きしめながら、指先で優しく私の内側を、とんとんとんと擦ってくれる。

「だめ、リヒト、あっ……また、だめ、私……」

「可愛い。感じてる顔、よく見せて。エレノアのそんな顔見られるの、俺だけだろ？」

そんなことを薄く笑みを浮かべて囁かれて、体の中がきゅうっとなる。

「や……」

「すげーあふれてきた。いいよ、ここで一度浅くイっとけよ。後で中、奥まで擦ってもっともっとイかせてやるから安心して」

「ば、ばか……あ、んっ」

「ほら、そういう時はなんて言うんだっけ？　ちゃんと言えよ、エレノア」

「いってしまう、いってしまうの、リヒト……」

リヒトは笑って唇を合わせて。私は彼の腕に両手でしがみつくようにして、両脚をぴんっと伸ばして震わせる。

連続して達してしまった後、ふんわりと気だるいままに横たわる私の身体を抱きしめて、リヒトはまた、優しくキスをしてくれる。

リヒトはいつも、こうやって私をとろけさせてくれるのだ。私の身体を気遣って、私の感覚を最優先して。いつも私は彼の腕の中で、自分と彼の境界が分からないくらいに溶けていってしまうのだ。

「リヒト……」

「ん――？」

リヒトは私の身体を背後から包み込み、胸をふにゅふにゅと揉みながら耳や首筋に唇を当てている。

「リヒトは、ちゃんと気持ちいい？」

「は？」

私はリヒトの腕の中で体の向きを変えて、彼を見上げて聞いてみた。

「私ばかり……いつも気持ちよくしてもらっているみたいだわ。私はリヒトにも、気持ちよくなってもらいたいの」

リヒトは私の顔をまじまじと見た。

「いや、俺はあんたが俺の手で感じてくれてるの見るだけで、十分気持ちいいから」

「でも」

「分かるだろ？　俺がすげー興奮してるの」

揶揄うように笑って、リヒトが私のお腹のところに腰をくっと押し付ける。硬くて熱いものが、ズボン越しでも感じられる。赤くなった私を見て、リヒトは私の瞼に口づけた。

「それにさ、俺があんたを気持ちよくしてーの。もう一生、あんたをトロトロにしまくって抱くって決めてるから」

「でも……私だって、リヒトを気持ちよくしたいのよ。あのね、リヒト……」

胸がドキドキする。こんなことを自分が言うだなんて、信じられない。だけど。

「あのね、寮の談話室で、女の子たちが話していたのを聞いたんだけれど……」

「ん？　どうした？　またなにか変なこと言われたか？」

「違うの、あのね……」

リヒトのズボンの……硬くなっているところにそっと手を添えて、私は恐るおそる彼を見上げた。

「……ここを、私の……口で、気持ちよく……しても、いいのよ？」

つぶやいた瞬間、リヒトがびくっと腰を引いた。

「は」

「違うのよ？　怖がらないで、リヒト。噛むとかじゃないの。あのね、ここにキスをしたら男性も気持ちよくなるって、そんな感じのことを話していて。とても驚いたのだけれど、私、リヒトにだったらできるかもしれないって……ごめんなさいごめんなさい、聞きかじりだから間違えているかもしれないわ。また私、変なことを言ってしまったかしら」

「いいや、違う。エレノア違うから落ち着けって」

リヒトは私の肩に両手を置いて、長いため息を吐きだした。

「私も、いつもリヒトに口でしてもらって……とっても気持ちいいから、だから」

「いや、大丈夫。ありがとう、エレノア、すっげー嬉しい」

リヒトは、私の身体をぎゅっと抱きしめた。

「合ってる。そういうのあるから。正直すげー感動してるんだけど、でも、いざあんたにそんなことされるとか考えたら……ていうか、今それを聞いただけで俺……」

私の顔を覗き込み、リヒトは口元に手を当てる。見たことがないくらい真っ赤な顔。可愛い。すごく可愛くて、なんだか胸がきゅっとなる。リヒトは真剣な目で私を見た。

「……多分あんたの唇が付く前に、俺出ちまうからちょっと待って」

視線を合わせたまま私たちは大真面目な顔でしばらく黙って……それから同時にぷっと吹き出して、そしてぎゅうっと抱き合った。


私の足を大きく開かせると、リヒトはその間に自分のものをあてがった。

「挿れるぜ？　エレノア」

「ん……」

「エレノアのここ、すっげーとろとろになってひくひくして、俺のを待ってる。可愛いな。すげー可愛い」

抱きしめるようにキスをしながら、リヒトは私のその場所にぐいっと身体の一部分を押し込んでいく。ゆっくりと浅いところを軽く何度か往復しながら、だんだん中に、じわじわと。十分にとろけている私のそこは、恥ずかしいくらいに素直に、リヒトを受け入れていく。

「エレノアの中、気持ちいい……あー、最高。泣けてくる」

「な……泣けてくるって……」

「エレノアが俺を受け入れてくれて、エレノアと通じ合ってるって思うと、何回しても俺、この瞬間に幸せすぎて死んでもいい気持ちになるんだ」

髪を撫でて、額を当てて、ニヤリとしながら息を漏らすリヒトを見上げて、私は一生懸命睨んだ。

「だめ、そんなこと言わないで。死んでもいいことなんてないわ」

驚いたように見下ろして、リヒトは私の下唇をちゅ、とついばむ。

「ごめん、そうだな。一緒に生きていくんだもんな」

キスしながら、リヒトは片手を私のお腹の上に当てると、さっき散々弄った場所を、内側と外側からぐりっと擦った。

「ぁあっ……」

頭の中に白い星が飛ぶのが見えた。

「ここ擦るの、五回が限界だよな、エレノア。弱点明確すぎて可愛すぎる」

「も、もう、怒るわよ、馬鹿にしないで……ひあっ……」

「ゆっくり擦ってやるからな。ほら、い――――ち」

リヒトがゆっくりと腰を引いて、それからお腹を押さえながら、ゆるゆると押し戻した。もどかしいように、焦らすように。そんな風に動きながら、私を見て二ヤリと笑う。

「い、意地悪、や、馬鹿、あん!!」

「エレノア、あんまり大きな声出したら隣に聞こえるんじゃねーか？」

ひゅっと心臓が跳ねて、私は慌てて唇を閉じた。

「そ、声我慢な？　いい子だから。ほら、に――――い」

ゆっくりと引いて……今度は勢いよく戻す。ぱちゅん。ぐりりっ。一気に高みに押し上げられそうになる。

口に両手を当てたのに、その手をわざわざ剝がされて。リヒトは笑うと、

「ちょっとペース上げて、さんよんご！」

何の前触れもなくペースを上げて、ごりごりごりっと内側から、そこを擦った。

「あっ……あっ……ああっ……」

我慢できなくて大きな声が漏れてしまう。隣に聞こえちゃう。隣の部屋の、一つ下の学年の女の子の顔を思い出して、恥ずかしくて頭が混乱して。

リヒトがふうっと息を吐きだして、ニヤリと笑う。

「ごめん、エレノア。大丈夫、さっき部屋入る前に確認したから。隣は留守だぜ。まだ帰ってきた気配もない」

「っ……そ、それじゃ、なんで」

「いや。素直に信じて我慢しているエレノアが、可愛すぎてたまらなくてさ。だからほら。大きな声出してもいいぜ？　リヒト大好きって叫んでみて」

ぐっとお腹の上を押さえて腰を引くと、それから一気に小刻みにそこを削るように抉ってきた。

「やっ……んっ……あっ、だめ、っ、んっ……や、リヒト……!!」

「ん、またイって。イってるエレノアの顔大好きだ。俺の方見て、ほら、イけよ」

甘い声で囁かれて、羞恥と刺激で混乱しながら、私はまたも達してしまう。

リヒトは震える私の片足を持ち上げて、自分の肩にかけた。大きく足が開かれてとても恥ずかしいのだけれど、身体が動かせないくらい脱力してしまった私はそれをぼんやり見ているだけだった。

「ん」

ぐぐっと、さらに奥へとリヒトが入ってくる。一度止めて、はあっと息を荒く吐きだして、余裕のない表情で私を見下ろす。

「リヒト、大丈夫、もっと……奥で、一つになりたいの」

「エレノア……」

かすれた声で囁いて、リヒトがぐいっと入ってくる。奥の奥、更にその奥。

「ああっ……」

「大丈夫か、ほら、俺に掴まれ」

一番奥に辿り着くと、リヒトはそこでじっとして、唇を噛むようにしながら見下ろしてくる。いつもどんな時も余裕たっぷりに場を支配してしまうリヒトが、私の最奥に入ったこの瞬間だけは、ぎりぎりで耐えているような顔を見せる。

私はそれを見るたびに、なんだかぞくぞくして、きゅっとして……泣いてしまいそうになるのだ。

「リヒト、好きよ」

「俺も好きだ。エレノア……大好きだ」

くっと腰を引いて、それからふうと息を吐きだしたリヒトが、一息に腰を動かし始める。

ずちゅずちゅと内側が擦れ合って、ぱちゅぱちゅと肌がぶつかる音が部屋に響いて。

たまらなくなって大きな声を上げながら見上げると、私を見つめる青碧の瞳と目が合って、私たちは吸い寄せられるように口づけをして。その間もリヒトは私の中をごちゅごちゅと突き上げてくる。

私の脚を反対の肩にかけて、身体を斜めにさせてリヒトは更に私の深いところに入る。

「や、奥に、当たってる……」

「痛いか？」

「違う、リヒトを……感じて、幸せだわ……」

「……そんなこと言われたら、すぐイきそうになるから反則っ……」

リヒトは唇を噛むと、更に私の中を擦るスピードを上げていく。もう一度正面から、口づけながら突き上げて、そして繋がっているところのすぐ上の、さっき散々弄られた場所を、もう一度剥き出しにしてピンと弾く。

「あっ……だめ、リヒト、だめだわ、また……」

「うん、俺も、イきそう」

衝動が早くなる。波が揺れるように更に奥まで突き上げて、もうだめ、私は手を伸ばす。リヒトにしっかりとしがみつく。リヒトは唇を噛んで、何かに耐えるような顔をする。気をやりそうな刺激は大きな海の上にいるようで、波にもまれながら舟にしがみついているような状態なのに、そのせつなげな顔を見ていると心の中がきゅっとなって……。

「んっ……なに、中そんな締めるなよ」

「ごめんなさい、リヒトが大好きって……思ったら、勝手に……」

「なんなんだよ、あんたもう……どこまで可愛いんだよ、いい加減にしろよ」

俺も大好きだよとつぶやいて、リヒトはまたキスをしてくれて。

そしてそのまま私たちは、もう何回目か分からない大きな波を、二人で越える。


「ねえ、リヒト」

ふんわりした気だるさに包まれながら、私たちは狭いベッドで一枚のブランケットにくるまっている。ふと、あの日のことを思い出した。学園の離れの部屋で私が泣いていた時のことを。

「手を、繋いでくれる？」

ふっとリヒトが笑う。

「同じこと思い出してた」

ほら、とリヒトが私の手を握ってくれる。

「あの時は、服を着ていたけどね？」

「着てなかったら、さすがの俺でも我慢できなかっただろうな」

二人でくすくすと笑いながら、何度も手をキュッと握ると、天井を見上げた。

「リヒト。幸せって、慣れてしまうと思う？」

「何いきなり」

「私、今とても幸せだわ。好きなことが学べて、周りには信頼できる人がたくさんいて、そして何より、リヒトがいる。こんな幸せ想像もできなかったくらいなのに、なのにそれにも慣れてしまって、もっともっとって欲張るんだわ。勝手に不安になったりするのはそのせいなのね」

私は欲張りなの。懺悔(ざんげ)を込めてそう続けると、リヒトはくくっと笑いながら、身体を私の方に向けた。頬を撫でて、額を撫でて。まるで小さな子を慈しむように、優しく頭を撫でてくれる。

「慣れちまうくらい今エレノアが幸せなら、俺はすげー嬉しいけど」

「でも」

「慣れちまったら、もっと幸せにしてやる。もっとワクワクする景色(けしき)や、楽しいことや面白い世界を俺が見せてやるからさ。だから安心して、目の前の幸せに慣れていいぜ？　幸せなんていくらでも更新してやるからさ」

ああ、この人はいつだって、私が思いもしない言葉をくれる。そしてそれを、煌めく先へと繋いでいってくれるのだ。

「リヒト、またティアナさんのところに行きましょうね。リゼットやティアナさんが心配してくれていたから、大丈夫だって伝えたいの」

「いいけど、あの双子がいない時にしようぜ。毎回は疲れる」

私たちはくすくすと笑ってキスをした。

「リヒト、いつかアリータの丘の上でパーティーを開きたいわ。ウィムやアメリア、学院のみんなにも招待状を出すの。カインさんやアイリーンさんにも来てもらいたいし、アデル様やユリウス様、コルネリア様だってご招待しちゃうわ。ティアナさんとゼル、リゼットも、そしてもちろん双子もよ。セディもベルも、カールさんたちも、お父様やニコーラさんもエッカルト様も！　ねえ、とっても楽しそうでしょう？」

「すごいな、それ。準備めちゃくちゃ大変そうだけど」

「大丈夫よ。だって、私とあなたの子供たちにも手伝ってもらうんだもの。みんなでパーティーのご馳走を準備して、飾りつけやドレスを手作りするの。なんて楽しそうなのかしら。ねえリヒト、それって幸せが続いていくってことなのね。未来に繋がっていくってことなのね」

　ワクワクしながら見上げると、リヒトは目を丸くして私を見ていて。それからくしゃりと髪をかき上げて息を吐きだすと、いつもの悪戯っぽい笑みを浮かべた。

「――そうだな。すっげー楽しみだ」

「でしょう？」

　ふんすと胸を張る私の鼻の頭をちょんと弾いて、リヒトは笑う。

「エレノア、恋とか愛とかって、最高だな」

「そうよ。最高なの。だけど」

　リヒトの頬を、そっと撫でた。

「これから更にもっと、最高になるのよ。私がいくらでも更新してあげるから、楽しみにしておいて？」

クスクスと笑いながらブランケットの中にもぐり込み、私たちは互いに向かって手を伸ばす。

幸せな一瞬の先にずっとずっと続いていく、それが私たちの物語。

かつて悪役令嬢と帝国の犬だった私たちが手を繋いで紡いでいく、幸せな物語の続きなのだから。

「へえ、来たんだ」

扉を開けて浴びせられた、第一声がそれだった。

「てっきり逃げるかと思った。偉いね」

青碧(せいへき)の瞳をすがめたその笑顔を、私はまっすぐ見つめ返す。そして平然と言い放った。

「こんなこと、私は全然屈辱に思っていない……………………でちゅ」

リヒトが、かつてないほどに破顔する。

「エレノア可愛(かわい)い。あんたはやっぱり最高だ」

寝室の中に引きずり込まれた。


「もう嫌よ。こんなくだらない遊び、喜んでいるのはあなただけだわ」

「喜んでいりゅのはあなただけでちゅ、だろ。エレノア？」

「もう、バカ……!!」

ベッドに押し倒した私から、リヒトはさらに言葉を引き出そうとする。「内容はどんなものでもいいから、赤ん坊みたいな口調で話す」という、信じられないほどくだらない縛りのもとに。

「約束しただろ？　俺(おれ)への二十三歳のプレゼント。日曜日の夜だけは、赤ちゃん言葉でしゃべってくれるってさ」

　笑いながら、リヒトが私の額を優しく撫でる。

　青みがかった黒い髪が無造作にかかる、どこか異国の雰囲気を感じさせる顔立ち。あの頃よりもさらに逞しくなった腕を私の両側について、顔を覗き込んでくる。青碧の瞳の左下には、小さなほくろ。つがいになって四年以上が過ぎたけれど、今でも変わらずこんなにも、あなたは私を翻弄するの。

「……リヒト、駄目よ。そんなに顔を近づけないで」

「なんで？」

「だって、冷静になれないわ」

「どうして？　それに、そんな言葉遣いじゃ聞いてあげられねーな？」

「だ、だって……胸がどきどきしてしまいま……ちゅ……んですもの……」

「ちゅんですもの！」

　リヒトは両手を左右に広げ、大げさな素振りで天を仰いだ。

「もう無理だ。エレノア戦闘力高すぎる。最高だ。最高すぎてもう限界。あんた無敵だ。たまらない。可愛いの化け物だ」

　……褒められているのかしら？

　早口にまくし立てたリヒトは、まるでいつかどこかの屋上で見せたような好戦的な表情で唇の端を持ち上げて、自分のタイをしゅるりとほどいた。

「最中の声は例外な？　縛りを外してやるから、遠慮なく喘いでいいぜ、エレノア？」

囁いて、私の服を器用に剥きつつ唇をふさぐ。

リヒト・シュレイカーは相変わらず。

もどかしいような、呆れてしまうような、どうしようもなく理不尽なような。そんな感情のすべてを圧倒して、どこまでも強引に温かく、たくさんの愛で満たしてくれる。

＊

スキニア帝国アリータ地方に、夏が来た。

まだ朝だというのに、サマン邸の廊下の窓からは既にまぶしい日差しが差し込んできている。

大陸の南東部に位置するこの街の夏は、からりとした風が吹き抜けて、ものすごく爽快だ。湿気の高い帝都の夏とは大違い。

この四年間、帝都とここを行き来する生活を送ってきた俺は実感する。

アリータは素晴らしい。美しい自然と最高のパフォーマンスを引き出す気候。その上優秀でなおかつ美しい人材の宝庫でもある、奇跡のような土地。

「リヒト、この名簿なんだけれど」

何よりも、彼女という存在を育んでくれた。聖地と言っても過言ではない。

「名簿なんでちゅが、だろ？」

明け方近くまで俺の下であられもない姿を晒していた彼女は、今は豊かなバターブロンドの髪を一つにまとめ、動きやすいドレスの上に前掛けを下げている。まるで屋敷のメイドのようなそんな姿であってすら、彼女の美しさはほんの少しも損なわれない。

俺の揶揄(からか)いに眉をきゅっと持ち上げる、そんな表情すら完璧だ。帝国中見ろ。いや見るな。これが俺の、最愛のつがいだ。

「悪い。名簿がなんだって？」

あまり悪ノリすると本気で怒らせてしまう。怒ったエレノアを抱くのも最高なんだけど、今はその時じゃないことくらい分かっている。引き際を弁えて、しれっと彼女の手元を覗き込んだ。

「今日の出席者の名簿が、今朝になって二枚増えているのよ。きっと何かの間違いね」

「いや、昨夜増えた。来年度のアリータ騎士団内定者、ちょうど昨日決定したから」

「困るわ！　当日に二十人も追加されるなんて想定していないもの！」

「食材なら下ごしらえ済みのを追加手配済みだ。ついでにセトウィンから調理員も増員要請出しといた。午前中には到着するよ」

「だからって」

「うちの騎士団初の生え抜き予備軍だ。入団試験受けるために帝国中からアリータ目指して集まってきてくれた、才能は俺のお墨付きの若者たち。だけど往路の旅費しか持たないような奴もいて、すげー腹減らしてんの。可哀想で、まっすぐ帰れなんてとても言えなくて。ごめん」

「……」

吊り上げた眉が、力を失う。大きな瞳に浮かぶ憂いの色を振り払うように、帝国屈指の美女はふうっと吐息をついた。

「仕方ないわね、どうにかするわ。リヒトもちゃんと手伝うのよ」

「当然」

「姉さま、ドレスを仕立ててくれてありがとう！」

廊下に面した扉の一つが開き、エレノアの妹のベルが飛び出してきた。

十一歳になったベルは、青いドレスで両手を広げてくるりと回る。

「とても可愛いわ。似合ってる」

「ねえ、袖と裾に大きな房飾りを追加してもいい？　新しい形を考えたの」

「動きづらそうだけど、そうしたいなら別にいいわよ。でもその前に、厨房を手伝ってくれるかしら」

「もちろんよ。兄さまったら今朝も学院に行ってしまったの。せっかくのお休みの日なのに朝練ですって。だからその分、私が役に立つからね？」

エレノアの弟・セディは今年の春、念願かなって中等部の騎士コースに進学した。相変わらず天使みたいな美貌だが、最近は休日すら学院に通い、鍛錬にいそしんでいるらしい。感心。

——僕、好きな子ができたんだ。だから姉さまを守るのはリヒトに任せる。言っておくけど泣かせたりしたら、許さないからね？

先日そう耳打ちされたことは、一応男同士の秘密ってことになっているけど。

変わらず美しいこの土地でも、夏の青葉が育つように、色々なものが鮮やかな変化を遂げていく。

「エレノア様、お昼寝から起きてむずかってしまって」

そう、変化の中で最も著しく明確なものと言えば……。

ベルが出てきた扉から、今度は長年サマン家に仕える乳母のマーサが顔をのぞかせた。

腕に抱えたぬくもりを、エレノアの両腕にそっとゆだねる。

「あらあら、アルト。大丈夫でちゅよ、ママここにいまちゅよ」

うにゃうにゃと声を発するその小さなかたまりを包み込むように抱き上げて、ごくごく自然にとろけるように語りかけるエレノアに、ベルが呆れたような声を上げた。

「姉さまったら、リヒトに言われたでしょう？　言葉の発達のためには赤ちゃん言葉で話しかけない方がいいのよ」

はっとしたように顔を上げて、エレノアはきまりの悪そうな表情になる。これが無自覚なんだもんな。最高だよな。

「大丈夫。俺がその分、難解な言語で話しかけてやるからさ」

「あらあら、極端なパパとママを持ってアルトは大変ですねえ」

ませた口調でアルトに語りかけるベルごしに俺と視線が合い、恥ずかしそうに目を伏せるエレノアが可愛すぎて、笑ってしまう。

半年前、この地で生まれた俺とエレノアの息子、アルト。

アルトに話しかける時のエレノアの赤ちゃん口調が可愛すぎて、もうなんていうか、あまりに可愛くて信じられないくらいに神々しすぎて、先週の俺の誕生日、プレゼント代わりにお願いしたんだ。

「日曜日の夜は、俺にもその口調で話しかけてよ」って。それを律義に守ってくれた、昨夜のエレノア最高すぎるだろう。

エレノア・サマンが俺のことを愛してくれて、あまつさえ俺の子を産んでくれた。

アルトは髪質こそ俺に似た黒髪だが、その他はエレノアにそっくりだとみんなが言う。確かに、エレノア譲りの精巧な人形のような麗しい美貌は、生後半年で既に完成しつつあるようだ。

だけど、悪いけど俺には分かる。

こいつが時々見せる瞳の光。世界を俯瞰して見ようとするようなその視線。これは完全に俺譲りだ。

おいおい。エレノアの美貌を持ちつつ中身が俺って……控えめに言って、最強じゃないか？

――末恐ろしいね。

きっと同じことを感じ取っていたんだろう、俺の母親と弟……双子の弟・カインは微妙な表情で笑っていたんだけどさ。

「頼りにしてるぜ、アルト」

差し出した俺の指先を、まるで掌同士を打ち付けるようなノリでアルトが叩く。その痛快さに笑った俺を、エレノアがきょとんと見上げてくる。

「エレノアさん、子牛二頭がまるごと追加で届きました。調理方法の相談をしたくて」

「解体していいなら俺がやってしまうけど、それでいい？」

厨房の方向から連れだって歩いてきたのは、まさにそのカインと幼馴染のアイリーンだ。二人とも、揃いの前掛けを下げている。エレノアお手製のフリル付きのやつ。カインそういう格好本当に似合うんだよな、俺と同じ顔なのに。

「子牛が二頭も？　聞いていないわ」

「ああ、昨夜手配しておいた分だな。ついでに鳥と鹿もこの後届くと思う」

「リヒト、あなた追加の食材は下ごしらえ済みだってさっき」

「会場にはどんどん客が集まっているよ。どうするんだ、リヒト」

エレノアの咎めるような、カインとアイリーンの呆れたような視線を受け流しながら、俺は一瞬で思考を巡らせた。

「カイン、一緒に会場に出るぞ。テーブルの配置を変えて、中央にでかいやぐらを組む。そこで大きな火を熾すんだ。エレノア、肉は調理しなくていい。鉄製の串にどんどん刺していってくれ」

エレノアとアイリーンは目を丸くしているけれど、カインはなるほどねと笑う。

「いいね、楽しそうだ。会場で調理しつつ食べさせるわけか」

「そ。子供もたくさん来ているから、きっと盛り上げるぜ？」

「楽しそうだけど、肉を厨房で捌く作業が追い付くかしら」

アイリーンが難しい顔をする。修道院での生活を経て、昔よりは冷静に、動じなくなった感がある。

どっちにしても、カインとはいいバランスだ。

「厨房に引きこもる必要はないさ。調理道具一式は会場に運び出す。その場で捌いて串に刺してやぐらで焼いて、客が自分で好きに味付けをして食べるんだ」

「調理自体をイベントにしてしまうって魂胆か」

「そ。リュートックから大道芸や、帝都から踊り手なんかも招待してるけどさ。アリータの極上の食材を振舞うこと自体が、過程も含めて極上のもてなしだ」

頭の中で、タイムスケジュールをゼロに戻して組み替えていく。飲み物は広場の周囲に屋台を組んで、セトウィン商工会に仕切らせればいい。アリータ騎士団にはエレノアがデザインした揃いの団服で登場させよう。お披露目会も兼ねるんだ。

「エレノア、それでいいか？　このパーティーの発案者であるあんたが広場の中心で、自分の作ったドレスをまとって、極上の料理を振舞うんだ。それがこの会のメインイベント」

驚いた顔をするアイリーンの隣で、縦抱きにしたアルトのお尻をぽんぽんしながら。俺の可愛いかわいいつがいは、ふうっと軽くため息をついた。

「私が発案したのは、ここまでの規模の会じゃなかったのよ？」

「大は小を兼ねるだろ？　セトウィンとアリータの合同パーティー。毎年恒例行事にしてもいい」

「予算は大丈夫？」

「当然。セトウィン商工会から十分な出資を取り付け済み」

もう一度息を吐き出して、エレノアはアルトをマーサにゆだねる。

両手の袖を腕まくりした。細くてしなやかな腕は、昔よりもずっと明確な意志を伴って何かを掴み取ろうとするようで。それがたまらなく、愛おしい。

「任せておいて。切れ味抜群のナイフを出してくるわ。肉のソースはサマン家秘伝レシピで甘い辛いサッパリの三種類、内臓は別にして豆と煮込むわ。アイリーン、ベル、手伝ってくれる？」

力強くうなずく女性陣。最高だ。俺は思わず握ったこぶしを突き出した。エレノアはぱちりと瞬きして、ちょっと恥ずかしそうに、白いこぶしをそれにこつんと当てる。

ああ、幸せだな。すげえ幸せだ。

「それじゃさっそく準備開始だ。ウィムも探し出して手伝わせるぞ。アメリアと一緒に到着するの今日だったよな？　なんならアデルさんやユリウスさんに火を熾させよう。あの人たち、そういう作業すげー気が合って速いから。厨房側は同級生たちとコルネリア様も、ティアナさん……が役に立つかちょっと分かんねーけど、とにかくみんなに手伝わせるぞ」

「ユリウスさんところの双子は？」

「任せろ。おだてて戦力に変える」

与えられた条件から最適な計画を割り出して実行する。他人の特性や感情を利用して、都合よく動かしていく。俺は昔から、なんだかそういうことができてしまっていた。

だけど、それを便利と思いこそすれ誇りに感じたことなんて一度もなかったんだ。むしろ、そんな自分が時々無性に嫌になったくらい。

でも、今は違う。

リヒト・シュレイカーの能力すべてをもって、俺はこの地をこの国で最も豊かで、楽しくて、幸せと笑顔に満ちた真の聖地に変えてみせる。

そしてその中心には、いつだってあんたがいるんだ。

エレノア、これから先何があってもさ。あんたが永遠に俺の中心にいるんだよ。

＊

第一回、アリータ祭は大盛況だった。

「……アリータ祭っていったい何？　もう、騙された気分だわ」

まるで嵐のような一日の終わり。眠ってしまったアルトを寝室までマーサに預けに来て、一息つきつつテラスに出た。心地よい疲れをまとう体に、夕方の風が心地いい。

日が落ちつつある中で、今日の余韻に浸る広場が一望できる。

中央に残る大きなやぐらに揺れる橙色の炎が、広場に残った人々の満ち足りた笑顔を温かく照らし出していた。

大きなテーブルを囲んで話をしているのは、ティアナさんとコルネリア様たち。彼女たちを囲んで華やかな声を上げているのはお二人の同級生たちと……私の同級生たちもいる。

やぐらの近くに集まってお酒を飲んでいるのはアデル様とユリウス様を中心とした、騎士団員たちね。セディの両脇を固めているのは、ティアナさんとコルネリア様の娘たちだわ。双子の殺気が怖いとセディがこぼしていたけれど、大丈夫かしら。

「だけどエレノアの調理姿、すっげー格好良かったぜ？　あれはアリータの名物になるな」

「調理姿が格好良いって、複雑な気持ちだわ」

「最後は両手にナイフ握ってさ。豪快な料理から芸術品みたいに繊細な細工まで、ものすげー手際よく次々と仕上げていくんだもんな。それも帝国屈指の美女が、自分で縫ったドレスを着て」

「やめて、恥ずかしい」

「うん、でも第二回からはもうエレノアショーはなくていいな。エレノアが他の奴らに見られすぎるの、やっぱりかなり嫌だからさ」

　いつの間にかテラスに出てきたリヒトが、包み込むように、私の背から手すりに両手を置く。

「エレノア、お疲れ様。俺のつがいを世界中に自慢したい気分と、誰にも見られないところに永遠に閉じ込めておきたい気分、俺はいつでも相反する二つの想いに引き裂かれてるぜ？」

「よくもまあ、そういうことをポンポンと言えるわね」

　振り返った私を抱き寄せて、リヒトはニヤリと笑った。

「みんなから、見えてしまわない？」

「大丈夫、暗いから」

　囁いて、リヒトは深いキスをしてくれる。優しく舌を絡ませて、熱い思いを隠さずに、私を求めてきてくれる。

　四年前のあの日からずっとずっとそばにいて、いつだって私のことを愛していてくれる。

　今日は一日とっても疲れて、でも心から充実して、最高に楽しい一日だった。

「エレノア様〜〜〜〜！！！　お、おひさし、ぶりです！！！！！！」

　私が帝都からこちらに戻って以来一年ぶりに会うアメリアは到着した瞬間涙でぐちゃぐちゃになっ

てしまい、ウィムから渡された大きなハンカチで鼻をかみながら、相変わらずの頭陀袋から次々とお土産を出してくれた。

「やだもう、まだそんな袋提げてるの？」

「そんなことで大丈夫？　帝都っておしゃれな人ばかりなんじゃないの？」

そんなアメリアを取り囲んだオレリーやマノンたちが、呆れながらも世話を焼いて笑っていた。

お父様が領地の皆と会場の一画に作った「鉱石加工体験」のスペースは、子供たちや若い女性でにぎわっていたし、その隣ではリヒトのお母様のニコーラさんがセトウィンの商品を扱う屋台を展開していた。セトウィンの行政官であるニコーラさんの辣腕ぶりは今や帝国中に広まっていて、彼女に教えを請いたいと、さらに多くの商人がセトウィンを目指していると聞く。

「リヒトの圧がすごいんだよ。もう引退して悠々自適な生活を送る時が来たんじゃないですかと」

「それも悪くないですよ。僕なんて気付いたらアリータ行政官の座を奪われていましたからね」

よく考えたらあまり笑えない話を愉快そうに交わしていたのは、エッカルト様とアメリアのお父様。

今やリヒトは、アリータ地方の、いや帝国中の有名人だ。帝国史上最年少の二十三歳にして行政官の座を勝ち得、同時に念願のアリータ騎士団を発足させてしまったのだから。

――次は南部全部を統括する行政長官だな。二十代のうちにその座に就く。

最近では、口癖のようにそんなことまで言うのだけれど。

「ねえリヒト、お願いだから無理をしないで」

腕の中、私は彼をそっと見あげた。

「私は、今のままで十分すぎるほど幸せよ」

今私は、帝都で二年間かけて学んできたことを、少しずつ実現させている。領地で採れる鉱石を最大限に利用して、自分でデザインしたものを工夫を凝らして作り上げ、領地のみんなやお父様たちと協力して量産し、ニコーラさんや商会の人々と相談して帝国中の販路に乗せる。

そして何より、リヒトにそっくりのアルトにも恵まれた。

アルトを抱いていると、見つめていると、私はそれだけで涙が溢れそうになる。

こんなにも愛おしい存在に、めぐりあうことができたのだと。今まで起きたすべてのことが、ここに繋がっていたのだと信じられるような想いがする。

「ねえ、リヒト。いつだったか学生の頃、あなたと一緒にこんなふうに庭の灯りを見下ろしていたことがあったような気がするわ」

「そうだな、あったかも。多分そん時あんたは、俺のこと胡散臭い奴って思っていただろうな」

リヒトが笑いながら、私の耳たぶに唇を当てる。

「そうね。この人は一体何を考えているのかしらって思っていたわ」

「エレノア可愛いな、俺のものにならないかなって考えてた」

「嘘ばっかり」

「本当だぜ？　その意固地な瞳に俺だけを映して、小生意気な唇で俺の名前を呼んでほしかった。柔らかな体をたくさんたくさん、可愛がってやりたいと思っていた」

「嘘。もう、そんなこと思っていたとしたら、恥ずかしいわ」

揶揄われていることが分かっているのに、甘く耳元で囁かれながら服の上から胸をゆるゆると揉まれると、頬が熱くなってしまう。

「駄目よ、こんなところで」

「だから、みんなからは見えてないって」

唇を優しくふさがれて、胸の敏感なところを的確にいじられる。

「んっ……」

「エレノア、部屋でゆっくりしてからみんなのところに戻るか？　アルトに弟や妹、作ってやろう」

「もう、なにも今そんなことを……」

「じゃ、今は駄目でちゅ、って言って」

「やだもう、日曜日じゃないでしょう？」

私が赤ちゃん言葉を使うことの、何がそんなに楽しいのかしら。

「エレノア。今日、みんな笑顔だったけどさ。だけど一番幸せなのは……いや、この帝国中でも一番幸せなのは、絶対に俺だ。あんたのおかげで、俺はすげー幸せになった」

リヒトは朗々と宣言する。

「エレノアは？　あんたも幸せ？」

「私は……」

その時、不意に周囲がぱあっと明るくなった。

「やった――――――！！！　大成功！！！！」

広場の中央で、アメリアと子供たちが飛び跳ねながら歓声を上げている。見上げる夜空には、大きく広がる色とりどりの光。私とリヒトの姿を、まるで舞台装置のようにはっきりと浮かび上がらせる。

「あ！　エレノア様そんなところに!!　ずっと作っていた花火、完成しましたよ〜〜〜!!」

ぶんぶんと両手を振って飛び跳ねるアメリアの姿がよく見える。その背後に立ったウィムが私たちを見上げて、苦笑を浮かべつつ肩をすくめた。

その瞬間。リヒトは私を抱きよせて、熱く深いキスをした。

キラキラ降り注ぐ光の中、子供たちの歓声や騎士団員のはやし立てる声をたっぷりと煽るように、ゆっくりと長い、余裕の口付け。

「愛してるぜ、エレノア?」

いたずらが成功したように、余裕たっぷりに微笑んで。本当に本当に、にくたらしい。

ああリヒト、あなたはずっとそのままでいて。

「愛しているわ、リヒト」

どんな時も、あなたがいれば笑顔になれるの。

「私も、とっても幸せよ」

一呼吸おいて、言い直す。

「幸せ……でちゅ」

あなたは思いきり笑って、きっとまた抱きしめてくれるから。

# 悪役令嬢は帝国の犬と強制的につがいにさせられる

茜 たま

2023年6月5日　初版発行

著者　茜 たま

発行者　野内雅宏

発行所　株式会社一迅社
〒160-0022 東京都新宿区新宿3-1-13　京王新宿追分ビル5F
電話　03-5312-7432(編集)
電話　03-5312-6150(販売)
発売元：株式会社講談社(講談社・一迅社)

印刷・製本　大日本印刷株式会社

DTP　株式会社三協美術

装丁　モンマ蚕(ムシカゴグラフィクス)



ISBN978-4-7580-9553-2


MELISSA
メリッサ文庫